山
纹
阅
读

山纹，木之纹理。随着年月的绵延，圈圈积淀。

山/纹/阅/读

▼ 世情逐云系列
SHIQING ZHUYUN XILIE

郑武文 著

满庭芳

天津出版传媒集团
天津人民出版社

图书在版编目（CIP）数据

满庭芳 / 郑武文著 . -- 天津：天津人民出版社，2018.1（2025.4 重印）
（世情逐云系列）
ISBN 978-7-201-12447-6

Ⅰ . ①满… Ⅱ . ①郑… Ⅲ . ①短篇小说 – 小说集 – 中国 – 当代 Ⅳ . ① I247.7

中国版本图书馆 CIP 数据核字 (2017) 第 288908 号

满庭芳
MANTINGFANG
郑武文 著

出　　版	天津人民出版社
出 版 人	黄　沛
地　　址	天津市和平区西康路 35 号康岳大厦
邮政编码	300051
网　　址	http://www.tjrmcbs.com
电子邮箱	tjrmcbs@126.com

责任编辑	张　凯
特约编辑	李　路
封面设计	金钻传媒
排版设计	西橙工作室

制版印刷	三河市天润建兴印务有限公司
经　　销	新华书店
开　　本	660×960 毫米　1/16
印　　张	16.75
字　　数	215 千字
版次印次	2018 年 1 月第 1 版　2025 年 4 月第 3 次印刷
定　　价	48.00 元

版权所有　侵权必究
图书如出现印装质量问题，请致电联系调换（022-23332435）

目录 CONTENTS

短篇小说系列

满庭芳 ·001
苟全富每天起床做的第一件事就是把窗子和门全打开……

寻找 ·025
我在雪地里已经趴了一个小时了。

奶奶和她的家人们 ·057
春日一天,到阳州西南山区旅游,花儿竞相开放,野草葱葱新绿。

吴福旺 ·074
仰头老婆低头汉,这是阳城人最忌讳的。

杨村的作家们 ·083
在杨村,好像除了我狗头二大爷没有外号都有外号。

目录 CONTENTS

我要去少林 ・100
那是个没有月亮的夜晚。

挽棺 ・126
初冬的早晨,已经冰冷刺骨。

爆炸 ・144
张三强蹲在一个背风的墙角,嘴里含了一支烟……

悬崖边上 ・111
杨诚第一次到梅仙家去的时候根本没做好思想准备。

我做你的腿 ・135
电话响的时候,杨丽正在炒洋葱。

寻找刘子丹 ・152
我接了一个画一百幅柿子树的任务,并且还要求在柿子树底下……

目录 CONTENTS

谁在呼唤我的名字 ·161
德昌走在路上,听到有人喊:"德昌,德昌啊……"

湾和海 ·180
在阳城一带,都把池塘叫"湾"。

大舅 ·207
南河村的早晨,雾蒙蒙的,刚刚从窗户里泛进一丝微白的光芒……

风雨龙泉寺 ·172
乌黑的秋夜,阵阵雷声却还在天空翻滚。

民间趣谈: ·187
北宋做过宰相的青州刺史们
公元1069年农历的四月,正是小麦开花抽穗的季节。

目录 CONTENTS

微型小说系列

丢银 ·223
明朝正德年间的一天黄昏，益都县副都头李豹满头大汗急匆匆跑进县衙……

冯二的狗 ·229
冯二有辆踏板摩托车，跑起来像飞一样，据说最快能到每小时二百多公里。

刘连长 ·235
晚饭，我做了刘连长最喜欢吃的小鸡炖蘑菇，并且开了一瓶二锅头……

莲 ·227
娘的眼神越发不济了，瞳孔慢慢扩散，所有的东西……

钓鱼 ·232
丁七并不排七，名字就叫七，他妈就生他一个。

目录 CONTENTS

"破不了"的盗窃案 ·237
腊月二十三那天,生产队把那头病歪歪的牛杀了。

奶奶,你真的爱我吗 ·243
李翠云是个急性子,干什么都风风火火的。

李厨子 ·249
李厨子大名李欲飞,于民国二十一年来到青州东郊的阳村。

官迷 ·240
何老头是个官迷,一辈子都想当官。

归来 ·246
公元1100年的暮秋,金水湖畔。

害虫也有光辉灿烂的童年 ·253
这是我上小学时候的事。我那时候特别调皮……

短篇小说系列 ——

满庭芳

一

　　苟全富每天起床做的第一件事就是把窗子和门全打开,在院子里伸胳膊踢腿做深呼吸。当然他不会去把大门打开,苟全富是农民,也是从事体力劳动的。虽然现在种地省力多了,可体育锻炼这些事也好像只有城里那些闲得发慌的人才去做。农民,夏天要"汗滴禾下土",农闲还要去打工赚钱,一天下来累得浑身散架,谁还去做体育锻炼?

　　苟全富突然想起了老婆。老婆才嫁过来那阵,满脸绯红,水灵灵的!那时候他们都年轻,青春的火苗撞击年轻的心灵,胸中时刻燃烧着一股熊熊的火苗……那份温馨,深深印在苟全富的脑子里。他又想起那个叫小王的女人,他把她两个在脑子里做了一番对比。这使他早晨起来就有了隐隐的感觉,一股热流在胸中激荡。

　　苟全富拿眼瞅了瞅,院子里只有那条老狗眯松着眼躲在远处,爱搭不理地望着这边。没想到这条老狗的眼还挺管事，苟全富一看它，它自己就站起来，抖抖身上的尘土，啪嗒啪嗒走过来。这条狗今年十六岁了，如果是人，早已经到了耄耋之年。

狗的名字现在叫老黄，当年是小黄。苟全富在一个大雾的天气挑着一夜攒下的尿液往地里浇，浇到自留地的麦子上，回来的时候就跟着这个小黄。刚到家的时候它的毛是褐色的，苟全富踢了它一脚，希望它再滚到街上去。小黄吱吱叫了两声，叫声有点可怜，儿子小军从屋里跑出来，那时候小军刚刚三岁，长得胖乎乎的，跟小狗倒是挺像兄弟。小军把狗一下子抱到怀里，说啥也不让苟全富把它扔出去了。

小军说是要和小狗一起长大。当然他们没有一起长大。小军四岁的时候，在苟全富眼里和三岁还没有较大的变化，小狗却已经长到和小军一样大了，他再也挎不起它的腰，反而是小狗一高兴就把小军撞一个四脚朝天。有一次两个在打闹，小军摔倒了，头都破了，苟全富拿了一条棍子去打小黄，小军却顾不得疼，也不哭了，过来用身体护着小黄。

其实小黄也算听话，平时很少到屋子里去，有时候饿了，用嘴把门拱开，小心翼翼钻进去，只要喝一声，就乖乖夹着尾巴，十分不情愿地去到院子里。苟全富在院子的西南角给它垒个窝，晚上它就在那里坚守岗位。有段时间村里来了偷狗贼，好多人家的狗都被偷去了，只有小黄还好好的。苟全富曾经在狗窝旁捡到过药狗的东西，像半截油条，闻起来香喷喷的，可是小黄就是没吃。可见真是一条聪明狗啊！

如今小军二十岁了，成了一条真正的汉子，而它却衰老得连走路都要哆嗦。老黄颤巍巍走向苟全富，尾巴夹着，身上的毛刺着，还一块一块脱落，一晃身子，细密的狗毛乱飞。苟全富正要做深呼吸，看到狗毛在阳光里飘荡，就喝一声，坐那！老黄就坐下了，可怜的眼皮抬了抬，又耷拉下来，它本来就不想走，正好再打个盹。于是趴下，不一会竟打起了呼噜，眼屎吊着，狗毛脱落得真是一条癞皮狗了。

从这里，苟全富想到自己的样子。自己老了，会不会也这样？会不会也这么讨人嫌呢。可是自己才不到五十岁，论说正值壮年，正是好时候，怎么就感觉老了呢。平时就精力不济，眼皮总是打架，靠喝两口酒支撑体力，可又不胜酒力，喝一口脸就红，两口头就大。

二

实际上苟全富在老婆死了以后，也曾内心激荡无助，毕竟是正值壮年，如狼似虎的。他闲来无事，就骑了摩托车去转悠，在街上转来转去。

大着胆子去到店里接受了一次所谓的服务，出来还没骑上摩托车，旁边一辆贴了防晒膜，静止在那儿的面包车的门子突然拉开了。车上下来一个人，扬一扬手里一个本本，说，我是公安局的，找你有点事。然后又下来一个，就把他拉进了车里。

苟全富是老实人，没用几句话，就承认了。罚款还是拘留？自己选。要不告知家里来领人？家里就一个儿子了，还在部队上。没事，我们通知部队，让领导通知他。根据苟全富提供的姓名，人家去电脑上噼里啪啦弄出他的户籍、照片，又录了口供，回家拿钱去吧。不回来？别怪我通知你儿子啊。临走警察同志又补上一句。

苟全富回去借了钱，交上。然后感觉后悔了。巴掌大的地方，犯天大的错误，丢人啊！

在以后的日子，苟全富归于平淡。偶尔想想这些事，自己都感觉愧疚。平时再也不想三想四，在建筑队里打工，变得寡言少语，把自己隐藏起来。

回家呢，独自面对清锅冷灶，漫漫冷清的长夜。儿子大了，要留一个好形象，还要给儿子娶媳妇呢，家里有一个流氓爹，谁家女儿愿意嫁进来？他常常这样安慰自己。

直到有一天。那是一个连续的阴雨天，空气湿润地抓一把都能出水，墙上直接就是一片片水珠。苟全富把自己关在家里，吃了睡睡了吃，百无聊赖。于强就是这个时候来的。听到敲门声和老黄的吠声，他看到于强穿着滴水的绿雨衣站在门外，一开门，于强就挤了进来，径直往北屋里走。苟全富和于强交往并不多，可来的都是客，也随着走进北屋，洗了茶壶沏一壶茶。于强在那儿坐着，眼睛不眨看着他，说，全富哥，有个好事。

苟全富的心里就一凛，嘴里说着啥好事，我还能有好事？心里可就翻江倒海了。老婆查出乳腺癌那年，医生给做了手术，并且断言：准备后事吧，活不了个三年两年了。那时候他感觉天就要塌了，可悲痛过后也想开了，人不能胜天，天意如此，自己能做的也就是满足老婆的一些愿望，尽量给她医治，尽可能满足她的要求。

这时候邻居二婶偷偷给他透口信：嫁到邻村的小芳，老公出了车祸。你如果也打了光棍，可以凑成一对。小芳他知道，跟自己还是同学呢，阳光丰满，是苟全富喜欢的类型，并且只有一个女孩，还得了一笔不小的赔偿款。他的心脏怦怦跳，竟然有了一些小激动和小期待。后来也确实偷偷见过几次面，彼此也满意。

苟全富有时候感觉对不起老婆，可毕竟是老婆要离自己而去了。夫妻本是同林鸟，丈夫也只是在一丈之内才是夫，都阴阳两隔了，就不是什么丈夫了，想了想，也就释然了。

谁知事情却并没向他想象的方面发展。两三年了，老婆状况依然很好，只是又动了一次手术。后来老娘也天寒偏逢连阴雨,也经常生病。苟全富伺候两个病人,把家里仅有的一点积蓄都花净了。俗话说,一家女百家求,小芳这样的更抢手,每天提亲的挤破头,比苟全富好的也有的是。小芳向他摊了牌:全富,不是我不等你,看来咱们是有缘无分。况且我们本也没什么约定。还能怎样?小芳结婚的时候,苟全富上了五百块钱份子,酒席上喝的酩酊大醉。回来老婆跟他打架,看病的钱还是借的,就你逞什么能?里面的事别人不知道,苟全富借着酒劲呜呜痛哭了一场。

在他成了真正的光棍后,就没人提亲了。或许有那么几个小寡妇,有钱的有点退休金的有的是,谁愿意再跟个穷老头受苦啊。

如今于强谈起有好事,苟全富马上想到可能要给自己介绍对象了,急忙再找出香烟,面带微笑敬上。

于强依旧笑着,嫂子走了以后,清锅冷灶靠得难受吧?苟全富觉得自己不能光赔笑,要表示一下迫切心情,就说,还用问吗?

于强拿眼睛把屋里扫了一遍,说,挺干净,挺合适。你自己在家也挺安全。苟全富说,那是。

于强压低了声音,有个小娘们到你这里可以吗?苟全富马上想到自己的荒唐事,脸就涨红了,结结巴巴说,这个,这个,你是说嫖娼啊?于强说,别说那么难听。只要你情我愿,不承认钱的事,就不是嫖娼,派出所抓去也没事。

看到苟全富的情绪稳定了一下,于强又说,别寻思了,我这是给村里光棍们谋福利。人来了,你先享享福,其他人,谁来,给你十块钱,算是地铺钱。我呢,打电话,让人家也能挣两个钱,算是白劳动,为人民服务。好了,我去了。拉开门,披上雨衣就钻进了小雨里。

苟全富心里依旧怦怦跳,拿茶碗的手都有点哆嗦。事情来得太突然,他还没转过弯来。

十几分钟后，听到老黄叫了几声，然后是随手关门的声音。苟全富趴到门上，看到两个人从院子里往里走。于强先进来，后面是一张姣好的脸，三十多岁，有点憔悴，竟然腮上还有两块红晕。苟全富马上想到了老婆才嫁过来时害羞的样子。他颤抖着手给她倒了杯茶端过去，女人抿了一口，笑了笑。

于强说，这是小王，家里不容易，有个瘫痪在床的丈夫，还要养家，养孩子。苟全富答应一声，想着这个女人一会将要做的事儿，心里就莫名有点难受。

于强开始打电话，不一会，村里的光棍汉陆续来了。雨下的小点了，可是雨丝一直不停。光棍汉们走到院子里，一直懒得吭声的老黄却突然窜出来，对着其中一个的腿就咬了一口。那个光棍汉穿的单裤，急忙提上去看，已经有几个冒血的牙印。苟全富找了条棍子，狠狠向老黄头上砸去，老黄哎哎叫着，跑到角落去了。

没办法，于强开来车，两个人拉着那个光棍汉到附近的卫生室打了狂犬疫苗。没敢在近处，苟全富怕别人问起来不好回答。打完针，于强对苟全富说，掏钱吧，谁叫你家的狗咬人呢。

回到家后，发现那个小王还没走。苟全富准备做饭，小王倒是善解人意，帮着刷锅、切菜。屋子里莫名地弥漫着一种家的温馨。菜是小王做的，很合他的胃口。因为害怕于强随时来，他们倒是匆匆就吃饱了，苟全富很有一种意犹未尽的感觉。

三

第二天，苟全富就把老黄装到袋子里送到狗肉馆去了。狗肉馆的老板一看就笑了，来个老爷爷，它瘦成一把骨头，不但咬不动，还腥气。苟全富说，你看着给吧。老板说，十块钱。苟全富说，一斤狗肉还五十呢，一张狗皮还一百呢。老板说，那是卖给你。两人讨价还价，最后老板给了五十块钱，苟全富就揣着走了。老板把狗放进一个破笼子里，老板娘说，你不怕它跑了？老板说，跑，你看它还跑得动吗？

当天夜里睡到下半夜，苟全富听到老黄在院子里撵老鼠，心说真是老了，都出现幻听了。不过却再也睡不着了，毕竟养了十几年。看家，老黄还是尽职尽责的，也从没惹过事，虽然是条笨狗，年轻的时候却精神着，身上的毛像黄色的缎子一样闪闪发光，跑起来肌肉紧凑，惹得街上的小母狗都用羡慕的眼光看着它。就像自己学生时期当运动员，晃动着一身腱子肉跑在跑道上，眼前尽是些女同学热辣辣的目光。可惜自己那时候啥也不懂，反倒为了展示男子汉气概，拒绝女同学递上来的毛巾。老黄却懂得珍惜身边的幸福，而且来者不拒，不但街上的小笨狗都有老黄的影子，就是那些小京巴它也没放过。而且有一天夜里还偷偷跑进村长家的工厂里，隔着铁笼子就给村长家大狼狗给种上了。等到村长发现，两条狗还在那儿连着，好在老黄机灵，要不就让村长拿来的菜刀把家伙剁去了。

迷迷糊糊睡不着，苟全富就想去院子里撒泡尿。敞开屋门，月亮倒是很好，月光像水一样铺了一地。突然看到院中间有个东西，把苟全富吓了一激灵，又看一下竟然像是老黄，心说自己真是老了，不但耳朵不行，眼也要坏。这时候老黄怕是早成了人家桌上的菜，不知被谁使劲撕扯着把那些老狗肉吃了，把牙崩了去。他骂了一句，顺便抹了抹眼上的眼屎，使劲瞪瞪眼，那个老黄也非常配合地低叫了两声。

苟全富的眼泪一下子就落了下来，真是老黄！自己的亲人一个个离开了，老婆，老娘还有弟弟，自己曾经多么希望能够挽留住他们的命，可是却没有一个在乎过自己的感受。老黄，是自己亲自送出去的，送到屠夫的刀子底下，可是它却依旧回来陪自己，不离不弃，也不记恨自己。

苟全富过去抱起老黄的头，老黄在他怀里呜咽了两声。苟全富进到屋里，把自己吃剩的馒头用菜汤子泡了泡，给它端到面前。看到老黄不急不慌地吃，苟全富回到屋里，一觉睡到天亮。

四

小王时不时过来帮苟全富做做饭，打扫打扫屋子。两人边吃饭边聊天，聊到半夜。苟全富得知小王身体也不好，干不了重活，还有孩子要养活，还有个婆婆，一家人的收入就靠她自己。我有什么办法？小王说，不是爱风尘，偏被风尘误啊！小王谈吐也很有学问，看来也是知识女性。苟全富忍不住叹了一口气。

苟全富说，要不你别做这个了，我挣钱养你，你离了吧。小王说，离肯定不行。我们是自由恋爱，当初我是顶着家庭的压力嫁给他的。再说我也不忍离弃。如果有缘，就等他走了以后吧。兀自又叹了口气，可是他没有别的病，也许活的比我还要久。苟全富想起了小芳，也重重叹了口气。

五

村长来喊小军去验兵的时候，苟全富的老婆和老娘已经都躺在了床上。苟全富正想让小军在家照顾病人，自己去把成熟的玉米收了。人家都要种麦子了，自家的地里还长着玉米，心里急，心情又不好，对村长就显得不很热情。村长虽然也是苟氏家族的本门兄弟，可平时看惯了笑脸，对苟全富的冷落明显表现出了不高兴，就说，适龄青年应征入伍是每个公民的义务。义务懂吗？就是愿意不愿意，到了年龄就去验兵。

小军跟着去验兵，整整呆了两天。

一天村长笑嘻嘻地来到苟全富家，对他说：全富，祝贺你啊，你们家小军符合入伍的一切条件，就要成为一名光荣的解放军战士了。苟全富急忙说，可是我家里有病人啊，临时小军离不开。其实内心里苟全富还是有军人情结的，毕竟自己从小看着战斗片长大的，很小的梦想就是当兵。自己年轻那会，谁当兵真是全家光荣，姑娘们涌上门口，找媳妇特好找。村长说，我不是跟你说过吗，个人要服从集体，小家要服从大家。保家卫国，是我们每一个公民应尽的义务。再说，现在是义务兵，有法律管着。验上了不去，就是违法，要拘留、罚款，孩子还年轻，有了污点可就不好找媳妇了。你看着办吧，我明天再来。

苟全富和小军商量。小军倒是想去，可母亲和奶奶都生病，自己又实在不忍离开。爷俩叹了一夜气，娘俩更是哭了一夜。

最后小军还是走了。小军说，就两年，很快。让妈和奶奶在家等着我。

六

小军走了以后,两个病人病情加重。家里又没钱了,两个病人整夜痛苦呻吟,把苟全富弄得满眼血丝,头发凌乱,不长时间就白了一半。

一个人伺候两个,日夜干熬,也没个人倒替一下。本来苟全富还有个弟弟,叫苟永富。父亲死得早,全凭娘一个人把两兄弟拉扯大。兄弟俩倒也争气,成绩都很好。可是总要有一个人做出牺牲。苟全富于是早早下了学,挣钱供弟弟读书。娘俩起早贪黑,把希望都寄托在苟永富身上。指望他出息了,家里也就好了。

苟永富毕业以后在邻市一家中学教书,刚开始还感念母兄之恩,把挣的钱交回来。可不知不觉就二十七八了,又要买房又要娶媳妇,反倒是入不敷出。回家来的次数越来越少。家里也帮不上他什么忙,一切全靠他自己打拼,三十岁那年娶了附近小学的一个女教师做老婆。老婆是城里人,偶尔春节回来过次年,不是嫌太冷就是嫌太脏,弄得兄弟感情也很尴尬,客客气气倒像是客人了。

就在半年前,学校突然打来电话,说是苟永富老师出车祸了,肇事车逃逸。等到苟全富赶到学校,人早已经推进了停尸房。

苟全富觉得兄弟死的不明不白,就想给他讨个说法。他往公安局报了案,也想用自己的能力去查一查。

他走访了弟弟的一些同事,也探得一些消息。其中弟弟一个要好的邻居就说:苟永富的老婆其实和她的校长不明不白。他还问苟全富,你有没有发现你侄女长得跟你兄弟一点都不像?苟全富在脑子里转弯,还确实没有像处。邻居又说,这个孩子备不住就是那个校长的。苟全富说,可现在人都火化了,做DNA鉴定也不可能了。还有没有别的证据?邻居抽了一口烟，把烟蒂使劲踩在脚下，说，你看到了，我们住的小区跟你弟弟的学校隔着五六里路呢。而且苟永富媳妇那个校长也在这个小区里，据说跟老婆分居，只自己在这住。刚结婚那会的一晚，苟永富值班，半夜里不知什么事情突然回来了，可能他也听着风声了吧？回来就给老婆打电话，问她，你在哪？他老婆说，还能在哪？在家睡觉呗。苟永富说，我待会回家拿点重要的东西，没拿钥匙，你给我开门啊。他老婆嘟哝着答应了。

苟永富坐在客厅的暗角里，一会发现老婆回家来了，衣衫不整的，进门就脱衣服，钻进被窝里。刚要关灯，发现苟永富在角落里瞪着眼睛看她……那一晚，两口子摔盆摔碗，打得很厉害。现在据说那个校长离婚了，备不住两人要想修成正果。苟永富又死活不离婚，嫌碍事了……

苟全富又想到学校去了解一下情况，可是学校的老师眼光都躲躲闪闪的，问话，大家倒是很客气，给他倒上杯水，说，苟大哥，你先忙会，我还有课。他没了解到任何情况，只好坐在传达室里等机会。

传达室的老大爷看他可怜，就说，我给你透漏点消息，也不一定可靠，我就一个看门的，啥也打听不清楚。听说苟老师最近和几个人竞争副校长，竞争的很厉害。有几个老师有背景，有后台，多次威胁苟老师退出竞争，可苟老师人太实在，又觉得自己业务最棒，条件最够。我推断，苟老师的死，可能是惹下人了……

苟全富把他了解的情况汇报到公安局，办案的人说，现在讲无罪推断，凡事要讲证据，你能把他们找来作证吗？苟全富又去找邻居和门卫大爷作证，两个人却都打了退堂鼓。苟全富只好带着公安局的人去找他们问，两个人却矢口否认，只说也是自己的推断，姑妄一说。

老娘听到二儿子横死的噩耗，一下子就病倒了，家里有了两个病人，苟全富只好回家照顾。而弟妹，因为苟全富的讨说法，早已经和苟家人苦大仇深，形同陌路，连老娘去世都没回来。

小军当兵不到半年，母亲和奶奶就相继去世了。忠孝不能两全，处理后事全靠苟全富。尤其是老婆，就只有小军这一个送终的，也没能在眼前，死了以后眼一直睁着。死不瞑目。

七

两年真的很快，再过几个月，小军就复员了。苟全富拒绝了于强再往这领人的要求，自己不打算娶媳妇了，孩子大了毕竟还要娶媳妇，万不可坏了名声。不过他阻挡不了自己想小王，偶尔也会给她打个电话，或者夜里偷偷把她接来呆两三个小时再送回去。

于强没找到更合适的地方，对这儿还不死心。他说，反正小军还没回来，就算回来了白天也要找个地方干活。就是要个地铺钱，也起码有个收入，你不该拒绝啊！苟全富懒得跟他废话，打电话只说不在家，来了就关着门，在家也不出去。

没有不透风的墙，尽管自己总把门关得死死的，来来往往的人和那些光棍们乱说，村里人还是对他指指点点的。

老黄的身体是越发不济了。有时候趴在那里整天都在筛糠般地抖。苟全富给它端去的食，它也一整天都不动，而且身上的毛已经掉得不多了。但是它还会偶尔起来转悠两圈，不过看来眼睛也不行了，不是撞到树上，就是撞到墙角，撞上了，就呜咽两声，就势一躺，闭上眼睛休息。

苟全富也曾经抱着它去找过兽医。兽医笑着说，它这是大限到了，要寿终正寝了，回去给它准备后事吧，我劝你还是别浪费药钱了，不值。

苟全富给它做点好吃的，它也不抬头。心说由它去吧，人死我还留不住，何况是一条狗。生死有命，富贵在天，这条狗也算活得够长了。

因为不吃东西，有好几次苟全富都感觉它已经死了，想去把它埋了。可看看，却还一直躺在那儿，听到过去，总要费力地吠几声。

两个月后，小军回来了。穿着旧军装，一进门先是两眼泪。走的时候家里还有三个亲人，两年后就只有父亲一个了。

苟全富听到小军进门，还没迎出去，老黄却早已经摇摇晃晃站起来，准确无误地走到了小军脚下。看到陪伴自己一起长大的老黄，小军忍不住失声痛哭，蹲下来，抱着老黄的头，眼泪像珠子一样掉下来。老黄的眼睛似乎也湿润了，可它知道小军还有一个亲人，挣扎着离开了。

晚上，老黄吃了小军端去的一些饭。第二天再去看，已经身体僵硬了。

他们都曾努力等着小军回来。可惜母亲和奶奶都没等到，只有老黄等到了。

回家以后小军的情绪并不高，刚开始苟全富以为是他失去了亲人的缘故，也尽量安慰他。可是在一个"一家两汉子，父子双光棍"的家庭，注定就热闹不起来。有时候苟全富也会问小军在部队的情况，为什么人家有的提干，有的学车，有的入党，你就母亲死了请个假都请不来？小军叹口气，幽幽地说，要是能拿点钱给领导，我就能请假回来送我妈了。苟全富说，一派胡言，部队是革命的大熔炉，是最纯净的地方，怎会有地方上这些歪风邪气！小军把头一甩睡觉去了，他懒得跟父亲争论。苟全富也是在几年后看了新闻，才相信了当年儿子的话。

八

苟全富开始张罗着给小军找媳妇。虽然他也会偶尔想起小王，但是为了儿子的幸福只好放弃自己的幸福了。于强有几次跟他联系，说是小王就在附近的谁家，他也没去。既然没有结果，就狠下心断了。他这一生不如意太多了，不差这一个不如意。

现在的姑娘不比当年了，大多也是独生子女，从小在家里娇生惯养。而且当年怀她们的时候，计划生育正严，传统观念在人们心里根深蒂固，人人都想要儿子，想尽一切办法找关系去检验肚子里的胎儿。现代仪器检验的结果，是一批女孩还没落地就被剥离母体。人为破坏生态平衡的后果，是到了小军他们找媳妇的时候，满大街都是小子却没有姑娘。

偶尔有一两个姑娘，看起来根本配不上小军的，张口也是要先有："一动不动，万紫千红。"一动是轿车，不动是房子，一万张紫票子是五万，一千张红票子是十万。

没有钱就求神灵，人家求姻缘都是母亲出面。小军的娘没了，苟全富不但托媒人，还四处上山拴红布条，找瞎子算姻缘。反正是能想的办法都想了，可是人家姑娘一看这个家庭就够了，话不多说，掉头就走。最后再求媒人，媒人都烦了：全富大哥，不是我不给用心啊。将心比心，你要是有女儿能愿意嫁给这样的人家？媒人还说了一句很有哲理的话：缘木求鱼，不如退而结网。小军还不大，你爷俩好好干，先赚下点钱，说不定缘分就来了。

小军也是这么想的，爷俩打工，毕竟是个固定的收入。想来想去，要想翻牌，还就要做点买卖，只有那样才能有发横财暴富的机会。可是爷俩都是老实人，没做过啥买卖，也没本钱。最后就买了一个大三轮，平时给厂子里送送货，没事了就去砖窑厂给人家送砖。苟全富平时做他的建筑工，儿子拉砖的时候就去和他装卸。爷俩没白没黑，依靠每天干的时间长多赚一点钱。有时候半夜三更送货，别人都不愿意去，他爷俩也披星戴月多赚一趟的钱。

一天晚上，苟全富从建筑工地回来，发现院子里有一条小狗，胖乎乎的，非常像老黄小的时候。小军说，是三癞子家的狗生的，要了一只。苟全富说，我说呢，原来是老黄的孙子啊！三癞子那条母狗就是老黄的种。忍不住叹了口气，老黄走了，它的血脉还在延续，也是一种幸运。可惜啊，为人还尚且可以养儿防老，老黄死的时候，那么多子孙竟然没有一个在眼前。小军说，谁让它只想打种快活？没有责任感，指望啥？

九

  小军的缘分还是来了。也许是苟全富烧香真的感动了神灵。

  那是一个傍晚，天边的晚霞几乎就要落下去了，只留下一片血样的鲜红。地里的油菜花一片片如同金色的缎子，迎风飞舞着，衬托出一种烂漫美好的气氛。小军开着三轮车，走在乡间崎岖不平的小路上。天已经不早了，为了能早一步回到家，他没走大路，选择了这条泥土路。三轮车正冒着黑烟突突突跑，却发现路边一个姑娘在招手。小军还是很小心的，他仔细观察了地形，在确认姑娘身后没有埋伏着车匪路霸以后，慢慢打开一侧的车门。姑娘说，我就在尚县上班，家是益都的，今天早请了假准备骑着摩托车回家，谁知道刚出县城就被交警查住了。小军说，我就是益都的。可是交警为什么查你啊。姑娘说，我没驾驶证啊。天不早了，你是益都的正好捎着我。看到小军在犹豫，姑娘又说，天马上要黑了，你就忍心把我自己扔在这荒天野外啊。我上去，跟你慢慢说。

  姑娘上了车，坎坷的路况使得姑娘身子总是蹭在小军身上。温热柔软的身子，使小军不禁心跳加快，满面红光。特别是姑娘说话还要转向他，更偶尔会使胸前那两团兔子似的肉团碰撞在他的胳膊上。三轮车噪音很大，尽管两个人扯着嗓子说话，还是听不清。姑娘不得不把嘴贴在他的耳朵上，一股温热的气息更加使他心潮澎湃。

回到家，苟全富已经做好饭。看到儿子拉回来一个姑娘，自是高兴的不得了。吃饱饭，小军让苟全富把捎回来的货款给送到厂子里去。其实苟全富也正想躲开让他们聊聊呢。

原来姑娘叫李翠萍，是邻村的，在尚县一家服装厂做工。服装厂最近比较忙，姑娘已经一个多月没回家了，今天想家了，早请了假骑着摩托车往回走，却被交警查住，把摩托车给弄走了。李翠萍性格倔，硬是要走着回家，可是走到路上后悔了，多亏遇见了小军。小军说，学个摩托车驾驶证也不贵，你怎么不学一个呢？李翠萍也是实在人，就说，我倒是想学，可是我不认识字。小军问，你怎么会不认识字呢？李翠萍说，没上过学。小军说，全民义务教育，怎么会不上学？李翠萍说，没户口。哎呀，你别问了，我都告诉你，我父母先生了我哥哥，我是超生的。本来我也有机会报上户口，无非就是交点罚款，可我爹是个倔种，他想要个儿子，认为闺女赔钱货，就是不交，还放出话，将来嫁给谁，让谁给报户口……

等到苟全富回来，小军去送李翠萍还没回。苟全富沏壶茶坐到椅子上等着，儿子一回来就问咋样。小军说，啥咋样？她连个户口都没有。苟全富说，没户口反正有活人，姑娘不嫌咱，咱就谈。小军说，谈啥谈，还不知人家啥意思，只不过捎了人家一程就想好事了。头一扭，睡觉去了。

不过两个人确实偷偷摸摸好上了。小军每次去尚县，都给李翠萍打电话，捎她回家，第二天再把她送去。

再后来，两个人又出去玩了几次，彼此感觉越来越好。不过苟全富总有点担心：李翠萍的爹那么邪的一个人，不会干预闺女的婚姻吧？

不过确实没有。

十

下了几场雪，天冷了，春节也渐渐来临了。腊月三十晚上，小军从砖窑厂结完账回来，身后还跟着一个大个子。苟全富认识，是砖窑厂的保管刘金山。小军说，窑上的人都回家了，刘哥也不回去，我让他来咱家吃顿饺子，喝点烧酒暖和暖和，在外真是不容易啊。

苟全富就整菜，把炉子弄得旺旺的，在旁边支了小桌。三个人坐在凳子上，每人倒上一大杯，边吃边聊。两茶碗酒下肚，话就多了起来。苟全富说，小刘啊，听说你就是邻市人，家也不远，家里还有什么人啊？刘金山说，人多呢，父母、老婆、孩子都全着。苟全富说，可是我看你在窑厂干，平时也很少出门，也好几年没回去过年了，你就那么舍得？刘金山不说话，只是大口喝酒。小军说，爸，刘哥不愿说，你就别问了。

刘金山自己又灌下两茶碗酒，竟然趴在桌子上呜呜哭起来。然后抬起头来，对着苟全富说，叔，我看你待我这么亲，我也就不瞒你。我是出了事啊！这几年担惊受怕，听到警车响，就吓得腿发软、尿裤子，已经落下病了。苟全富说，什么事啊？要是事情不大，就去自首吧。我爷俩能帮你的一定帮你。刘金山又喝一口酒，说，是一起车祸。那天早晨大雾，我开着车出门，在诛仙路那儿撞到了一个人。苟全富说，很严重吗？刘金山说，不知道，当时昏了。我也昏了头，我是借的别人的车，没敢停就跑了。苟全富突然瞪大了眼，问，诛仙路？是丰年桥那儿那个十字路口吗？刘金山说，是啊，就是那。听说撞到的是个中学教师，后来死了……

苟全富一下子站起来，一巴掌打到刘金山脸上，你你你……你为什么跑？当时人还没死，你跑以前把他拖到路边也行啊，也不至于他被后来的车又撞了好几次！小军站起来，拦住满面怒容的父亲，说，咋了，爸？有话慢慢说嘛。慢慢说个屁！你二叔就是他撞死的！

刘金山扑通一声跪到地上，大叔，我对不起你啊！四五年来，我每天都在遭受良心的谴责，又自责又惊恐，我是生不如死啊，大叔，你把我送到公安局去吧。

苟全富也呜呜哭起来，小刘啊，过了年，你就去自首吧。这样也许还可以减轻点罪责。

十一

过了年，李翠萍就几乎天天在这儿住着了。正月的风还凛冽，苟全富就每天傍晚站在街上。有人问，他就摇摇头苦笑。年轻啊，总是没数，自己还是出来躲个清净的好。

不知不觉，苟全富才发现已经好几年没有小王的消息了。他于是拿上一盒好烟，夹着棉袄去了于强家。于强正自己坐在椅子上喝酒，看到苟全富，忙说，稀客啊，全富哥，你咋有空呢？看到于强的媳妇在旁边，苟全富把烟拆开，递给于强一支，自己也点上，说，这不正月里没事，哥给你拜年来了。于强吐了个烟圈，哈哈一笑，客气了，来，弄两盅。苟全富忙摆手，说，不了不了，我吃饱了。

两个人闲聊了一会，于强的老婆出去串门了。于强才眨巴着眼说，咋，想了？苟全富吞吞吐吐地说，我想问问，那个小王怎么电话也不通了。于强说，敢情你不知道啊？死了。苟全富心里一寒，死了，咋死的？于强说，癌，胃癌。都是她那瘫巴男人把她气的，自己不行赚不来钱，还整天折磨她。什么东西！

从于强家出来，苟全富感觉天旋地转的。一夜辗转反侧难以入眠，脑子里一遍一遍过着和小王在一起的点点滴滴。女人也真是不容易啊！他又想起弟媳，如今依旧孤儿寡母。因为自己的怀疑，弟媳一直不原谅他。倒是过年侄女给打来一个电话，给大爷拜年。那天法院开庭，看到她娘俩憔悴的样子，特别是侄女跑过来扑到他怀里，当时他的眼泪就下来了。毕竟血浓于水，弟弟能留下这点骨血也算延续了他的生命。

第二天，他买了点纸草，溜到小王的村里，打听来小王的坟墓。一座新坟，孤零零立在那里。风很大，他的眼泪一直窝在眼眶里。可是路上来来往往人很多，他不想让别人再去议论她。一直等到天完全黑下来，他才走过去，坐在小王的坟边，掏出四支烟，点着，插到泥土里，自己也点上一支。慢慢跟小王说话。烟尽了，就再点一支。他想，在心里，自己还是一直把小王当成自己的女人，因为除了老婆，没有另一个人曾经对自己那么好。可是她们却都走了，走得那么远，这一辈子都不会再遇见。

十二

小军开始给李翠萍跑户口。好在他有个战友在民政局工作，给他提供咨询。从村证明，到接生证明，到计生办补交罚款。一套手续跑下来，小军累得人都瘦了好几斤，也黑了。可是有什么办法，没户口就不能登记，将来有孩子也不能上户口，总不能祖祖辈辈是黑人。

最后，两个人就差偷渡去国外结婚了，才好歹办了下来，扯了结婚证。苟全富的心里一直惴惴的，害怕他那个邪性亲家来跟他谈条件。还好，直到后来才知道亲家已经去世了。等到双方老人一见面，只有一个亲家母，清清爽爽一个老太太，为人也利索，做事也论理，而且一看就颇有教养。苟全富的心里有点暗自高兴。

结婚虽然也借下了点钱,还好没拉太大的空子。现在的社会,"一动不动,万紫千红"办不到,孩子需要的东西,比如彩电、电脑、金戒指,孩子不要也要给置办齐的。

一天,苟全富在门口突然发现一张熟悉的面孔。他已经没有大印象了,只感觉面熟,而那个浓妆艳抹的女人却一下子认出了他,咦,这不是全富大哥嘛,可是好几年没见了。苟全富才想起,当年于强领着在自己家让自己挣地铺钱时,除了小王,还有这个小张。这个小张是个人来疯,脑子好像缺根弦,做人做事喜欢夸张,有时候杀猪般地叫。

看到苟全富大门口贴的大红喜字,小张说,大哥,你娶媳妇了?苟全富脸一红,说,谁会嫁给我?老了。娶了儿媳妇。小张说,大哥挺有魅力啊,要不妹妹我嫁给你得了。苟全富看着她脸上要涨下来一样的脂粉,和脂粉下面那张沟沟壑壑的脸,忍不住恶心了一下。小张张开嘴,哈哈大笑起来,说,怎么?老熟人都到门口了,也不请家去喝杯茶?你那茶好,妹妹可一直记着呢。

苟全富感觉街上人太多,在这里聊下去还不知被那些说闲话的人怎么议论哪。还好,儿子、儿媳都没在家,回家说两句马上把她打发走了事。于是就说,那就请到家里去坐坐吧。小张扭了扭老腰,轻车熟路往里走。刚进院门,一条狗忽的钻出来,狂吠不已。来得突然,吓得小张一屁股就坐地上了。苟全富忙说,没事,咬不着你,拴着呢。

这狗就是小军当年要的狗,已经长得跟当年的老黄一样大,而且也是黄色的,苟全富叫它黄黄。黄黄的脾气显然比老黄坏许多,总是呲着牙低吼,是一条喂不熟的白眼狗。苟全富只好用一条铁链子长期拴着它,可它还是经常搞突然袭击。还好,铁链子足够短,要不非咬着人不可。

惊魂未定的小张进到屋里,这里瞅瞅,那里看看,还真没把自己当外人。她打开小军的卧室门往里瞅的时候,苟全富的儿媳李翠萍却一步走了进来。

李翠萍的脸色一下子就拉了下来。可这个小张根本就不是一个看人脸色说话的人，尽管苟全富一个劲介绍儿媳，可她依旧腆着脸该说的不该说的都说。李翠萍跟小张邻村，关于她的传言早就知道不少，看到公公招惹这种人，心里就老大不高兴。话也不跟她说，听到黄黄在院子里吠，就拿根棍子去打黄黄，嘴里骂着，你个东西你有病啊，谁家你不去嚎，在这胡咧咧，滚一边去……

苟全富只好讪讪地低声说，于强在家呢，那天还说想你了，要不你去看看？小张说，是吗？我也想他了，我去看看。

过几天遇到于强，苟全富发现他满脸都是抓痕。于强说，全富哥，你不地道啊！我老婆在家，你就让那个小张去，害得我们好打架，你看我脸给挠的？苟全富也感觉过意不去，兄弟，我真不是故意的，我家也眼看就失火了，才往你家引引。得得得，兄弟，我请你喝酒，算是哥哥给你赔不是了。

而使战火进一步蔓延的是那个夏夜。苟全富有裸睡的毛病，夜里被尿憋醒了，就去院子里撒尿。那是个十五的夜晚，月光很好，他也没开灯。本来他们家的住房构造是中间是客厅，两头是卧室，他住东头，儿子儿媳住西头。也已经很晚了，差不多是零点以后了，他根本不会想到儿媳妇李翠萍还在客厅玩电脑，当他打开卧室的门，自己都有点惊呆了。直到听到儿媳妇那一声惊叫，他才想起退进卧室。而更可恨的是那晚儿子在朋友家喝酒，还没回来。这个事就说不清了。

儿媳妇对这个老不正经的公公痛恨不已。表达的方式，就是用棍子打黄黄，一边打一边骂，你个老狗，你个老不要脸，你还想咋？你个老狗，不要脸的老狗……

苟全富家的房子，还好有一个大院子，院子里有几间偏房。苟全富收拾出两间来，自己粉刷了墙壁，又买来一些无纺布把顶子吊了吊，还用廉价的地面砖铺了地面，倒也干净亮堂，看起来比正房还要好。苟全富自己一点点把床和铺盖搬进去，然后就住到里面了。

十三

秋风渐渐凉了，树叶开始变黄，却也到了收获的季节。苟全富打足精神，准备收获地里的一大片庄稼。由于粮食价格偏低，村里出现了一些抛荒地，而苟全富不怕受累，把抛荒的地都种了起来。这个季节对他来说就是一场战争了。

战斗打响以前，苟全富对儿子和儿媳进行了战前动员，希望把手里的生意放一下，全力以赴先做好秋收秋种。可惜战斗刚刚打响，李翠萍就下了火线，一直高烧不退，浑身乏力。据说李翠萍已经怀孕，这关系到苟家的下一代香火，马虎不得。于是又撤下一个主力队员小军陪她去中心医院住院治疗。

本来三个人的战斗小组，现在只剩下苟全富一个人了。雇工又舍不得，干活却是孤掌难鸣，没办法，只好启用储备程序，李翠萍的妈，那个清清爽爽叫陈玉兰的老太太来给苟全富打下手了。

陈玉兰干活绝对是一把好手，穿了紧身的衣裤，割玉米秸，装车，样样农活拿得起放得下。两个人配合默契，一天收获不小。不知不觉天就黑了，陈玉兰又忙着洗菜、做饭，等到饭做好了，小军打电话不回来了，让他们先吃饭。空荡荡的客厅就剩下两亲家了，反倒没话可说了。苟全富拿起一瓶酒，打开，给自己倒满，想了想，又给亲家倒了一杯，说，妹子，你受累了，喝一杯吧。陈玉兰说，我可不敢喝酒，从来没喝过。苟全富说，喝吧，妹子，喝点解乏。陈玉兰的脸先红了，说，我比你大四五岁呢，还叫我妹子，没大没小的。苟全富呵呵傻笑,说,你看你脸多光滑,就像三十来岁的,我脸上的褶子都能种地瓜了。陈玉兰说,瞎说,快吃饭吧,明天的活还多呢。却端起杯来,轻轻抿了一口,忍不住咳嗽起来,脸色越发红润。苟全富忍不住哈哈大笑起来。两个人边吃边聊,苟全富又问了问亲家公情况,陈玉兰说,那个人就是犟,牛一样。苟全富再问,她就光叹气,不说话了。苟全富还想问问她儿子的情况,想想憋住了。他也从儿媳妇嘴里听到不少消息,陈玉兰跟儿媳妇关系并不好,自己住在一个小屋里,不和儿子在一块。

两人说了一会话,苟全富就喝多了,不停地说话,该说的不该说的都说,最后就迷迷糊糊被玉兰扶进了偏房里,给他脱了鞋,盖上被子。然后轻轻走了出去。玉兰走了出去,苟全富却清醒了,瞪着眼,一夜没睡。

第二天儿子儿媳就回来了,经检查还真是怀了孕。医院给开了药,在家吃药修养,换成陈玉兰在家伺候女儿,爷俩去秋收。

秋收秋种很快结束了,陈玉兰也回了家。李翠萍的妊娠反应却越来越强烈,不但经常呕吐,后来直接就下不了床。

小军还要出门挣钱,李翠萍就没人照看,只好继续求救老娘。陈玉兰传过话来,家里还喂着几只鸡,几头羊,处理一下,转过年来就来伺候闺女月子。

苟全富甚至有了些小激动,下工回来就把院子里打扫得干干净净,还把空地上种了月季,竹子,迎春和各种草花,尤其是不知从哪里弄来两棵玉兰树,栽到院子角上,天天上心呵护,而且整天满面红光的。大家都道是马上要有孙子了,苟全富心里高兴呢。

冬天并不漫长。这一年的冬天更不冷。一进腊月,院子里的迎春首先开了,金黄色的一团团,一簇簇,令人怜爱。然后亲家陈玉兰顶了一块同样艳丽的头巾,推开了苟全富家的门。看到这几个月的变化,陈玉兰不禁张大了嘴,像少女一样啊了一声,苟全富的脸马上红了,就像自己心底的小秘密突然被人窥探了。陈玉兰先和苟全富客套了两句,才向女儿的房间里迈步。中午的饭,大家围在一起,谁也不说话,像是比赛着沉默。倒是女儿先问妈,家里的事情忙完没有啊?陈玉兰说,忙完我也要在家里过完年再来,哪有在姑娘家过年的?急也不差这一两天。对着姑娘说话,眼睛却看着苟全富。苟全富的心里噔噔跳,像小伙子一样红着脸。

苟全富说,是啊,不急。等到过了年,院子里的玉兰树就开花了。这两棵是红玉兰,开花可好看了。

寻找

一

我在雪地里已经趴了一个小时了。西北风夹着雪花在我身边呼呼吹过，冻得我的鼻涕不住往下流，腮帮子也没有知觉了，手脚像猫咬一样疼。可我还需要匍匐、隐蔽，只要哪只肥硕的野兔出现，一顿美味可能就会出现在我家今晚的餐桌上。

这只兔子已经在这一片出没很久了，大雪掩盖了它可能发现的草地上的一切食物。它要出来寻找食物，而我想把它当成我的美味。为此我用老鼠夹子给它装备了陷阱，可狡猾、惊觉的兔子几次都没上当，我只好亲自设伏，偷拿了我爹的猎枪，想象着它一旦出现，若不入陷阱，就立即对它执行枪决。

守株待兔的确是一件苦差事。我在心里给它数着数，我想要是再数到一千它不出现我就放弃了，再回去做几个老鼠夹子，重重陷阱，我就不怕它不成为我的佳肴。

还好,在我数到807的时候它出现了,警觉地晃动着长耳朵,慢慢地,一跳跳地向我走来。我屏住了呼吸,慢慢挪动猎枪的枪口。它没有向老鼠夹子的方向走,看来还真需要我用我的猎枪来消灭它。爹把猎枪看成命根子,从不轻易让我摸,因此我的枪法并不准,我要等到它再走近些,完全进入我的射击范围,当我有足够的把握时再开枪。

可是,刹那间,兔子一跳而起,耳朵迅速一罩,像一条线一样向远处射去。同时听到爹的怒吼:"你小子,又偷了我的枪!"然后他像抓小鸡子一样把我从地上提了起来。

爹清瘦,却长得高大,像一根打枣杆子,前段时间"打枣杆子"底下的分叉被机器别断了,一瘸一拐的,正在家养伤呢。而我却长得矮小,还不到爹的肩膀。这倒不是说我不是爹的种,而是我的背上长出了一个衍生物,他们开玩笑说就像是放二踢脚,腾一下没上去,炸了,从边上窜了出来。虽然刘墉也是罗锅,可是人家当宰相,没当的时候也是富家公子。可在我家,我娘早没了,就我和我爹两条光棍。虽然我的成绩还可以,但是考高中还有面试一关,面试我没通过,结果连考的资格也没有了。爹于是郁闷,比我还想不开,整天唉声叹气喝闷酒,酒后上岗,结果咋的,一根铁管子砸到腿上,他老人家那高粱秆一样的小腿没有承受住,轻轻松松断为两截。

爹平时喜欢用他的小细腿踢我,现在一条不敢动,一条站不稳,只好用手抓着我的后衣领把我提起来,可是提起来以后用力过猛,又一下子压下去,差点又把我压趴下,于是爹按着我的肩膀,把我当拐棍,一瘸一拐往家走。边走边眉飞色舞地跟我说:"儿子,你小子有傻福,我终于做通了厂长的工作,你这辈子算是有指靠了。"

二

1989年12月23日，那个大雪纷飞的冬日，我以父亲的提前退休为代价，成为了县农机厂的一名学徒工。

没了工作的父亲，每天怅然若失，一副无精打采的样子，在烟雾迷蒙之中喝着廉价的烧酒养伤。等到他的小细腿康复以后，找过许多脏累的工作，比如在砖窑厂拉泥胚，一个地排车从一个大坑里拉着满满一车砖胚跑上来，可能是父亲的腿还没完全好，更可能是他根本吃不了这碗饭，还没爬上大坑，地排车后面一翘，我老爹蹬着两条长长的小细腿，却找不到地球的方向了，一排排横在车上的砖胚迅速后移，直到大部分又重新回归了泥土，老爹的脚才落到地面上……如此弄了两次，被工头大骂一顿以后，爹又一次失业。可怜我那五十岁不到，一生要强的老父亲，类似的工作又找过许多，才对我说："儿子，以前我以为在工厂够苦的了，现在发现，比这又苦又累的活计多了去了。"好在父亲的技术在厂里还是顶呱呱的，老厂长后来把他返聘回来，作为临时工，每天一块五毛钱又干了好几年。

再说那天早晨的我，穿了一身父亲给我改的工作服，在一片嬉笑声中，被车间主任李大宝推到了大家面前："这是老文的儿子文小青，以后就是咱车间的学徒工了。看在他爹的面子，都照顾点哈。"有几个工人在起哄："嘿，小子，你断奶了吗？人家小叶妹妹是干到一半回家喂奶，你可别干到一半回家吃奶啊。"一个小媳妇就站起来骂："你才干到一半吃你老婆的奶呢……"大家伙哈哈大笑。

李主任一皱眉："都严肃点，说正事别屁多话少。文师傅是咱厂的老人,你们也算是些叔叔辈的,注意点啊。文小青,以后你就跟着王定元师傅。好了,散了吧,都去干活。"

那一天离我的十六岁生日还有两天,我就这样成为了一名工人。那王定元师傅也是和爹一样的作派,先扔给我两个小册子,一本是《厂规厂纪》,一本是《车工操作规程》,说:"去那个大磨床后面,一星期背熟。"

第二天,我把小册子还给他,说:"师傅,我背过了。"师傅到旁边坐下,点上一支烟,面无表情地说:"背吧。"我啪啪啪从头到尾,一字不落背了出来。原指望师傅会表扬我一下,谁知他依旧不说话,在那抽烟。我说:"师傅,我背完了。"他应了一声,指着他床子旁边的位置说:"站那儿,看着。"

师傅不知道,当年我是做梦都想着当工人呢。这两本小册子我家里就有,没事的时候就拿出来看,早就背熟了,之所以隔一天才背给师傅听,就是想让师傅夸我一句用功,可师傅硬是沉着脸夸奖的话一字不说。师傅喜欢边干活边含着一支烟,烟在嘴唇上从左边移到右边,呛得眼睛总是眯着,还不时大声咳嗽、吐痰。我后来想:"当时的《厂规厂纪》有三十几条,就没有一条规定工作的时候不能抽烟喝酒。有的话,我爹也不至于喝了酒上班砸断腿,我师傅也不至于最后死于肺癌。"

我站在那儿一天师傅都不让动,看他弯腰、直腰,摇着车床的手柄进刀、出刀,有时候会调一下转速和行进速度,在咳嗽的间隙嘟哝着这个该用八百转,这个该用弯刀,也不管我是否听得到。

渐进腊月,天气越发冷了,雪花不断,有时候就从天窗飘进来。车间里虽有暖气,却依旧是冰寒刺骨,杯子里的水都会冻成冰坨子。师傅的手裂了口子,可他依旧是徒手干活。有时候我对师傅说:"人家都戴手套,你也戴一副手套吧。"师傅说："又忘了《车工操作规程》了？干活的时候不让戴手套，你怎么背的？"对规章制度，师傅是看成高压线的，循规蹈矩，从不敢越雷池半步。

看得出，师傅不但不和我说话，和车间里谁都很少说。每天开班前会，一帮青工在那里荤的素的开玩笑，师傅只是在旁边抽烟。不过谁要是敢欺负我，师傅保准会瞪眼。每天铁屑都要专门收集到厂里的废品区，根据以往的惯例，都是学徒的用地排车往那拉。当时就我一个学徒，别人吆喝我的时候，师傅总是把眼一瞪，文小青能拉动吗？该怎么排值日怎么排值日。师傅资格老，却没个一官半职，就因为我行我素，个性太强。可很多时候他说话比车间主任李大宝还管用，更不用说那几个副主任了。

三

师傅很严肃，厂长倒是整天笑嘻嘻的。厂长叫丁杰，是一个白头发的老头。那天我去上厕所碰到他，他问我："你小子就是老文家的小狗子吧？"当时我想，这厂长咋就骂人呢？后来才知道，这是人家当地的叫法，谁家的儿子叫谁家的小狗子。当时毕竟人家是厂长，管着上千号人呢，我对他还是很畏惧的，低着头，红着脸答应了一声。丁厂长说："你来我办公室一趟。"我胆胆怯怯跟在他后面去了他的办公室。他的办公室相当简陋，就两张三抽桌，还有一张硬板床。丁厂长一直没结婚，平时吃食堂，很多时候就是在办公室里凑合。

丁厂长先问了问我爹的情况。我当时把我爹在砖窑厂打工的事情说了。丁厂长沉吟了一下，说："你爹还是我的'八大金刚'呢，当初厂子初建的时候，我领着你爹、你师傅几个老工人，自己垒院墙，修床子，上设备。

当年可就是几间破屋，几个人，大家伙流血流汗才把咱农机厂发展到现在这样。不能亏了老同志，告诉你爹，先让他回来干着临时工，以后再说。"

丁厂长又说："文小青你可得多吃饭，你现在的身板干这活有点吃力。小子，你和他们不一样，你是有福的人啊。"看我瞪着惊异的眼睛，丁厂长拍拍我的背，"你这背着一堆福呢。哈哈哈……"

丁厂长笑了一阵，说："别自卑，小伙子，上帝为你关上一扇门，必定为你打开一扇窗。"然后挽起裤腿，指着裤子里的一条假腿说："我当年打仗的时候这条腿就没了，这么多年干革命不也是一条汉子？你这个福比伯伯的不是好多了？好了，回去吧，好好跟那个老王学。记住了，我们学好武艺，报效工厂，借用毛主席的话：工厂是我们的也是你们的，但终归会是你们的。无论什么时候也不能忘了，我们是工厂的主人，厂兴我荣，厂衰我耻！"

看师傅干了三个月的活，师傅才让我上手。先拿着我的手熟悉开关，然后扔给我一个活，说："干出来，给我留两个米的余量，我精车。"

我拿过师傅的刀子想用，师傅却给我一把没磨开的，让我自己去磨，而他就在旁边看着。刀刃的斜度，开槽的宽度和深度，我往往掌握不住，他有时候会像爹一样踢我的屁股一脚，拿一把他自己磨好的刀子给我参考，有时候并不说话，由着我把刀子上到床子的刀架子上，听到刀子和"活"发出刺耳的尖叫时，才指一下再在哪个地方修改。因为我的个子比师傅小，师傅还去木工组专门钉了一块木板放在我的脚下，而他自己干的时候再把木板竖到旁边。

春暖花开了，师傅有时候到我家跟我爹喝酒，两个老邪头本来就是师兄弟，也不说话，只是拼命喝。我倒是希望他们对于我学徒的事情有所交流，可两个人就权当没有这个事情一样。

四

由于我的用功,车床上的活不到一年我就基本掌握了。别的学徒工都是先要给师傅干活,帮师傅挣点工时。可是我却马上跟着师傅一起又去干镗床了,师徒同转行在车间里还没有过,然而两年的时间我跟着师傅把车间里的床子竟然全干了一遍。

一次开早会的时候,车间主任李大宝就说:"文小青干得差不多了,咱让他出徒吧。"根据厂里以往的规矩,学徒工是需要三年才出徒的,提前出徒除非有特殊贡献。这时候我师傅才给我说了句公道话:"这小子够聪明,学东西快。出了徒的,谁不服可以跟他比试比试。"

李主任看了看大家,说:"咱要有点良心,老文师傅干临时工,咱不能让他爷俩都挣一块五吧?"当时学徒工也和临时工一样,不但工资低,并且一切福利待遇都没有。经过大家的推荐,我转成了正式工,工资翻了一倍,还有了奖金。

成了正式工以后,李主任看到我身体薄弱,干程序上的活比较吃力。好在我爱学习,爱钻研,也在于李主任的有意培养,我成了车间的质检员。我牢牢记住李主任的教导:质量是企业的生命。每一件产品我都认真检查,从不让一件不合格的材料安装到产品上去。我深深地知道,即使是一个螺丝钉不合格,到了客户那里所造成的损失也是无法预计的。卖出去的产品坏了,就要派人去维修,差旅费、车费不说,到了那里又要拆装,又要再发配件……更主要的,如果产品在人家那里频频出现故障,人家就再也不会买我们的产品了。

这个时候市场经济已经悄然兴起，各种乡镇企业小厂子的产品也在冲击市场。好在我们大厂资金厚、技术强、设备先进，但也只有更好地发挥优势，才能立于不败之地。

同时，伟人一句话"让一部分人先富起来"，各种民营企业如同雨后春笋般迅速崛起，县政府出台了扶持政策：响应党中央号召，国营企业还需全力以赴扶持乡镇企业。需要技术输出技术，需要人才输出人才。我师傅王定元就经常下乡指导工作。

五

在这种情况下，国营企业不受冲击是不可能的，农机厂的经济效益也开始下滑。县政府采取了措施，就是放权，实行厂长负责制。最大限度地给厂长权力，给工厂自由运行的空间。

农机厂刚刚调来了一位书记，姓曾，原是连山公社党委书记，也快到点了，进城来养老的。曾书记是农村大队书记提拔上来的干部，大字不认识几个，虽然来了农机厂这样的机械厂，可是他连游标卡尺和千分尺都不知道是啥玩意儿，更不用说机械设备了。可他精通的是夺权、驭人，很短的时间竟然团结了一群人，叫嚣反对厂长负责制，在会议上公开说："工厂是共产党的工厂，共产党的天下就要党的领导，党的领导就是书记说了算！"

丁杰厂长虽然只有一条腿，当初却也是武工队长出身，农机厂又是他带领几个老工人从几间破房子、几台破设备一点一点发展起来的，当时就跟曾书记拍了桌子："老子怎么就不是共产党了？老子打鬼子的时候你还在老家搂着老婆睡觉呢。你不就是靠着搞运动弄了个官？工厂的事情你懂多少？你说了算，你能把工厂、工人带到哪里去？"

两人就此闹翻，可是丁厂长低估了曾书记的能量。几天后县委下了一个通告：农机厂的厂长负责制先暂时不执行。通告的结果是丁厂长的政令再也无法下达车间，曾书记一帮人处处掣肘，令农机厂陷入半瘫痪状态。丁厂长几次去县委反映情况，脾气火暴的他难免说话也比较冲，每次均无果而终。在一次往返的时候突遇车祸，一辆大货车将其撞倒逃逸，丁厂长三日后死于医院。

丁厂长的追悼会尽管曾书记下令谁去参加以旷工处理，可是厂里还是百分之九十的人都去了，那天下着小雨，近千人站在雨中痛哭失声，大家随着灵车缓缓而行，一直把丁厂长送进墓地……而丁厂长的东西，似乎除了几床烂被子外，再没有什么。大家看着给丁厂长收拾出来的东西，又哭了一场。这就是农机厂的缔造者，为了农机厂奋斗一生的第一代厂长！十几年后，农机厂的另一任厂长也被公安局搜了家，据说光现金和证券就六百多万，当时大家也是泪流满面，哭完了去院子里放鞭炮，奔走相庆。

丁厂长去世以后，副厂长王利接替厂长职务。王厂长是上海人，清华大学毕业，厂里的许多新产品都是王厂长带领技术工人研制的。而且原先丁厂长就很器重他。王厂长也不计名利。王厂长只有一米五的个头，裤子的长度是九十公分，而裤腰是一米零二，矮而肥胖，动作笨拙。相比之下，曾书记的个头差不多一米九。王厂长知道拍桌子也斗不过曾书记，于是还跟原先一样，一心扑在生产上，别的都由曾书记说了算。如此一来，倒也相安无事。

反倒是我的质检工作频频遭遇阻力。车间里有个崔立军，是副厂长崔光的侄子。此人倒是很勤奋能干，就是干活毛糙，每天干的活有大半是不合格品，我给挑出来，他的奖金就没了，而且还要扣工资。每当我给他检验活，他就朝我瞪眼，还好有李主任和师傅罩着，在厂里倒没啥，可是我在一次上夜班往回走的时候，被人用一条口袋罩住脑袋胖揍了一顿，并且威胁我，以后检验注意点！尽管那人压低了声音，把嗓子变粗，可我还是听出是崔立军。回到家，参看到我满头青紫，问我怎么了，我只说是被车撞了一下，摔了一跤，没事。

第二天，我照常上班。工友看到我的伤，都跑来关心地问询。我去找李主任，跟他说，钻床虽然累，可是我感觉崔立军还是比较适宜干钻床的，是不是可以给调一下。

有时候我们得承认，有些人的确不适宜干精细的工作，也许他们非常努力，可是干出来的活依旧达不到要求。崔立军自从干了钻床以后，没再出现过不合格的产品。因为钻床本身粗糙，再就是有模具，只要对准了钻下去，再打磨掉毛刺，一般就成功了。

六

一段时间以后，厂里产品的返修率明显提高。李大宝主任在班前会上发了火，点名批评了我们做质检的，并且扣了我们的奖金。

可是派出去的维修人员发现，质量大都出在一些轴承什么的外购件上。李主任跟王厂长汇报，王厂长说这些事情一般是曾书记管的，你去跟他说一下。曾书记一听，立即拍了桌子，跟李主任说，以后你们车间的质检员一块检着外协供应，买来的东西全都盖章验收！曾书记此人虽然权力欲非常强，喜欢不懂装懂，但是不贪不占，外表看来一身正气。因此很多人都是一分为二来看的，人是复杂的矛盾体，集正邪于一身。

李大宝带领我们检查了仓库的轴承、螺栓、轮胎等，发现大都是不合格的产品，有些我们不能确定，比如轴承，商标完好，肉眼是根本看不出来的，可是用上没多久就不转了。我们到技术监督局让专业人员检验，发现是旧轴承复新的，一台机器好几万，竟然因为一个几块钱的轴承毁了！

李主任将仓库的不合格产品全部封存，找到供应科长，要求全部退回。供应科长看着满仓库的东西，咂着牙花子说："这些都是崔厂长安排进的，已经付了全款，如果退，怕是不好办，几十万元的货啊！"

李主任说："可是我们也不能因为一颗老鼠屎坏了一锅汤，墙上写着呢：质量是企业的生命。没质量了，咱厂子可就离着倒闭不远了。"

正在争执，副厂长崔光叼着一支烟斜着眼睛进来了。崔光是老城里人，在农机厂算是坐地户，而且祖上是卖膏药的，不但嘴皮子利索，白道黑道都说得上话。看着李主任态度坚决，嘿嘿冷笑着说："如今市场上良莠不齐，咱又不是孙悟空，没有火眼金睛看出假冒伪劣。你们不是肉眼也没看出来吗？还需要技术监督局的专业器材？也别太难为供应科的弟兄们，大家挣碗饭吃都不容易……"

最后崔光说："这么的吧，质检的弟兄们，晚上我请客，咱先去吃饭。"李大宝说："谢谢崔厂长了，晚上我还有事。咱先解决问题了再说！"此时到了下班时间，大家只好先各自回家。

晚上李大宝去找曾书记，曾书记却苦着脸说："要不让大家选一选，看看能用的先选出来用上。"曾书记平时都是天不怕地不怕的样子，看来也是遇见阻力了，他递给李主任一支烟，两人抽了会儿，曾书记说："货款已经付了，我去看了账目，价格还不低，没别的办法，实在不行就只有起诉供货单位了，可是再去法院扯皮，最后还不知道什么结果……"

我正在家，却听到有人敲门。开门进来两个陌生的人，说："你是文师傅吗？"我一看不认识，就喊爹："爹，有人找你。"两人却摆手："不用喊你爹，我们就是找你。"两个人说："我们是崔厂长的朋友，那批货我们是通过崔厂长卖给你们厂的，今天崔厂长给我们通气了。明天你要是盖上章放我们一马，看见没？"来人一指身后的纸箱子："二十英寸彩电，就是你的了。"

我说："我很穷，也一直想买个彩电娶媳妇。可是你们知道，这个事情我说了不算，我们三个质检员，主要还有李主任，他们都通不过，我自己的章不管用。"来人说："我们都打听好了，一个质检员再加上李主任的章这事就算过去了，你先收下，李主任那儿我们搞定……"我还想再找个理由推脱，我爹从屋里蹿出来，满嘴的酒气就开骂了："少他妈来这一套，我们老文家行得正走得直，不正之风跟我们挨不上边。你们也别拿姓崔的吓唬我，老子建厂的时候他姓崔的还跟他爹卖膏药呢……"

来人也火了："你这是给脸不要脸，不就是干个小小的质检员？老子办死你都不费吹灰之力……"我爹往上蹿，两人也往前凑。看到两个人人高马大的，我知道我爷俩动手绝对不是对手，就把门哐当一声关上了。两个人在外面踹了几脚门，才骂骂咧咧走了。

七

我觉得我应该说说我的婚事了，因为我爹很着急。他觉得我就是一只笨鸟，笨鸟就应该先飞。而实际上我并不是笨鸟，只算得上一只残鸟而已，因为我的背上背着福呢。

这时候已经到了1994年，现在想想我爹还是挺英明的。工人阶级的优势已经日渐败落，"让一部分人先富起来"的政策使农民的收入骤增。要再提前几年，不用说我背着福，我就是瞎眼瘸腿，也极有可能把农村里的一朵村花娶到手。那时候叫吃供应粮，虽然每月只有三十五斤定量，可是比那些吃糠咽菜的农民不知要高出多少。因此这时候我想去寻觅一个村姑的话，我想还是有可能的。可是我爹不愿意，孩子户口要随娘，我爹不愿意我们这祖祖辈辈的城里人的后代成了农村人，他就是要给我找一个城镇户口的。

城镇户口的没人看得上我，那些农村考进城市的穷怕了的农民后代，把那些歪瓜裂枣都疯抢一空。寻寻觅觅的结果自然是一无所获。还好我师傅他老人家也着急，找了个折中的办法，把他一个城关公社的侄女介绍给了我。

城关公社因为在城区，正面临着轰轰烈烈的转户口运动呢。这一部分人自视甚高，嫁到农村肯定不愿意，而城关公社那些小伙子又大都娶了乡村里的漂亮姑娘。乡村姑娘嫁到城关就成了凤凰了，户口迁到婆家天经地义，而城关的土地因为有那么多的工厂机关，工厂机关里又有那么多人，他们每天排泄，在没有化肥的年代，粪便是最好的肥料，因为粪便的滋润，城关公社的庄稼长得好，产量高，农民又可以种点菜卖给工厂机关人员，因此会比那些乡下人富裕很多，生活水平自然就高。最重要的现在还都是农村户口，将来一转就一块跟着转了。

在那么多的乡下姑娘想要嫁进城关的同时，就剩余了那些城关的姑娘们。确切地说是剩余了城关那些丑姑娘。她们要么万分不情愿嫁进乡下，要么找了对象死活不往外走。社会进步了，男女都一样，干吗男人留下我们？于是赖着，却又划不上宅基地，只能跟父母挤一块。

小芹就是这样一个丑姑娘。她长得矮胖，一只眼睛斜着，好像根本没有黑眼珠，说话如同机关枪一样，又快又狠。

说实话，我是看不上这样的女人的，我虽然罗锅，可是审美正常，懂得什么是美女。

可是我爹满意，有人愿意嫁给我就是老辈里烧了高香，再能生下个一儿半女，我爹的话就是对得起我走了的娘了。我一直没说话，心里想起我娘那苗条俊俏的样子。我师傅踢我一脚："你小子放个屁，咋样？"我没说话，我爹倒说了："还能咋样，人家不嫌咱，就定下了。瘸驴配个烂布袋，将就呗。"

可是我爹他老人家想错了。自从小芹进了我家门，我爹就不是我爹了，小芹却成了我奶奶。

结婚第三天，小芹就把我爹的酒壶扔进了院子里。他老人家一生强势哪受过这个委屈，于是抬手就想揍人。小芹两腿一摊坐到院中间，大喊着老东西打死人了。突如其来的变故，立即杀灭了我爹的威风，竟然立在那儿不知所措。可那是我爹啊，他可以打我，但是别人谁也不许欺负他，我没管那么多，上去就给小芹几脚……

于是过门三天小芹就回了娘家。

过了几天，先是我爹靠不住劲了，跟我商量："进了咱家门，就是咱家人。要不你去认个错，把你媳妇接回来？"

我说："我不去，要去你去。"爹劝了我几回我不去，他老人家还就真自己去了。买了东西，被人家挖苦奚落一顿，所有的脸面、威风一扫光，回来以后就成了霜打的茄子。自己把被窝拾掇拾掇住进了院子的小柴房，过了两天小芹也就回来了。

从此后爹行事开始小心翼翼，但是依旧内战频发。小芹也是在娘家多在我家少。以前下班我先回家，现在下了班先在街上转悠，实在是不愿看到那张斜眼的脸。

八

和崔厂长的抗争毫无结果。不合格的原材料一件都没退，反倒是李大宝主任和我们三个质检员一块调到了维修车间。李主任离开的时候满头都是青紫伤，腿也一瘸一拐的。当时农机厂每月产值是六百万元，而一车间独占五百多万。李大宝从一车间相当于副厂长的大主任，成了维修车间的副主任。

李大宝还去找曾书记，曾书记摇摇头："你没看到我在收拾行李？我到点了，已经办理了退休手续，准备回家养老了。以后厂里的任何事情都和我无关了，你找王厂长吧。"

此时的王厂长正在自顾不暇。厂里屡屡发生事故，崔光把所有责任都推到他身上，带领着一伙人四处告状，最后的结果是王厂长记过处分，降职留用，崔光代厂长。王厂长降职以后并没留用，而是选择离职。像他这个水平的技术人员，在那个时代，全国有的是高薪聘请的。王厂长被江苏一家大型企业聘请为技术顾问，多年后县里的招商引资官员去该企业商谈招商事宜，就是王厂长接待的。当然，招商并未成功，可是作为先进经验，县里弄回来一些影视资料，让全县的企业家组织学习，讲课的就是王力。

崔光当厂长以后，厂里的产品返修率越来越高。我们无法弄明白，厂子都是他说了算，为啥还总是自己挖自己的墙角呢？

有一天我去一车间维修设备，发现几台机器都用破纸箱子盖着，其中就有德国进口的一台高级试验台。可以说，农机厂的产品虽然在走下坡路，但是无法撼动该行业的领导地位，很大程度上就是这台设备在起作用，如果它坏了，其优势将会不在。我掀开纸箱子看了看，导致设备无法运转的原因是几个部件没有了。我跟车间主任说："这个可以从德国发件啊，安装起来就行了。"车间主任眼皮都没抬："让你修哪个你修哪个，咸吃萝卜淡操心，你以为你是谁啊？"

车间的老工友告诉我："不光是这一台，你看着没，原先几台好设备都发生了故障，被当作废铁卖掉了。"我问："卖给哪儿了？"工友神秘一笑："我能知道？"

当然，不久以后我就知道了。

我们维修车间的维修包括两个部分，一个当然是厂里的设备，另一个就是退回来的不合格产品的返修。在维修一件返修产品时，我发现该产品虽然与我厂生产的大同小异，也打着我厂的牌子，可是工艺、组装上还是有些差别的，我又找了几件类似的产品，终于在一件产品上发现了"威亚机械厂"的字样。我去跟李大宝主任说，李主任过来看了，去找车间主任，车间主任没搭理他，他又去找崔光。去找崔光的结果是，李大宝师傅成了厂里第一批待岗人员。也就是没有岗位，每天都归劳资科培训学习……

我知道是我害了李大宝。可是我也知道，以我之力是无法改变现状的，我的软弱导致了我的沉默。这事我也没敢跟爹和师傅说，我知道了说了两个老头除了生气，别无办法。

好在不久我知道了威亚机械厂到底在哪里。几台返修的产品需要试验，可是实验台据说还没修好，只好借用威亚机械厂的。跟着厂里的卡车，从城区往东五公里，在一个小村子里发现了威亚机械厂的牌子。在看到试验台的刹那间，我忍不住说了一句脏话。这分明就是我厂的德国货啊，在车间做质检五六年，对这台设备我可以说是了如指掌……而且不光是试验台，那一台台设备都是那么熟悉，包括师傅教我的那台二零车床也蹲在那儿。

利用上厕所的空隙，我偷偷去看了成品库，包装全是我厂的品牌，敢情他们卖产品，返修却返到我们厂里。

回到厂里我跟崔立军喝酒，崔立军喝多了，让我套出话，威亚机械厂原来就是崔光的自留地。

九

在我们故城县有三家出名的机械厂，有两家都因效益下滑而破产了，工人们因此闹得不可开交，只有农机厂还算相对平静。县里又总结了其他地区成功的经验，准备将农机厂改制，实行股份制，改成股份有限公司。

同时，威亚机械厂的迅速崛起，吸引了一大批民营企业家的眼球。农机厂的同类产品迅速蔓延，但是他们的产品却总是达不到要求。当然，其中的内幕无人知晓，一个大厂的最先进的技术和设备在里面，而且返修的产品全回农机厂，不崛起都难。

但这些老板们不屈不挠，找差距，定方向，其中一条就是高薪从农机厂聘请技术人员。李大宝主任就被聘去做了技术厂长，先给十万元安家费，工资另算。这在当时是一个天文数字，在全县范围内都引起了轰动。同时，可能是李主任的推荐，他们找到我，愿意给我五万元安家费，并且高于我当前工资两倍的薪金聘请我。我说："老厂长曾经告诫过我，厂兴我荣，厂衰我耻。农机厂倾注着我家两辈人的心血，即使不给我工资我也不会主动离开，我要为她的重新繁荣贡献我的力量。"李主任可能也知道了我的话，以后很长一段时间他都不见我，偶尔相遇，总是低头匆匆而过，仿佛是他做了什么错事。李主任是农机厂的元老，他的纠结和无奈我深深理解。

十

工人控股丝毫不见成效，反倒是发到手的微薄的工资又交到厂里，弄得怨声载道。县政府出台新政策：转换思路，国企为什么就不能向民企学习？国企改革不见成效，总起来说还是领导班子不尽力。下一步实行厂领导控股，把厂子看成自己的，肯定会加快发展速度。

于是农机股份有限公司重新改革，改成润光公司。厂领导控股。于是崔光出资101万，九个副厂级领导各出11万，厂子由厂领导直接说了算，他们认为的阻碍发展的、乱七八糟的机构比如工会、职代理事会也全都被精简掉了。

农机厂改成润光以后就"利润光光"了，工人的福利待遇、奖金几乎没有了，而且一批工资高的老工人，比如我师傅王定元，让他们全都内退，而是招用一批年轻能干的农民工，他们工资低，好管理，还可以招之即来，挥之即去，并且不与他们签订劳动合同。

小芹的大部分时间还是住在娘家，偶尔在我家住两天也是找茬争吵。我的业余时间变得郁闷无聊，于是找一些杂志来看，偶尔也忍不住写一些东西，写多了就想往报纸投一投。于是很多对于国企改革的忧虑和看法的文章在《工人报》登出来，有几篇还引起了一些轰动，可这也无意中揭露了厂里的一些内幕。车间在优化组合的时候，我就毫无争议的被组合了下来。好在厂里爹的几个好朋友还做着中层干部，几次找崔厂长求情，我被勉强留在厂里，工作是看自行车，工资也当月就成了原来的一半。

自从爱上写作以后我发现这是一个发泄的好办法，从此一发不可收拾，写得越来越多。我顶头上司保卫科长几次找我谈话，要我停止"攻击厂领导"，我却以为这是我自己的事没有理会，况且又没有在工作时间写，而且后来发表还全都是用的笔名。

一天下班时间，一位女工就领着保卫科长来找我，说是停在车库的摩托车不见了。工人停放自行车、摩托车有个车棚，上班了就把车棚锁起来，下班才打开，因此虽然乱，丢失摩托车的情况是几乎不可能出现的。而且我也根本没见着她说的那辆摩托车。可是马上又有她车间的一名男工来做证。三人统一口径：工作失误，摩托车必须赔偿。摩托车一万多元呢，我工资只有四百，况且半年都没发了。这算出现了大的责任事故，老爹的老友也不好再说啥，我赔不起，只有下岗。

十一

要说小芹耳朵还是挺长的，虽然一直龟缩在娘家，一听说我工作丢了，立即坐着一辆卡车来到我家，把值钱的东西都装上，丢下一句："你个罗锅没工作了，你拿啥养活我？离婚！"

我爹气得差点吐了血。在抽掉一盒劣质烟以后老人家又镇定下来，说："事情到了这一步，儿啊，小芹虽然不好，你们也过了好几年了，下了岗怕是就再也说不上媳妇了，要不我去找找你师傅，让他再去说和说和？"

我说："你别烦我师傅了，老人家肺癌都晚期了，可是再也禁不住生气了，让他老人家耳根子静一下吧。还好没有孩子，咱爷俩好好过，你走了我给你送终，将来我走你就不用愁了……"

然后我爷俩抱头痛哭，为我们两代人奋斗过的、我以为可以托付一生的农机厂，就这样把我们无情抛弃了。

我爹可以每月领到三百元内退工资，而我据说有五千元失业金，可还不够赔偿那女人摩托车的，今后的生活让我如何适从？

　　我也曾试探着再去找那家曾经想聘请我的企业，却发现厂子早已倒闭不干了。这也在预料之中，他们是看着威亚机械厂眼红上马的，威亚的优势在暗中，这是别人怎么也学习不到的。同时因为恶性竞争，大家争相降低价格，原材料使用越来越不好，工艺越来越粗糙。农机厂曾经的拳头产品，成了假冒伪劣的代名词，外地客户只要听到是故城生产，不用说哪个厂了，直接把头摇得跟拨浪鼓似的，两个字：不要！

　　下岗以后，我去干过建筑工地的小工，也干过果品批发市场的装卸工，这都是些靠力气吃饭的活，我的身体条件不占优势，每天累得要死，却赚不到多少钱。

　　但是我还时时关注着改制以后的农机厂，崔光虽然名头上拿出了101万，实际上他并没从口袋掏一分钱，而是县里挑头，把化肥厂上生产线贷下的巨额贷款拿出了一部分算到了农机厂头上，其他厂领导也是用的这个办法。本来跟崔光他们签的合同是经营权，可是因为许多条款的模糊，崔光在厂子里宣传的却是所有权。百足之虫死而不僵，价值数亿元的农机厂似乎就成了崔光自己的。崔光疯狂转移、占有国有资产，想尽一切办法中饱私囊。

　　我虽然下岗，但是并没停止文学创作，一些文章发表在报纸杂志上，也引起了一些反响。

　　一天，农机厂的保卫科长找到我，说："兄弟，听哥一句实在话，润光公司这碗浑水你就别搅了，你已经下岗，可以说现在跟你毫无关系了。老哥给你协调一下，你的五千块失业金再给你，每月二百去劳动局自己领。你要是再写，人家可是放出风来了，要做了你，别怪老哥没提醒你啊……"

　　我爹还暴跳如雷，我却已经沉默不语。

我最近屡屡被退稿，办报刊的编辑跟我长谈，他们也拿捏不住方向，最近接连被批。而且我现在找了一家私营机械厂干车床，每天工作十几个小时，累得身体要散架。同时也确实心灰意冷了，大厦将倾，岂是我一只蚂蚁能够扶住？

不多久，县委李书记任职已满，调回市里某局任书记。之后反腐之风狂吹，吓得他上班期间在擦玻璃的时候从窗户掉下来摔死了。这是官方报道说的，报道还说他患了忧郁症。虽然疑点重重，但也无从考证了。接替李书记来故城任县委书记的姓王。王书记是个大手笔，上任伊始就进行旧城改造，同时借着上面反腐的狂风反腐。

王书记从省城找来的公安，半夜两点搜查了崔光的住宅，当时搜出现金和证券六百多万，然后展开调查，在厦门、三亚、威海等查出住宅多起，经过评估、拍卖，获得资产近亿元，为王书记大刀阔斧进行旧城改造提供了资金帮助。这很容易让人想起"和珅跌倒，嘉庆吃饱"的故事。

不知道崔光厂长会作何感想，当然他没有和珅有才，在狱中也做不出诗，倒是他的老婆看到空空如也的房子号啕大哭，哭完了，被两个女警押上警车，裤子底下是滴滴答答的污水流淌，全没了当年的威风。

崔光因贪污、行贿、非法拘禁等罪名被一审判处有期徒刑十二年，所有资产充公。当天，农机厂家家喜气洋洋、鞭炮齐鸣，像过年一样。

十二

其实我真应该感谢李大宝主任，他让我在车间里挨个活计转了一圈，所有的技术都学到了手，这让我在民营企业大有所为。还要感谢我的师傅，他教授我的磨刀方法使我只要瞄一眼，就知道刀子怎么磨了。小厂分工不会那么细，任何机械都要会操作，这让很多在大企业干单一活计的下岗工人无所适从。

跟我一同干活的是纺织机厂下岗的高元。纺织机厂是大集体企业，也就是所有权归城关公社，当初一度辉煌一时。当所有的工厂都因贷款和债务被压得喘不过气来的时候，他们创造了没有一分外债和贷款，反而账面上还趴着一大笔钱的神话。那时候所有的企业都在走下坡路，银行抓紧了钱袋子不愿放款，却几次三番上门愿意低息贷给他们。

就是这样一个企业，政府在为他们的长远做打算，他们找上门反复做工作："人无远虑必有近忧，工厂也一样。在竞争日益强烈的今天，我们如果安于现状，不思发展，那毕竟是死路一条，要想立于不败之地，就必须未雨绸缪，早作打算。我们县经委的考察团，已经做过大量调研，目前四轮车市场前景广阔，这是我们纺织机厂发展的方向啊……"

最后达成协议，政府扶持六千万，上四轮汽车生产线。厂领导禁不住领导压力和诱惑的软硬兼施，也想做一个有魄力的领导人，给纺织机厂一个质的飞跃，于是风风火火考察上马，当把厂里所有的资金都投入到这上面以后，政府的扶持资金却迟迟不能到位，没办法啊，不能做成一个烂尾工程，工人都在骂娘呢。钱没了，奖金、福利都没了，谁没意见？于是联系银行，贷款六千万，加大生产力度。到年底，第一批汽车披红挂彩开出工厂，电视、报纸争相报道，很是红火了一阵。

谁知道一批披红挂彩的汽车开出去，却没有换回一分钱。原来造汽车不是造玩具，纺织机厂根本就不具备这方面的资质和技术条件，而县政府出面帮助进来的设备也全是人家淘汰的，开出去的汽车故障频出，根本不能上路……

小厂子经不住折腾，没几回就垮了，工人工资发不出去，就想着卖设备。买的时候值钱，卖就是废铁的价钱了。

高元告诉我，厂里有几个病号逼着厂长报药费，还有几个看厂的要工资，有一批车床要处理，还很新，价格也不高，问我有没有兴趣，我俩联手买来，自己做老板。

我回去跟爹商量，准备以我在城区的老房子做抵押贷款买设备，原想我爹会不同意，毕竟我爷俩就这点东西了，再没了就真的一无所有了。没想到我爹挺同意："行！与其等死，不如搏一搏，我是老了，要是年轻也绝不会认输！"

设备买回来，我们在城郊租了房子开业，却赶上全国性的经济萧条期，一年下来根本没什么活，不要说盈利，利息也几乎挣不回来。年底，要账的一批批来，我和高元拿不出钱给人家，只能唉声叹气。高元的老婆跟他打架，骂他，高元没办法，商量我，要不咱把设备再卖了吧？我说："这就认输了？还刚开始呢，明年一定会好的。"看高元执意要卖，我爹急了："小高，没事，你的钱我给你凑，算我们自己的。我豁出这张老脸，跟我的老伙计给你借钱去！小高你放心，我就是去卖血也不会欠下你的钱。为了买设备，你已经付出很多了，我不能再让你为难……"

我爹还真给高元凑够了钱，不知他想的什么办法，也许真去卖血了。那个年，我们连饺子也没吃上，我爷俩吃了个窝头就睡到天亮，爹的老伙计却都来给爹拜年，而且都没空着手，我爷俩初一晚上做上他们送来的鱼肉，一醉方休，直睡到初二的傍晚。故城的规矩，初二是给老丈人拜年，那一刻我突然想，小芹的爹不知咋样了？老人有哮喘，可是比起丈母娘和小芹，却真的是个好人。到初三我才听说老人在那一天过世了，我把仅有的二百块钱给老人上了吊唁。

初五那天，崔立军来了，提了两瓶好酒，不说话，先喝酒。菜也没好菜，却喝到半酣，崔立军说："文哥，兄弟那一年对不起你。"我说："过去的事不提了。"崔立军说："咱明人不说暗话，那个威亚机械厂因为我叔犯了事，法院拍卖了，我和几个哥们买了下来。去年的产品却总是不过关，文哥你知道，我干床子就是不行，天生的粗糙，本性决定了的，没办法。兄弟现在想求你，产品的重要部件外协给你加工，工钱你说。你做事一丝不苟，技术全面，这是明摆着的。这是两千块钱定钱，需要钱，别人的可以推一下，你的啥时候要啥时候结……"

初六开始，我的工厂正式开工，我又找了几个帮手，小厂子红红火火起来。

十三

转过年来，故城的旧城改造继续如火如荼进行。我家的院子被列入改造的旧房子中，限期搬离拆迁，虽然是低矮的茅草房，可是真要离开了，心中却有股隐隐的不舍，老爹在喝了几天闷酒后还号啕痛哭了一场。

可是该搬还得搬，好在我租的小院有几间平房，本来我就大都在那里住着，倒是省去了再租房的麻烦。不过收拾老房子也不是件简单的事，看着东西还不多，破家值万贯，拉了好几车还没拉完。

在收拾院子里一个冬藏白菜的地窖时，我发现了当初爹的双管猎枪，趴在雪地里打兔子的一幕又一下子闪现进脑海里，转眼二十多年过去了，日子过得可真快啊！爹也发现了枪，可能同时想起了那一幕。爹说："当时我看见你趴在那里像傻瓜一样等兔子，我就想通过我的退休给你个前程，让你当个工人说个媳妇，给我们老文家留个后，可是二十多年了，儿啊，咱爷俩除了老了，貌似还在原地踏步啊！"

猎枪是当初派出所收枪的时候藏在这里的，本来想着将来风声松了再拿出来打兔子，可是几十年了，国家一直对枪支控制很严，猎枪也就一直深藏窖中，如今已是锈迹斑斑，枪栓都拉不开了。在处理猎枪的问题上，我和爹又发生了分歧，我的意思是找个枯井扔进去，几年就烂没有了。爹却说："还是交到派出所，交给国家吧。"顿了一顿，又说，"就像我们的农机厂一样……"我看到爹浑浊的眼睛里流下了滚滚的泪水。

农机厂崔光被抓走以后，县里派了一个副县长主管，可惜一直没有转机，最后被省柴油机厂兼并，也根据柴油机厂的生产计划生产他们的配件。我们几代人研制、开发的农机产品被彻底扔进了垃圾箱，再也不生产了。

也就是说，再也不会有农机厂这个单位了。

我爹搬进来以后，小院明显嘈杂了许多。我爹的大嗓门一个顶好几个。可是因了机器的轰鸣声，我爹的失眠竟然有了明显好转，以前是整夜不睡觉看着电视抽烟，现在工人上夜班，他的呼噜声比机器轰鸣还要大，整个院子都听得到。我们住的一共三间北屋，其中一座硬山隔着，我住两间，外面兼做办公室，里面兼放工具、仪表，我的床就在办公室里放着。我爹单独住一间。创业阶段，不敢讲排场，也没有什么排场可讲。

可是自从有了崔立军这个客户，各个厂子口碑相传，我的订单越来越多。我知道大家信任我是因为我干活一丝不苟，因此活再多也不敢马虎，不能快了萝卜不洗泥，但是我自己既要送货，又要拉毛胚，就忙不过来了。好在高元又回来帮我，我没忘记他的好处，让他给我领导生产，他也尽心尽责。

再就是检验的活，朋友介绍了一个叫辛梅的女工。细高个，皮肤黝黑，高鼻梁戴一副黑边眼镜，眼睫毛很长，眼睛亮闪闪的。别说，还真有我的办事风格，不合格的产品就是二大爷也不行，做事干脆，非常有魄力。

辛梅三十多岁，做事认真，可惜就是经常迟到，晚上临下班就心不在焉了。我有时候问她，她的大眼睛在眼镜片后面忽闪忽闪的，却不说话，只是抿一下嘴。辛梅略微有点龅牙，偶尔说话，细声慢语，可是看得出，这是一个极具个性的女子。

一次跟朋友谈起，才知道是一位单身母亲，家里有一个两岁多的儿子，平时就靠姥姥看着，可是姥姥不怎么会做饭，辛梅总是担心儿子受委屈。一次，我就跟辛梅说："你的工作主要在成品库，脏是脏点，好在没多少危险，不大忙可以把儿子领到这儿来，顺便看着。"

辛梅的儿子是一个非常可爱的小男孩，长得也很漂亮，特别是一双大眼睛，像极了他的妈妈，并且非常乖，坐在那里看妈妈干活从不乱动。

日子过得飞快，转眼之间大半年过去了，我家的楼房已经交工，我爹兴冲冲搬进新房。

有了房子我又似乎事业有成，爹就四处托人给我物色对象。接连找了几个，有的一看我的样子就说家中有事走了，偶尔谈几次的，小城就这么大，据说都从小芹那里听说我根本不行，于是也没了下文。

虽说中年人找对象就为了过日子，可是毕竟那点事也不能一点没有。别人都说我不行，我也没什么想法，可能是真不行吧？要不怎么跟小芹结婚七八年也没个孩子？小芹跟了一个屠户后第二年就怀了孕，尽管被屠户后来一顿揍得又流了产，离了婚，可事实证明了毕竟不是人家小芹的事。

辛梅租的房子到期了，我就让她们娘俩先搬进了爹当初住过的房子。辛梅话不多，可是很勤快，每天做饭都是给我做点，给她钱也不要，我就经常地往回捎点菜。我很多时候是回去陪老爹吃饭，平时也有一些应酬，因此在厂里吃饭并不多，有时候喝了酒，辛梅还会给我烧点开水，发工资的时候我就多给她点，一则娘俩花销大，再则我开玩笑的话："平时给看门，还应该有一份门卫的钱。"但是辛梅从不要，说是弄着孩子干活就是照顾了，况且住着免费的房子。

我很想知道辛梅的过去，孩子的父亲到底是谁，可是隐约问了几次，辛梅闭口不言，对别人也从没说过。

那是一个下着大雨的夏夜，我喝多了酒，辛梅穿了一条天蓝色的连衣裙跑着来给我开门。下了车我差点摔倒，辛梅马上把我扶住，她身上的清香立刻溢满了我的鼻腔。我的脑袋里"哗"地一下便一片空白，猛地拥住了她……

十四

在我师傅的追悼会上，我又见到了许多农机厂的工友，只不过几年的工夫，他们全都苍老了许多，一个个腰也弯了，头也白了，说话有气无力，再也没有工人老大哥的豪气，反倒是因为退休或下岗，那些少得可怜的收入，人人明显底气不足。

师傅一生好强，却只有一个姑娘，姑娘单调的哭声，显得凄冷苍凉。院子里的灵棚里，只有师傅的一个侄子跪在里面，再就是忙忙活活的师傅的女婿。一日为师终身为父，况且师傅当年待我也同亲儿子一般，我也穿了孝袍跪进去，和师傅的侄子一块感谢着祭奠的人们。

这时候李大宝来了，一块来的还有几个师傅的师兄弟，当然也包括我爹。他们坐在师傅旁边号啕大哭，拿出随身携带的祭品，给师傅倒上一杯酒，几个人围成一圈，边哭边喝。历数了跟着丁杰厂长，从捡砖头开始，一步一步把农机厂建起来的往事。他们几个老弟兄改进产品，几夜都不睡觉，累了就在车床边趴趴头。知识跟不上，就边学边用。当年填补了国内两个空白，后来产品申请了专利，一直处于国内领先地位。可是就因为崔光一班人搞假冒伪劣，降低产品质量，把一块硬牌子最后砸得稀巴烂。李鬼是李鬼，李逵也被人当成了李鬼……如今的农机厂已经被彻底铲为平地，据说是为了盖楼，而几个侥幸留在厂里的职工，也搬到了开发区去生产与农机毫不沾边的柴油机……哥几个越说越悲伤，最后号啕大哭。

师傅的招魂幡上写的是六十三岁，这是我们故城的习俗，人死为大，要加上一岁虚岁再加上一岁天岁一岁地岁。师傅在这个世界活了整整五十九年零三百天。再过两个月，师傅就可以办理退休，也就是说交了几十年的养老保险可以得到回报高高兴兴领钱了，可是他又把这一切贡献给了国家，通过放弃生命放弃了他最后的权益。

送走了我师傅，大家还不忍离去，于是相约到附近的小饭馆一醉方休。酒至半酣，李大宝就问我们都有什么产品。崔立军先说："李师傅不瞒你说，我开发了几个产品都不理想，我常常深夜难眠，为寻找不到对路的产品而苦恼。"我说："我就更甭提了，平时靠给几个打下手，他们吃饺子我弄点汤喝。"在座的还有一个刘老板，原先也是我们车间的，他也说："我倒是上了些设备，大都闲置，利用不起来，主要是我的规模太小了，可是加大规模一则资金吃力，再则管理也跟不上。"

李大宝说："我倒是有一个不成熟的意见。农机厂原先的产品都是我们几代人研发的，市场潜力还是巨大的。可惜的是一本好经让一些歪嘴和尚念坏了。也不瞒大家说，原先在私企，我也曾给那个老板提过建议，可惜的是他们目光短浅，只盯着眼前的利益，以降低成本为原则，能省就省，能减就减，小农意识强烈，对我的话根本听不进去。我的意思你们三个联合起来，咱再把那些产品拾起来，对我们是一个老工人对自己奋斗一生的东西念念不忘，对你们年轻人来说，我感觉前景还是广阔的。主意你们自己拿，有用得着我老东西的我一定不遗余力，当然工资给不给都没关系。你们考虑一下，这许多年的摸爬滚打，你们都掌握了丰富的经验，我不多说，你们回去考虑，拿个方案……"

十五

说实话，我感觉我是配不上辛梅的，毕竟她年轻漂亮，我年纪大了，说得好听点，背上有"福"，说得不好听，就是一个吃天鹅肉的残疾人。可是自从那次以后，辛梅对我是贴心贴肺地好，也让我饱尝了一个男人应该有的幸福。厂里的工人也都看出来了，改口叫辛梅嫂子，辛梅含笑不语。

两个月后，辛梅吃油腻东西恶心。她是过来人，知道怎么回事。而我还一直以为自己没那方面的功能呢，直到辛梅的肚子渐渐鼓起来，我才知道，高兴得恨不能把她抱起来，可惜抱不动啊！我又去跟我爹报喜，我爹高兴得天天盯在厂里，哄着小豪，做着饭，逢人就说，辛梅没婆婆，我就是要多做点。可是爹却忽略了一件事，那就是我俩还没结婚呢。

跟辛梅提结婚的事，辛梅总是说不急。更重要的是，我还一直不知道小豪的亲爹是谁，要是这个大爷还在，没跟辛梅离婚的话，我可就空欢喜了。打听介绍辛梅来的那个朋友，他也茫然不知。

三厂合并的事却是紧锣密鼓起来。李大宝从中串合，新产品大家都看了图纸，前景也做了市场调研，都很看好。大家根据所投设备占有股份，然后又进行分工。我自然是负责质检，我的设备也都搬进了刘老板的大厂子。东西都没有了，我也就没有租赁这个地方的必要了。辛梅怀孕，因此暂时先不到新厂上班，我把她的东西都搬到我的楼房里，希望她娘俩先在这里安安稳稳住着。再说小豪也到了上托儿所的年纪，我爹自告奋勇，管着接送，只要辛梅在家好好养胎。

辛梅却要先回娘家一趟，说是要和母亲商量一下结婚的事。说实话，这么长时间了我还没到辛梅家去过呢，我想跟她去，顺便认认老岳母，可是辛梅说什么也不同意。我只好给她打好车，又给老岳母买了不少东西，嘱咐的士司机多受累，一定帮忙送到家。

到了晚上我回家，发现辛梅还没回来，给她打电话，她说，有些事情需要处理一下，要过几天回来，当时我也没往心上放。第二天早晨又给她打电话，嘱咐她吃好注意身体，辛梅也关心我爷俩，说了一堆甜甜蜜蜜的话。一天的工作很忙，再说她在娘家我也放心，直到晚上回家我才给她打电话，却是关机状态。我也没放心上，以为是没电了，晚上十点又要给她打，想想她需要休息，就忍住了。第二天早晨又打，还是关机，我就感觉心里焦焦躁躁的似要着火，等到十来点，还是关机，我感觉有点不对劲了，急得我都想报警了。她却发来一个短信："别打电话了，我很好。"我说过要尊重她的隐私，既然这么说，我也就放心了，没再打电话。

随后的几天，我都能断断续续收到她的短信，给她打电话却是关机，我也就只好给回一些关心的短信。

第四天，我突然收到她短信："你是好人，我们就此结束吧。小豪不能没有爸爸。"我心里一紧，忙回："我一直知道我配不上你，可是我也承诺我要做小豪的爸爸，像亲爸爸一样，我们甚至可以不要自己的孩子都行。可是，辛梅，话说回来，我们的孩子马上又要降临人世了，你就忍心他没有亲爸爸吗？……"

可是辛梅一直没回，以后我再也没收到短信。爱人，她像空气一样，人间蒸发了……

十六

三个月后,我们的第一批产品面试了,市场反应也非常好。这三个月,白天我把全部的精力用在工作上,拼死拼活,就是为了忘记辛梅。可是晚上一闭眼,眼前都是辛梅的样子,那种撕心裂肺的感觉,把我折磨得面容憔悴。这期间,李大宝和崔立军都给我介绍过对象,我现在有车有房有股份,表面看是一个事业有成的人士了,因此介绍的人有几个还很漂亮。而且小芹也托人捎话来,要和我破镜重圆,可是我的心里装着一个人,满满的,我已经再也盛不下别人了。可是那人我却不知身在何处,我只有等待……

那是一个下雨的早晨,我下楼正准备去工厂上班,却发现楼梯下站着两个人,确切地说是三个,辛梅站在雨里,雨水顺着雨衣往下淌,小豪站在她旁边,紧紧抓着她的手,辛梅的肚子高高耸立着,一个小生命正在里面偎依着他的妈妈……

辛梅对我说:"一切都结束了,你还会要我吗?"我的眼泪夺眶而出,紧紧地把他们拥在怀里,说:"辛梅,不管发生什么事,我再也不会让你离开……"

十天以后,我们的第二个儿子小壮降生了。等小壮出了满月,我怀里抱着小壮,旁边紧拥着辛梅和小豪,一家四口补办了我们的婚礼。

我们的农机产品一上市就获得了好评,全国各地的订货雪片一样飞来。我们秉承做好货的原则,无论如何都不降低产品质量。因为原来厂里的产品是"飞跃牌",现在改成"新飞牌",厂里的一些老工人又陆续回来上班,我们的工厂越来越红火。

故城习俗，孩子一百天要过"百岁"。小壮"百岁"那天，工友们都来贺喜。李大宝拍着我的后背说，我早就知道你小子有福，背"福"之说还是有根据的。我抬头，看到辛梅甜蜜的笑，我的心里也是暖融融的。

窗外却是大雪纷飞，鹅毛一样飘飘洒洒充斥了整个苍穹。我又想起我抓兔子的那个雪天，那时候的父亲也就和我现在一个年纪，却为了我当上工人有个好的前程能说上媳妇，毅然退休。此后的好多年，尽管小芹对他百般刁难，可他一直对自己的良好眼光津津乐道。因为在我结婚一年以后就全面取消了供应粮，工人的优势一去不返。多年来，我则一直像一只雪地觅食的笨鸟，虽然一直疾驰奔走，却从来不曾飞翔……而我的父亲，如今已是老态龙钟，他在我这个年纪选择了退休，而我似乎是才刚刚开始。

市场风云变幻莫测，我们很难预测未来。就如同我一直无法知道辛梅有着一个怎样的过去。可是我知道，把握现在，幸福现在，每天都生活得快乐才是最主要的，尽管不能飞翔，只要坚定地走下去，将来肯定也会越来越好！

奶奶和她的家人们

一、那一刻,我又想起了奶奶

春日一天,到阳州西南山区旅游,花儿竞相开放,野草葱葱新绿。正陶醉于山野清风无尽清新的气息中,车子却驶入一个小村落。

突然,一家老式的门楼进入眼帘,贴了鲜红的对联:诗书继世长,忠厚传家远。门楣破败,木头已经露出了斑斑腐迹。门楼的前面是一棵榆树,长满了圆圆的榆钱。风一吹,榆钱片片飘落下来。而那门楼的下面,却端坐了一位银发的老太太。满脸沟壑般的皱纹,穿了对襟的老粗布褂子,下面打了裹腿,三寸金莲斜歪在裹腿的下面。老人家坐在一张小椅子上,眼睛半眯,微微笑着,任阳光绸缎般倾泻在身上……

那一刻我一下子就想起了奶奶。奶奶也是这样一个老人,太多的时候也是坐在我家的门楼底下,享受阳光和清风的温馨。

心却一下子收紧,狠狠疼了一下。奶奶在我十四岁那年就去世了,而如今我已经年过不惑。奶奶一生都没有看过电影、电视，而我在跟眼前的老奶奶闲聊的时候，老奶奶的手机响了……

奶奶是那样一个小巧的女人，甚至当时只有十一二岁的我就能背起她。

奶奶大多时候沉默，有时候也会给我们讲故事。她的故事繁琐、絮叨，往往她还在讲着，我们就离开了，跑到院子里疯玩。可奶奶坐在那里，依旧伸着长长的嘴唇，一句一句，认真地讲，加着解释，唯恐我们听不明白。

奶奶是地包天，也就是牙齿的包合是下牙包着上牙。我们这里有句俗话：下巴骨长，吃余粮。可奶奶的一生，却几乎全被饥饿包围，几乎没吃过什么余粮。

我家的门前是一棵梧桐树，春天也是梧桐花片片飘落的时候。奶奶坐在那落花里，如同一尊神，花儿飘在她的肩膀上，蜜蜂围绕着她盘旋，可她却闭紧了眼睛。是啊，她看不见，她在生命的最后十几年时光里，眼睛是瞎的，这春天，这花香，她什么也看不见。

奶奶曾经是那样一个倔强的女人。在前半生的时光里要强、任性，我真的无法想象她怎样度过了最后那十几年的时光。

二、奶奶的爷爷勤俭起家

奶奶的祖上算得上是阳州的大户。不但南阳水边上的枣树园子和沙滩地几乎都是她家的，而且在阳州城还开着绸缎庄。家里四进的四合院，还有祠堂和气势恢宏的坟地。因此奶奶小时候过的是大小姐的生活，不但女红做得好，也读了一些诗书。而且茶瘾很大，也讲究，都是用石龙泉的水泡龙井，水需用木桶，早起去挑泉子里最清的，挑来只用前面一桶，用砂壶，把楸木劈成大拇指粗的小条，将水烧到鱼肚开，用正宗的南泥壶泡明前的龙井……

当然这一切都是在奶奶的爷爷去世以后。奶奶的爷爷在世的时候，一家人都和长工吃一样的饭食，整个冬天都是窝头和咸菜，只有过秋过麦的农忙时节才陪着干活的吃点好的。奶奶的爷爷穿着长袍，快七十岁的时候依然和长工、短工们一块割麦子，而且是做领头。

大户人家在农忙时要雇短工，短工们也就来干几天活，因此都慢腾腾的，需要一个干活快的长工在前面领着，称为领头。割麦时，领头割到头了，后面的很多还只到一半，领头不管你，只管继续割，反正领头割多少，跟着的也要割多少，人家回家吃饭了，你割不完要继续割，割一夜也要割，要不就拿不到工钱。

往往是天还刚刚亮，那些树的影子只是影影绰绰能够看得到，几颗星星还在天上一眨一眨地打着哈欠，奶奶的爷爷和长工、短工们就站在了麦田的头上。奶奶的爷爷穿了长衫，前摆和草绳一块被扎在腰间，裤脚也用草绳扎着。我有时候问奶奶，你爷爷干活为什么要穿这么不得劲的长衫呢？奶奶告诉我，我爷爷虽然干粗活，但在心底他是东家，是跟那些粗人不一样的，他心气儿其实高着呢。

奶奶的爷爷先用左手握着镰刀，镰刀雪白的刀刃在这晨曦里闪着幽幽的白光。他用右手的拇指，在与刀刃垂直的寒光里轻轻划过……然后把镰刀交到右手，铺好一条草绳，用一种近乎起跑的姿势，弯下腰去，左手一拢，镰刀发出清脆的擦擦声，麦秸被割断，呈扇面状放到草绳上。他这一系列动作就像发令枪，那一排站在地头上的汉子便纷纷弯下腰……

等到太阳升起来，一大片麦子便一堆一堆躺倒在地里，丰满的麦田清瘦下来，露出裸露的土地和一片白惨惨的麦茬，间或几棵绿色的小草和小鸟们衔来做巢的几个半成品的鸟窝。太阳开始变得刺眼起来，又细又长的光线像针一样扎在汉子们的头上,便扎出一层细密的汗珠,汉子们用汗巾抹一下脸,看到阳光下奶奶的奶奶领着两个人,挑了瓦罐,拿了饭食慢吞吞走来……

那是一幅俊美的图画,奶奶的奶奶穿了碎花的洋布短褂,翠绿带蕾丝的长裙,扭着一双小脚,袅袅娜娜,像一棵春天动人的花朵。可汉子们却没心情看美女了,心思全放在了那些饭食上:瓦罐里是熬得黏黏的小米粥,金黄的煎饼,最馋人的是那炸得焦黄的刀鱼,刀鱼的香味送饭的人还没出现汉子们就闻到了。对于奶奶家的长工来说,这割麦应该是最大的节日,比过年还让人期盼。

三、由俭入奢易

奶奶的奶奶那么贤淑漂亮,却好长时间不生育。直到急得奶奶的爷爷准备再纳一个小妾来传宗接代的时候,她才生下了一个男孩。中年得子,奶奶的爷爷自是高兴得不得了。

奶奶在慢慢长大的时候,她那吝啬的爷爷过世了,就剩下她那富二代的爹当家了。

奶奶的爹在他的父亲去世以后,盘点了一下家当,得出一个结论:这份家业,好几代不干活光吃肉也够了。就不吃黑面窝头疙瘩咸菜了,顿顿大鱼大肉。正所谓崽花爷钱不心疼,还有个由俭入奢易,由奢入俭难。生活开始变得越来越腐化,海参燕窝也就逐渐上了餐桌,像父亲一样去领着长工干活,那就成为了不可能的事了。

因此奶奶为姑娘时候的生活是精致的,充满了让人向往的大家闺秀般的高雅和神秘。读《红楼梦》的时候,看到那些小姐们充满生活情趣的韵味生活，我就会想到奶奶。当然，人家描述的那是大观园里的小姐们，奶奶充其量也就是个土财主家的娇闺女罢了。

不过在父亲的言传身教中长大，奶奶的爹还是很敬业的。严格按照"清晨即起，洒扫庭除……"的朱子四训要求自己，对各项产业也很上心。

正所谓树大招风，业大招贼。阳州西南皆山区，连绵起伏的群山之中，啸聚了一大批剪径之人。这部分人本也多是穷人出身，一般不大招惹这些大户人家，可是年景越来越差，积聚的人越来越多，只拦截过往的小客商肯定是不够用度了。

一天，城里绸缎庄的刘掌柜就来向东家汇报：从南方进的一批丝绸被土匪劫去了。奶奶的爹马上要找镖局的人去协调，希望给点银子，把货赎回来。

这时候，奶奶家的第三代传人：奶奶的哥哥——我的舅爷出面了。那时候舅爷正在省城读新学，接受新思想、新教育，穿了雪白的西服，很有一股洋人范儿。也正是天不怕地不怕的年纪，当时腰里别了一支手枪就出去了。傍晚才回来，对父亲说："我都打听清楚了，这是李大头那小子给我们使阴招呢。"

奶奶家的绸缎庄大号"义顺和"，而在阳州城还有一家卖绸缎的"隆兴"，他们的老板李子顺，因为头大，业内都叫他"李大头"。正所谓同行是冤家，隆兴的生意总是半死不活的，就买通了黑山土匪刘黑七，劫了奶奶家的货。

舅爷有个同窗叫王子鹏，本也是殷实人家的后人，怎奈家里突遭天火，又遭劫匪，弄得家破人亡。王子鹏为了给家人报仇，也拉起一些人马，占了一个山头。因为王子鹏有些家底，又学过打枪，手下还有些原来看家护院的家丁，仇家根本不是对手，当家的暴尸荒野，手下人就都成了王子鹏的人。王子鹏脸上有几颗淡淡的白麻子，人们背地里称其为"王麻子"，心狠手辣，如今的根据地是阳州城西南五十里的方山。

却说没了"义顺和"的竞争，又正是换季的时候，"隆兴"的生意相当好，不多久，存货就卖完了。当然"义顺和"的绸缎最后都进了他们仓库，可他们不敢卖，主要是不敢担上通匪的罪名。一边打听着"义顺和"的动静，一边又去苏杭一带进了一大批货。

货经方山，毫无疑问被王麻子劫下了。当时押货的是"隆兴"的少爷，也是一个不怕死的富二代，心说月钱我们都交了，双方订好了协议，干吗截下我们的货？就很想跟王麻子理论理论。王麻子自然不会出面。可他非要上山，手下喽啰就给他蒙了遮眼布，反绑了双手往山上走。走到半山腰，跟一个小头目言语起了冲突，那小头目也是暴脾气，飞起一脚就踢在了他的屁股上，旁边正是悬崖，小少爷的手绑着，平衡不稳，一下就摔了下去，等土匪们跑下去找到人，早已是气绝身亡。

死了儿子，"隆兴"老板自然是不干了，一边买通土匪刘黑七给他儿子报仇，一边到县衙状告"义顺和"通匪。

但凡生意人，买卖做得好好的，一旦与官、匪有了起突，好日子也就快到头了。奶奶的爹一边大量花钱到县衙打点，一边给王麻子送钱让他们保驾。折腾了二年，不但"义顺和"的绸缎庄全搭了进去，南阳水边的五十大亩良田也搭上了。

原先奶奶喝茶用水的石龙泉就在这五十大亩地的一条长河沟里，叫石龙沟。石龙沟里有一条白石头的龙，龙尾深嵌进泥土里，龙头高昂，呼之欲出、腾云欲飞的样子。如今地卖了，泉子成了人家的。没多久，那龙头不知被什么人斩断了。从此以后，奶奶家开始破败，逐渐走起了下坡路。

四、舅爷分了自家的土地

再说我舅爷,因为怕担"通匪"的罪名,在王麻子事件时,又被他爹送回了省城。过了几年,风声过了,才又回来。

舅爷这次回来没穿西服,而是穿的普通老百姓的粗布衣衫。当然他不会跟他的爷爷一样去领着长工干活,他娇嫩的小手根本没摸过锄、锹、簸箕。但是他夜里跟长工们一块住在马棚里,点着一盏煤油灯,跟长工们谈话,一谈就是一夜,有时候还唱歌,慷慨激昂,振奋人心。

再有来交租子的,他会在门口截着。跟佃户们讲道理:"你们风里来雨里去的,种点粮食还给了地主老财。人人生而平等,没有谁天生就是应该被压迫的。哪里有压迫哪里就应该有反抗,你们人这么多,组织起来,争取自己的权利。耕者没有田,地主却坐享其成,这就是不公,你们都回去吧……"

舅爷劝走了一批又一批交租子的人。当然,那些人后来又把租子偷偷交上了。他们认为:"东家把田给我们种,这就是给我们面子。不给种了,一年到头吃啥啊?"

我想舅爷一定跟他父亲争吵过多次。反正是舅爷住了没几天就走了,而且是让他爹用棍子打走的。

舅爷的爹把儿子赶走以后,请了方圆百里道观里的好几拨道士做法事。他认为儿子一定是中邪了,被什么恶鬼缠身,神志不清才会做出一些常人不能理解的事情来。

当然舅爷的毛病没治好,经常回家散播他的新思想,并且弄走家里值钱的东西做活动经费。舅爷的爹常常仰天长叹:"富不过三代!天不欺人啊。

想不到几辈人积攒下的这份产业，竟要败到你小子的手里啊！"

于是舅爷的爹开始四处托人给舅爷说亲，以为结了婚知道居家过日子了，也就不会疯了。可惜舅爷死活不干，声称："革命不成功，绝不成家。传宗接代的旧思想一定要摒弃！"舅爷的爹只好再托人把自己的宝贝闺女嫁出去，免得被活活气死了，还没完成孩子的终身大事。正所谓"百足之虫，死而不僵"。虽然家道败落，还是要找一个门当户对的人家。门当是门口相对放置的一对石墩或石鼓，户对是嵌在门楣上的方木或圆木，通常成对出现。我家的祖上曾经出过举人，如今虽然也在走着下坡路，可是门当却在那儿杵着。于是媒人一撮合，奶奶和爷爷就入了洞房。

奶奶嫁过来没多久，她的爹就得了伤寒。也就半年的功夫，撒手人寰。

舅爷正在外面做着大事业，丧事只有靠奶奶操持了。埋葬了她爹没多久，她娘也跟着去了。于是偌大一份家业，就只好靠着爷爷打点着。

可是没多久舅爷回来了。爷爷是厚道人，就把家业全给了舅爷。爷爷说起这事很淡定："本来就是人家的嘛。"舅爷那时候正在外面打土豪、分田地，自家的地当然顺利地就分给了大家，甚至那房子也分给了长工们，自己只留了一个小院。

五、舅爷之死

没过多久，就传来了舅爷在阳州县城被捕要枪毙的消息。

爷爷跟奶奶开始四处筹钱进行打点，意欲保下他一条命。

怎奈家道中落，只筹得百十块大洋。爷爷拿着钱打通关节，在大狱里见着了舅爷。舅爷手铐脚镣，气色却很好，不断向狱友宣传革命思想。牢头在接了爷爷的大洋后，给爷爷指了条路："如果有十根黄鱼，或许可能保住他的命。"意思是各处打点，冒险用那些无亲无故的牢犯代替处死。十根黄鱼，也就是十根金条，爷爷把家业全卖了也凑不齐，更甭说那时候爷爷的父亲还在世，家业上的事，爷爷根本说了不算。当然，舅爷家的家产如果不是舅爷自己分了，凑十根金条还是绰绰有余的。

爷爷只好去跟舅爷商量，看看他有没有别的办法。舅爷的头高昂着，说："不要说我没有钱，就是有钱，我也不会用无辜者的性命去换取我的苟且偷生。这绝不是革命者所为！"

舅爷是高喊着革命口号就义的，至死都没倒下。

爷爷去给他收的尸。同时也打听来了事情的经过：

上级给中共阳州县地下党派来了特派员，要求阳州县地下党近期内暴动，达到全国遍地开花，呼应各地大好形势。

特派员戴了一副眼镜，文质彬彬的，但是目光犀利，据说是前苏联留学回来的。他把阳州各党支部的领导人召集在一起，讲了一下国内外局势，同时传达了中央精神，要求阳州县委严格按照上级的决定，在近期内发动暴动，给当地反动派以沉重打击，支援中央红军。

当时的阳州县委王书记首先做了发言："阳州县的共产党目前只有不到一百人，枪支也不过十来条步枪。而阳州国民党警备队就有三百多人，而且全都装备精良。现在起义无异于以卵击石，怕是一旦失败对阳州地下党破坏极大……"

特派员又让别人发表看法，舅爷站起来说："国民党虽然人多，但是人心不齐。我们可以先派精良战士潜入警备队，偷来枪支或者策反那些本不想当兵的人。他们本都毫无斗志，一听枪响只会抱头鼠窜。另外我们可以让在农村的党支部同时暴动，抢夺当地乡公所的枪支。各个乡公所都有十来支枪,而且管理松散,很容易控制!我们一旦暴动,必定能一呼百应,迅速扭转劣势。"

特派员说:"向前同志说得对!"对了,向前是我舅爷的名字,他在参加革命后自己改的名字。特派员又说:"各地的条件都差不多。但是他们很多都成功了。上级既然要求我们暴动,自然就有上级的道理。况且我们阳州地理优势明显,一旦暴动,即使发生意外尚可向西南山区挺进,在那里打游击,招兵买马,扩大影响。我认为别的条件都够了,我们需要克服的就是右倾投降主义和怕死的思想。"

说完他看了看王书记。王书记把烟狠狠捻灭,说:"我执行上级的命令,但是保留意见!"特派员说:"你是什么态度?我们之所以会胜利,正是抱了必胜的信心。你这个态度我怎敢相信你?我建议让向前同志担任暴动总指挥,同意的举手……好,过半数,就这么决定了。"

大家研究了一下细节,暴动时间定在农历八月十六的零时,以舅爷的信号枪为准。因为每当农历八月十五中秋节的夜晚,县警备队都要聚餐,那些兵痞子都是酒鬼,往往会喝得大醉。在零时,正是他们喝醉了戒备最松弛的时候,暴动人员如同天兵天将从天而落,自然把他们打得落花流水屁滚尿流。同时,各乡村以阳州城东五十里的刘镇为第二中心,王书记到刘镇去做第二总指挥,带领各个乡村党支部的地下党同时暴动,一举拿下各个乡公所,然后迅速往阳州县城汇集,一举占领县政府!

于是特派员迅速回去向上级汇报,县委和各支部的同志各自下去做准备。

八月十五那天,从早晨就开始下雨,不急不缓,在青石板路上溅起一层层水珠。舅爷戴着斗笠,穿梭在县城各角落,协调暴动的细节。

傍晚时分,一大队国民党兵踩着雨水开进了县城。刹那间大街小巷都是穿军装的兵。舅爷想要派人给王书记送信:"情况有变,延迟暴动"。

可是各个大门都戒严了，只许进，不许出。他们也试过想从城墙用绳子往下放人，可人刚落到地，就被警备队的人抓住了……

显然，暴动计划泄漏了。

八月十六零点，从阳州城东传来一阵茂密的枪声。王书记带领着乡村地下党暴动了，当时抢了两个乡公所的十几条枪，打死三个国民党兵，然后迅速汇集，召集了一百多人开始向阳州城靠拢。

沿途乡公所的国民党不断拦截。毕竟都是些农民，只摸锄头还从没摸过枪，有大批战士倒下去……等打到离阳州县城十几里路的一个小村子时，就只剩下十来个人了。王书记带领着他们躲到一个小树林里，希望做些短暂的休整。此时已经是八月十六的傍晚，雨一天都没有停，战士们也已经整整一天水米未进，浑身湿透，鞋被泥泞的泥土拔掉，赤着脚，有几个还负了伤，身上流着血，血水和雨水混杂在一起，痛苦不堪。

当然，国民党没给他们喘息的机会。驻扎在县城的正规军迅速出动几百人对他们发动了围剿。敌强我弱，寡不敌众，王书记他们全军覆没，慷慨就义。

舅爷在地毯式的全城大搜捕中自然是无法逃脱。中共阳州县委遭受了重大损失。

六、领着孩子去要饭

1940年，鬼子一路打来，走到了阳州城。国民党县党部没放一枪一炮，就逃进了西南深山。剩下的一部分就当了汉奸，给鬼子征粮征税。同时西南山区的土匪有的当了汉奸，有的打出抗日的旗号，都开始向阳州县的老百姓征粮。

禁不住几路搜刮，阳州的老百姓陷入水深火热之中。很多人家被搜刮得几乎没有隔夜粮了。好在我家还有几十亩地，如果风调雨顺，日子还勉强能过得去。

1942年，从春到夏一滴雨也没下，南阳水开始断流。作为杨村的大户，爷爷开始领着求雨。因为奶奶识字，所有的求雨经文都是奶奶诵读的。在南阳水边扎了祭台，奶奶扭着一双小脚。奶奶的脚也许只有十五公分，前面是一个尖，后面的脚跟变形，走起来如同踩着高跷，两条腿也又细又白，弱不禁风。可奶奶在龙头前一跪就是一两个时辰，腿都跪麻了……

或许是求雨的虔诚，立秋一过，雨水开始下起来，没完没了，勉强长出的地瓜全都泡在烂泥里。街上的泥全都泡透了，发渣，走上去，泥水会浸到膝盖。到处是蛤蟆，"咕呱"乱叫，到处没有干地方，因为烧不开水，只能喝凉水。而且饭也做不熟，有些人无奈之下就把地瓜干当柴烧。

到了八月十五，应该是秋老虎肆虐，粮食上粒的时候，却在一夜之间下了一场大霜。厚厚的霜如同下了一场小雪，趴在湿漉漉的屋脊和残败的落叶上。所有的秋庄稼及瓜菜全都冻在了地里，颗粒无收。

过了没多久，陆续就有人家断炊了。断炊的人刚开始吃草根、树皮，后来草根树皮也没有了。西北风吹起来，冬天来了。看看家里仅有的一点粮食，奶奶不得不想办法。打听到爷爷一个舅舅早年间到山西去谋生，近几年也有过联系，可能还混得不错，奶奶筹措了几个钱，买了火车票，带着我父亲和两个姑姑去投奔爷爷的舅舅。三个孩子，大的八九岁，小的只有四五岁。

当时我大爷十三四了，已经是劳动力，跟爷爷在家守着那几亩地和留下的一丁点粮食。

奶奶领着孩子们下了火车，一路打听，要着饭终于找到了爷爷的舅舅家。到的时候临近中午，正是吃饭的时候，爷爷的舅舅家包了水饺，下熟了，刚要吃，闯进来一屋生人，奶奶怯怯地叫了一声："舅舅。"爷爷的舅舅刚要打招呼，他那个一脸横肉的老婆说话了："你们认错人家了，我们山东根本没有亲戚。"爷爷的舅舅喉咙里咕噜响了一下，背过脸去，说："是啊，你们认错了，走吧，再去别处打听打听……"父亲和姑姑看到桌子上热气腾腾的饺子，馋得直流口水，最小的那个姑姑甚至哭了起来。一脸横肉的女主人站起来，把一家人往外推。奶奶说："就是陌生人，你给碗饺子汤喝也行啊？"女主人说："不行！"把他们推出来，"咣当"一声关上了大门。

奶奶只好和几个孩子缩在门口的一个柴垛旁，过了一夜。那一刻奶奶一定非常伤心，无法想象一个少女时代有着锦衣玉食的女人，是怎样面对这种如狗一样乞怜的局面的，生活落差如此之大，奶奶竟然承受了下来。

后来，奶奶就领着孩子们在山西乞讨。毕竟这个地方没有遭灾，好心人家施舍一口就能让娘四个活下去。当然，爷爷的舅舅有好几次给奶奶他们偷偷送过窝头，还给他们送过一床棉被，要不那个严寒的冬天娘四个还真不知是否能够度过。

讲起这段经历奶奶总是一脸的平静："谁家的日子也不好过。平添上四张嘴，还让不让人家过日子了？"从那以后，爷爷的那个舅舅再没跟家里联系过，他也感觉愧对我们吧？

讨饭的最怕的是恶狗。刚刚到人家门口，还没开始乞讨，却窜出一条狗来，怒吼一声，上来就咬，那种惊恐，不亲身经历怕是很难感受得到。

最先被咬到的是我的大姑姑，腿上被撕下来一块肉，疼得"哇哇"哭。那时候奶奶他们已经借宿在了人家的一个草棚里，有机会烧点热水泡一下要来的凉饭。奶奶给她做了包扎，已经止了血，六七岁的姑姑很乖，晚上吃了不少的饭，也没喊疼，就睡了。奶奶和她的孩子睡在旁边，以为没事了，明天起来，老天爷又会给她一个活蹦乱跳的姑娘。可能太累了，那一夜奶奶睡得很死，醒来的时候，天已经大亮了，奶奶先摸了摸大姑姑，竟然浑身冰凉了！奶奶哭了一场，有什么办法呢？在那样的年代，死个孩子是经常有的事。奶奶领着父亲和小姑姑，刨个坑把大姑姑埋了，继续拿着破碗去乞讨。毕竟还要活下去。

没过几天，父亲也被狗咬了，腿上鲜血直流，这次奶奶没敢轻视，去药铺给父亲乞讨草药，用陶罐给他熬了喝。父亲是在七十三岁那年，因为肺癌去世的。肺癌晚期，当西药已经无能为力的时候，据说中药还有办法。我给父亲弄来了中药，可父亲喝了几次就不喝了，父亲说："可能是小的时候被狗咬，喝中药喝伤了……"我尝了尝那药，的确难喝，于是不顾弟弟的阻拦，全给他扔在了垃圾箱里。天意如此，老人已经吃苦太多，没必要临走再吃这些苦了。我泪流满面。

好在当年父亲命大，逃过了那一劫。

当时阳州的生活也好了一些，爷爷开始打听奶奶的消息。可能是给他那个舅舅写了信吧，反正是知道了奶奶的遭遇，就把家里仅有的几亩薄地卖了，凑了几个盘缠，来到山西找到了奶奶他们，把他们带回了家。

本以为日子就要好起来了，没想到，过了几年，又遇到了一次大灾年。在这次灾年中，很多人饿得浑身浮肿，先是树叶、草根，后是树皮都成了果腹的东西，但还是每天都有人饿死。

奶奶总结1942年的经验，希望逃荒到外地再给儿女们一丝生的希望。可是这次她错了，走了好远都有人挨饿，根本讨不到东西。

小姑姑饿了就喝盐水，一碗一碗地喝。最后躬出了痨病，不住咳嗽。虽然勉强活了下来，但一生都佝偻着背，呼呼地喘。最后好歹嫁给了一个焗锅焗盆的，是个罗锅，还比姑姑大十几岁。那时候正常人是不允许做买卖的，姑父农活干不了就做点买卖，反倒有点小收入，那几年竟然接济了我们家不少。

再来说说我的大爷。大爷随我爷爷，一米八的个头，玉树临风，又读过一些诗书，为人耿直，就是有点迂腐。春天里集体种地瓜，为了防止大家偷吃，地瓜种上都泼了大粪。心眼多的人，都找那干净的偷吃。大爷刚开始对这种行为不齿，可是每顿一个窝头，还要干重活，饿得眼前直冒金星，实在忍不住就咬了一口。地瓜还在嘴里没咽下去，有些村民就来了。带头的是一个小姑娘，二十来岁，只有一米四的个头，严厉地咒骂起大爷来。大爷站起来，弯着腰，可小姑娘也只到大爷的胸口。小姑娘刚开始跳着高去点大爷的额头，可是怎么跳也够不着。最后恼羞成怒，一拳打到大爷的胯间，大爷疼了，腿一弯，队长又补上了一脚……

大爷向后倒下去。回到家，又饿又羞，不久也埋到了乱石岗。大爷已经结婚，有两个刚会走的儿子。奶奶哭了一场，把大爷的儿子领回家一个，匀出自己的口粮喂他……

七、奶奶就这么走了

有一天，因为奶奶仗义执言得罪了二蛋子，他伺机报复，陷害奶奶，结果当天奶奶眼睛瞎了。后来到县人民医院好歹开了几副药，没多久，奶奶能看到一点了，虽然影影绰绰，但毕竟让人欣喜。可惜过不久又看不到了。时好时坏，奶奶心强，人多的时候表现得满不在乎，没人的时候暗自垂泪。

又过了一段时间，奶奶完全失明了。瞳孔慢慢扩散，直至消失，满眼都是白眼珠了。

二蛋子多次去找奶奶忏悔，一把鼻涕一把泪，说自己不该"陷害"她。他终于承认是"陷害"了。奶奶却很平静："病得上了，跟你没关系。"

是的，完全看不见了以后，奶奶反而平静了。她常常一个人在那儿坐着，一坐就是几个小时。完全淹没在黑暗里，咀嚼、回味她经历的那些幸福和辛酸的时光。

后来，奶奶的牙齿就脱落了，又是地包天，下巴骨高跷着，开始变得絮叨，说话也不很清晰了。但是也做点给玉米棒子脱粒什么的力所能及的活。那份急急火火的脾气就让无边的黑暗淹没了。

她有时会拿一条梧桐棍，或者摸着院墙走到大门口，在那棵梧桐树底下坐着，听麻雀叽叽喳喳歌唱。她会根据别人的脚步声来准确地判断出谁正从门口经过，并叫出他们的名字，她希望别人停下来跟她聊一聊。可是自从包产到户以后，人们要做的事情很多，总是来去匆匆，很少有功夫闲聊了。

我开始上学，习惯了奶奶坐在夕阳里等我回家的样子：那么小巧的一个人，满脸褶皱，双眼无神地半闭着，却收拾得干净、利索。如果不看她的眼，你无法知道她是一个盲人。一到家，我会把她牵进院子里，然后我坐在磨盘上写作业，她继续在院子里晒太阳，直到吃晚饭。

民政局的人有时会来看望一下奶奶，一则她是烈属，又属于残疾人。可奶奶显得不悲不喜，只是依旧说话絮絮叨叨。县博物馆的人也来看过奶奶存下的那几尊佛像，说是虽然雕刻精美，但年代比较近，价值不大。问奶奶愿不愿捐献，奶奶说："捐了吧。"那些人就开了个车过来，把佛像搬到车上拉走了。过了几个月以后，我们几乎都把这事淡忘了，他们给送来个红本本，说是捐献证书。

在此期间，身体一向强壮的爷爷，在一天吃过晚饭坐在椅子上吸烟的时候，身子一歪，就去了……

奶奶大哭了一场，说："老天爷不公啊，为什么让他去了，不让我这瞎眼的老婆子走呢？"我们怕她承受不住，可她却没过多久就适应了。可能是经历了太多的大喜大悲、辛酸苦难的缘故。

我十四岁那年，在田野里挖到一棵花，根茎旺盛，还开着一朵小花。我问奶奶把它栽在哪里，奶奶详细询问了花的样子，就让我栽在影壁墙前的空地里。到了七月份，花长成一大丛，准备开花。

可就在花开的那天夜里，奶奶走了。走得无声无息，跟爷爷一样。给奶奶办丧事的那天，花开得正旺，一朵朵，一丛丛，雪白绚丽。

大爷家的两个儿子，出外做生意没回来。后来知道是开着三轮车在几百里外的地方翻到沟里了，人没事，可是要修车。我那瘸病的姑姑，也早于奶奶离去了，弟弟还小不懂事。丧事上只有我和父亲，显得冷清、凄凉。

天太热，尸体不能久存，借了个地排车，我和父亲还有几个帮忙的乡亲，就拉着到几十里外的火化场火化了。坟地现在人家的责任田里，丧事新办又不能留坟头。玉米地深处，一小片翻过的新土，只几天功夫就长出了杂草。不久玉米棒子收割，那里便被种上了小麦，再也看不出痕迹了。一生要强的奶奶，走得无声无息。

然后影壁墙前的那棵花突然谢了，不久干枯，被风刮走败枝。那里显得空空荡荡的，也好像从来就没有过什么东西。

吴福旺

一

仰头老婆低头汉,这是阳城人最忌讳的。可是就那么巧,全都应在了吴福旺两口子身上。两个人走在一起,一个矮胖,脑袋看着地面,好像总在找东西;另一个,哦,也就是吴福旺的老婆刘彩花,却是昂首阔步,高跟鞋踩得地面咔咔响,而且足足比吴福旺高出了半个头。

这样的两口子,你一定会以为老婆在家自然是有至高无上的地位。好花都让猪拱了,这吴福旺既没钱又没长相,守着如花似玉的媳妇,每天给她洗脚都是烧高香了。可实际上吴福旺还是很有话语权的,平时沉默,说出话来砸地上就一个坑。刘彩花说,能咋的,这人一条道跑到黑,总得有个人让两步吧?凑合着过呗,还能离咋的?脸上却笑嘻嘻的,显然很满足这种生活。

两口子都在一家机械厂上班，吴福旺干车床，刘彩花干磨床。后来厂长慧眼识花，就把刘彩花调到了厂长办公室。办公室人员不用干活，可是要迎来送往接待客户，有时还需要陪同领导出差。

吴福旺一根筋，刘彩花陪客户吃饭，他就在饭店外面等着，即使是冬天，凛冽的寒风也不怕，而且会时不时打电话，这让厂长很懊恼："就你老婆是朵花？就是你老婆真是朵花你也不能总拴在裤腰带上吧？真是一朵鲜花插到了牛粪上。"暗地里却安排车间主任多给吴福旺安排工作，还给他指派徒弟让他指导，钱挣得多了，功夫却没有了。

刘彩花却不追求进步，对于领导的暗示装疯卖傻。厂长长叹一声，真是什么人找什么人，死牛蹄子不开丫。

厂里效益开始下滑，厂长大笔一挥，果断提议，先把吴福旺踢出企业，成为第一批下岗的人。

吴福旺虽然少言寡语，却是一个埋头苦学的人。人虽离开了，厂里许多技术活却还离不开他。精车是个高技术活，在数控技术如此发展的今天，神五上天的一个部件还需要普车亲自操作，何况是在当初？这一切都是融技术与经验于一体，多年摸索出来的。

下岗又返厂干得多了，吴福旺难免闹点情绪："老子都被扫地出门了，还来给你们擦屁股，不干了！再干加钱！"厂长也恼了："用你，是看你在家没事做给你增加点收入！离了张屠夫，照样不吃带毛猪。不干？走人！另一个也一块走！"于是第二批下岗工人里就有了刘彩花的名字。

两口子转眼之间就成了无业游民。可是孩子还要上学，家里花销大不能没了收入。好在老天爷饿不死瞎眼的家雀，何况是两个身体倍棒的人？吴福旺的家是一个二层小楼，在古城的古董一条街上，地势好，沿街都是卖古董、字画的人，这几年古董、字画生意好，成就了许多百万、千万富翁，许多人都跟吴福旺商量过，要把他家一楼沿街的房子改造了租赁，可是吴福旺谁说也不动，现在没办法了，两口子就想在这开个店。人家弄古董发了财，吴福旺不眼馋，开车床咱是内行，干古董生意，完全是外行，做外行生意很少有赚钱的，买了来卖，不是买到假的就是买到贵的，还想赚钱？门都没有。可是吃的喝的咱内行，开个小卖部，甭管干什么生意，柴米油盐都用得着，咱分量足不卖假货，挣个吃穿保证没问题。

可是给房子开门口的时候两口子发生了分歧，刘彩花的意思，对街开门，旁边再弄个大窗户，老远就能看到了，挺亮堂。可吴福旺不同意，说是那么开房子就不好修复了，不干了恢复不了原样。把刘彩花气得一顿大吵，你这房子是民国时期的不假，可是离古董还远着呢，还能指望国家给你保护起来？

争论的结果，还是只开了个小门口，光线暗淡，大白天也要开灯。刘彩花也不愿看吴福旺那张嘴脸，自己经营，老吴该干啥干啥去。

二

小卖部开张，虽算不得红火，但是一个月下来，却也比工厂赚得多。吴福旺呢，在外面给人家干点零活，顺便给一些小企业修修床子，也没少赚。日子开始往想象中的美好生活发展，两口子甚至商量着过几年买辆车或者早给儿子打算着买处新房，房子的价格是翻着跟头往上涨啊！

那天下过一场雨，门口的街道上积了不少水，吴福旺早早就出门了，刘彩花拿着扫帚在那扫水，一辆崭新的奥迪A6驶过，刘彩花正用力扫水洼的水，不小心就把脏水扫到车上了，司机一伸头看到一个打扮朴素的妇女弄脏了他的车，忍不住张口就骂："你瞎啊！没看到我的车？"刘彩花不愿惹事，还算好脾气，忙赔不是。那小子还来劲了，说："你知道我的车多少钱吗？你赔得起吗？"

旁边卖古董的张老板看不下去了，说："哎，我说你小子怎么得理不饶人呢？就你那破车，在我们这古董街谁家还不能买个十辆八辆的。就这个大姐，是这百货店的刘老板，上下两层楼都是她家的，你这样的破车，能买一堆。"

司机抬头看看楼房，脸一红，灰溜溜开车走了。

刘彩花回过头来问张老板："我家这房子真的这么值钱？"张老板哈哈大笑："你以为呢？你们现在可是住在元宝里啊。你什么时候想出手了，告诉我，我买了。"刘彩花讪讪地笑了几声，就回屋了。

谁知道这事还真的一语成谶，没过多久，刘彩花出去进货的时候遭遇车祸，一条腿就要保不住了。肇事司机逃逸，把闻讯赶来的吴福旺急得直薅头发。医生出来说，病人的腿很难保住，要想保住还需筹备大量的钱，你先去筹钱吧。

街坊邻居都来询问，张老板也过来，私下里对吴福旺说："现在救人要紧，我也不是乘人之危，你的房子出个价，你租给我十年八年也行。你要卖的话我保证给的钱够给大嫂治病还能省下再在别处买套房子。大哥，你考虑一下，我是真想帮你。"

吴福旺却是想也没想，直接把头摇得像是拨浪鼓："房子不能卖，你别打房子的主意。"张老板也还算仗义："大哥，既然这么说，这二百元，算我给大嫂买点营养品。"

吴福旺亲戚朋友都借遍了，原先的工友们又凑了一点，等拿着钱到了医院，医生说："你来晚了，腿开始化脓，保不住了，已经切除！"

看着刘彩花憔悴的面庞，吴福旺忍不住泣不成声。刘彩花早已知道了张老板买房子的事，可她没有怪吴福旺，她知道丈夫这么做一定有他的道理。

三

刘彩花进不了货，吴福旺就不能再出去干活了，两口子守着一个小店，平时再磨点豆汁，卖点时鲜蔬菜增加收入。

时间过得飞快，转眼儿子吴强就到了谈婚论嫁的年纪。老房子虽然平方不少，但是窗户小，构造不合理，再加上供水、供暖不到位，与现在盖的新房相比，还是有许多差距的。儿媳妇就提出来，把老房子卖了，添点钱，再去买处新房。

可是吴福旺死活不答应。儿媳妇就想办法给未来的老公公施加压力。吴福旺没办法，经常借酒消愁。刘彩花也说："老吴啊，你犟了一辈子，我都依着你，这次你就答应孩子吧。"

吴福旺不说话，一口酒灌进肚子里，两行眼泪流下来，说："你不懂。"回头去柜子里找出一个存折递给老婆，说："这是咱俩这些年的积蓄，你给儿子交个首付，以后咱再挣钱慢慢还吧。"

老爸不开窍，吴强也犯难。禁不住老婆总吹枕头风，两个人搬进新居里，很少来老房子里。媳妇说："看到你爸那个老古董我就心烦，这么对我，还想不想让我给他养老送终了？"吴福旺听说后不说话，只是苦笑了一下，继续沏上一壶茶，倒上一杯酒，弄两块榨菜咸菜几粒花生米，滋溜一口滋溜一口自斟自酌。

日子算不上富裕，却还能勉强过得去。不久儿媳妇怀孕，生下一个儿子，吴福旺感觉自己的幸福生活就要来到了。

四

刘彩花虽然安了假肢，但是抱不了孩子。吴福旺给老婆上好货，就骑着自行车去儿子家看孩子。尽管儿媳妇不给好脸色，但孙子是自家的亲骨血。吴福旺代替奶奶给孙子洗尿布，洗衣服，啥事也做。人心都是被感化的，时间久了，儿媳妇的弯也就转过来了，公公虽然行为怪些，毕竟是孩子的亲爷爷。

别人家的孩子一岁多就能走了，可是孙子小宝都两岁多了还一直不会走。吴福旺很担心，跟儿子儿媳陪着去医院看了几次，医生说骨骼发育正常，大概没有什么问题。孩子就是三岁会走论说也算正常，各人情况不同，再等等。可是小宝却总是盗汗，身体虚弱。吴福旺发觉不正常，就又喊着儿子和他去看。儿子说，医生都说没事，可能是身体弱，补一补，吃点钙片啥的也许就行了。

孙子断奶后，儿子儿媳工作忙，平时看孙子的事就落在吴福旺身上。吴福旺改装了三轮车，把车斗子放在车把前面，又在车斗子里安装了宝宝椅，这样自己骑着三轮，孙子就在眼皮底下，放心。他每天早去把孙子接到自己的小百货店里，晚上儿子儿媳下班后又给喂饱了送回去。

这天他在卖货，刘彩花和小宝在床上玩。小宝挺快活，从床这头爬到那头，嘴里咯咯笑着。笑着笑着，却突然眼睛一翻，昏迷了过去。刘彩花吓坏了，没命地喊吴福旺，吴福旺过来一看，脸也立即就变黄了，跑出来，正好遇到张老板，说了情况。张老板没含糊，立即发动车拉着孩子去了医院。

真是祸从天降，孩子竟然查出有先天性心脏病！吴福旺就觉得眼前一黑，刹那间天旋地转。等到儿子儿媳赶来，医生说了情况，说这种情况需要手术，也是越早越好，不过手术费和后期治疗费价格昂贵。

儿子买房、结婚花光了积蓄，现在家里是再也拿不出钱了，能想的办法还是卖房子！张老板又提出买古董街的老房，吴福旺坐在一角抽烟，却不说话。

后来李老板和钱老板听说房子要卖，也过来提出要买。吴福旺把儿子吴强拉到一角，说："强啊，老房子实在是不能卖，要不，先把你的新房卖了吧。"吴强说："老房子有什么好？新房子刚刚还完房贷，宽敞明亮还耐住，而且有电梯，妈上下都很方便。咱那老房子，妈都好多年上不了楼了。爸，你放心，卖了老房子，我保准好好孝敬你跟妈。"吴福旺说："唉，儿子，早晚有一天我要跟你讲，咱那房子实在不能卖啊……"

吴强哼一声，走了。小宝等着治病，没办法，只好把新房子卖了。儿子、儿媳住到了老房子的楼上。

五

因为要打造旅游城市，古董街的房子全都面临改造。居委会的人多次来做工作："这条街大多是老房子，可是近些年随着建设已经破败不堪，尤其是很多人不按规划，乱搭乱建，在那些青砖老房子上，再搭建些红砖房，显得极其不协调，影响了城市形象。而且供电、供暖、供水不配套，到处是蛛网一样的水管、电线。政府这次是把这些房子扒了重建，使其更加适宜居住，并且是以旧补旧，老房子扒下来的砖瓦不损坏，继续盖到房子里。最重要的是房子产权不变，个人只出极少的一部分资金，其余都是政府买单，政府出资帮你把房子重建一遍！"

吴强对这房子早就住够了,听到这天大的喜事,第一个就回家告诉了吴福旺。他想尽快让老爸也高兴高兴。没想到吴福旺听到后说的第一句话却是:"我不同意!"

这下吴强不干了,他说:"爸,我真不知你是怎么想的,这样又窄又难住的房子有什么好?你怎么就认准了呢?"

对于吴福旺这样的老顽固,政府没有强拆,而是展开强大的思想攻势。办事处的干部分成三班,二十四小时给他做工作。虽然说话细声慢语,可是却造成吴福旺严重睡眠不足。

一天,儿子说:"爸,我跟你找个地方睡一觉,一时半会咱还不搬迁,东西还在店里,不会怎么样,咱先养足精神再说。"吴福旺想想也是,就跟着出了门,去了儿子岳父家附近的一个旅馆。好长时间没睡好,吴福旺头一接枕头就睡着了。等到醒来竟然是第三天的傍晚,匆匆忙忙跑到老房子那儿,早已是废墟一片!

六

吴强早已租好了房子。看来一家人都商量好了,就瞒着吴福旺呢。任凭吴福旺在那儿酗酒痛哭,一家人该干啥干啥,就连刘彩花也不理他了。说急了,刘彩花才会嘟哝一句:"这么好的事,你咋就想不开呢,是不是脑袋被驴踢了?"

那天吴福旺照常在租来的家里喝酒,听到外面吵吵嚷嚷。刘彩花出去一问,才知道是统战部的领导和一个台湾的丁先生要找吴福旺。

吴福旺在屋里喊了一声,怕啥来啥啊!汗珠子就下来了。等刘彩花把人领进屋子里来,却没找到吴福旺。刘彩花说:"这老东西最近犯了毛病,刚才还在这儿呢,不知躲哪儿去了。"到内屋一找,果然蜷缩在一角。刘彩花把他拖出来,他却一下子趴在丁先生面前痛哭流涕:"我对不起丁伯伯,对不起我爹,我给老吴家丢人了……"

丁先生把吴福旺拉起来,说:"您就是吴叔叔吧?您先起来,听我和您说……"丁先生把事情叙述一遍,吴福旺也补充,大家才明白。吴福旺家的老房子是老丁家的,当初丁老爷去台湾前把房子托付给吴福旺的爹给看着,说过不多久就能回来。可是这一去,就再没回来。吴福旺的爹又把房子托付给儿子,临终前千叮咛万嘱咐:"丁老爷是我的救命恩人,他托付的事脑袋掉了也要办到。这房子他托付咱看着,我死了你要看好,一块瓦也不能少了……"

吴福旺一边说一边痛哭流涕:"贤侄啊,我无用,没有看好房子,我对不起你!"丁先生眼含热泪:"吴叔叔,我爷爷过世的时候也嘱咐,你们一家都是实在人,时局变迁动荡,不能给你们增加负担。本来我父亲早就想来,可惜他老人家身体不好。这不,我正好有事过来,跟您说说。您的事我都听说了,您费心了。"

丁先生拿出一张纸,递给吴福旺。

吴福旺一看,号啕大哭。那是一张房屋赠予的遗嘱,丁老爷将房子无偿赠予给吴家。下面署的时间是一九五零年。

杨村的作家们

一、狗头二大爷

在杨村,好像除了我狗头二大爷没有外号都有外号。想想也不对,要是狗头二大爷没外号,二大爷的名字总不会是叫狗头吧?当然这也可能,杨村人虽然出了那么多所谓的作家,可取的名字多是些狗蛋、大头、毛草根什么的。这老一辈人,乳名没几个正儿八经的,说是好养活,阎王爷不好往名录上登记,也就勾不了去。杨村的习惯还愿意叫乳名,有的人五六十岁了还被叫乳名,有人叫乳名并不感觉丢人现眼,反而觉得自己还很年轻,童年离自己还不遥远。

说实话,在我们杨村这个到处拉鸟屎的地方……是的,经常是走着走着,鸟屎啪嗒一声就落到脑门上。如果是秃脑门还好说,像狗头二大爷,如同在脑袋瓜上做了个鸟窝,四周浓密,中间光秃秃的,鸟屎掉上去,抹一下子就干净了。像我们这些毛孩子留头发的,四周倒是剃得干净,中间长，看上去如同扣个茶壶盖，很容易让鸟屎隐藏在里面……说远了，我想说的是，在我们杨村这个鸟地方，没个外号怎么混？那肯定是没引起老少爷们的重视嘛。

讲作家，我之所以先从狗头二大爷说起，是因为我们村还有一个所谓的作家高粱秆子马启律，当然我们土话是称作马骑驴。其实在文化大省陕西据说也只有三个半作家，杨村按说是不可能有作家的，可他们都自视很高，都认为自己是作家，我也就权且这么说吧。马骑驴个子高，所以外号叫高粱秆子。他是在杨村所有的作家中最晚起来的一个，但却以正宗自称，以前我只听说过卖臭豆腐的有正宗，没想到当作家也有正宗一说，可见这个马骑驴是多么矫情。而且杨村也并不团结，作家看不起作家，老家贼看不起瞎喳子，实际上都差不多。马骑驴准备出一本《杨村志》，把杨村什么时候种什么作物，早晨什么时候出太阳，用过什么农具，出过什么干部，甚至驴马交配出过几头上好的骡子……反正是杂七杂八的都要记上一笔，当然马骑驴对自己这样的杨村杰出成就者更要浓渲重染，据说整本书洋洋洒洒八十万字。八十万字啊，乡亲们，犄角旮旯都写到了，就是杨村这几个知名作家一笔不提，令我辈情何以堪？于是我——"大头大头下雨不愁，人家有伞我有大头"的杨村第二代作家杨大头，亲自捉笔，来一本《杨村野史》，先把这些被遗漏的作家们的光辉事迹记述一番，免得将来被遗忘了给杨村历史造成无法估量的损失。

当然，我已经好多年没回杨村了。当年杨村的鸟屎总是太多的落在我这充满智慧的大脑袋上。是的，鸟屎停落的频率要远远高于智慧停落的频率，最后我做了艰苦卓绝的选择，在我老爹无可奈何的叹息中，背着一个小包远嫁到了三十里外的马家河子。当然，当然我是男人，在这个新社会新国家是男是女都一样的时代，谁嫁给谁都是理所当然的。我嫁过去以后,岳母大人也学岳飞他娘慷慨刺字。岳飞的母亲刻的是"精忠报国",姓苟的母亲刻的是"盖房买车"。是的,我岳父他老人家姓苟,贱内苟爱花,她比较爱花钱,因此我都嫁过去二十年了,每日里就喜欢舞文弄墨,传承着我们杨村的良好基因,让我那满脸雀斑的爱花老婆钱总是不够花,更辜负了岳母大人的殷切期望,让盖房买车一直作为一种美好的梦想憧憬着。

在写狗头二大爷之前我本来想再去拜访一下的,以获得最近的最新资料。可是我怕大脑袋上再落下太多的鸟屎,因为狗头二大爷住的地方在杨村西南三里地的一个小山丘上,那里树木相当茂密,以前是大户人家的坟地。要不说杨村人杰地灵呢,据说好久以前出过王爷,墓地就在那个地方,随着朝代更替,王爷后人跑了,村里人死了以后就往那里埋,坟头前不能空着,你栽棵树,他栽棵花,天长日久,郁郁葱葱,遮天蔽日的就像原始森林一样了。后来,人们响应号召,要把坟地彻底改造成良田,结果是弄得密密麻麻的烂棺材,到处是人的头骨、腿骨。没多久就有六十多人患上了一种尸皮病,皮肤发黑、腐烂、变臭。于是那块被称作南岗子的地方就那么闲置起来,也没人往那里埋死尸了,也没人敢到那地方去了,南岗子更加原生态生长起来。

狗头二大爷不怕。狗头二大爷是作家、诗人,是有本事的人,是"采菊东篱下,悠然见南山"的人,更是特例独行的人。因此他在南岗子盖一个小棚子,独自住在那里。狗头二大爷的主要成就是写诗,因此为了不让高粱秆子马骑驴那些人笑话我们庸俗,我就用诗人的称呼来描述狗头二大爷。诗人的代表作不少,比如:"远看一条狗,近看也是狗。越看越像狗,原来是死狗。"或者:"我是祖国一条狗,守在国家大门口。帝国主义来侵犯,死命咬他几大口……"你看,我想把二大爷与狗分开,他的代表作里还都带着狗,看来是与狗有缘啊。最重要的是他曾经给索马架子马二坏做过狗头军师。索马架子是一种毛毛有毒的虫子,沾到身上就起个大疙瘩,酸痛难忍,比较切合二坏他老人家的名字。

当然,诗人在跟随索马架子期间学到了不少本事。刚开始是偷伐了村里几棵树,后来就把村里那个唯一的抽水浇地的电机给卖了。公社李公安破案神速,把诗人送到劳教所待了一年,诗人就更有诗人气质了。中间不长毛,旁边又留得长,脚还有点跛,从远处看比较有仙风道骨,像神仙铁拐李。

诗人在山上喂了一只羊还有几只鸡,羊是母羊,供诗人喝羊奶。据说曾经有苦行僧赶着一只母羊传经布道,在无人的地方依靠羊奶维持生计,看来羊是个好东西,能供得了一个人的日常饮食,羊奶更是能当水喝也能当饭吃。于是诗人疯狂写作,据说诗稿存了满满的好几纸箱子。

当然,诗人不可能永远呆在山上,只这么呆在山上跟索马架子学的本事不就白学了?他经常下山游说,赶集上庙,传播他那些伟大的学问。诗人的烟瘾比较大,写诗的时候没有气氛不在云里雾里怎么能出好作品呢?虽然困顿的时候难免抽一些晒干的树叶子,但这并没影响他把巨大的门牙抽成蜡黄的颜色,一张嘴,那黄色就似乎要跌下来。而且长期的与那只亲爱的母羊共处一室,身上沾满了母羊粪便的腥臊味。当然,诗人懒得洗澡,据说魏晋名士就都不洗澡,诗人是不能和常人相比较的。

诗人最后竟然把小寡妇上等洋面弄到了南岗子。上等洋面只听名字就知道了,皮肤那个白啊!而且还是一个富婆子,她那短命的死鬼男人进县城卖桃子被城里人用汽车轧死了,赔了她一大笔钱。很多人都瞅着这小寡妇想挖一勺子,可就是让那个狗头二大爷抱到山上南岗子去了。据上等洋面自己讲,那狗头二大爷是要拿诺贝尔文学奖的。那时候莫言还没拿诺贝尔文学奖。听惯了三狗子、四蛋子的杨村人哪听过诺贝尔这么洋气的名字，这个名字从那大黄牙里带着臭烘烘的唾沫星子出来，当时就把上等洋面震惊了，更让她震惊的是据说狗头二大爷还有诺贝尔文学奖的邀请信和拿到以后那几辈人也花不完的奖金。

当然莫言拿了以后自己说奖金还不够在北京买套大房子，可让诗人一吹嘘那可是不得了的巨大财富，毕竟杨村和北京在房子的价格上还是有区别的。上等洋面去了南岗子以后，诗人就没有心情写诗了，面对如此貌美的女人还去赞美那些狗娘养的狗狗们，那是傻子才干的事。

狗头二大爷没有生活来源，过着过着就逼着上等洋面把她的存款拿出来花。上等洋面刚开始盼望着那笔巨大的诺贝尔文学奖金，为此忍辱负重，可是跟老东西过了二三年发现还是那么遥远，反倒是自己卡上的钱越来越少了。于是卷吧卷吧铺盖就要走人，狗头二大爷怎能轻易放她走啊？对他来说幸福生活才刚刚开始呢。

上等洋面也不是善茬，不知通过什么途径报了警，李公安接到以后毅然前来对她进行搭救。见到公安上等洋面有了底气，气得号啕大哭，大骂狗头二大爷："你可把老娘害惨了！"从此远走他乡，使我们杨村损失了这么一个雪白雪白的漂亮女人，实在是一大遗憾。害得杨村的光棍汉们痛哭了好久，大骂狗头二大爷作了大孽。生生让一块肥肉从嘴边流失了，实则是杨村的千古罪人。

二、索马甲刘流秋

让孤独的狗头二大爷继续躲在南岗子写他那些狗娘养的狗狗们的诗吧，我们再讲讲杨村另一个作家索马甲刘流秋先生。

索马甲听着跟索马架子差不多，却是两种完全不同的东西。索马甲是一种蚂蚱，头尖、腿长，长相漂亮。特别是那腿，相当有力气，又叫蹬倒山。夏天时候是绿的，到蹦跶不了几天的时候就是黄的了。刘流秋长得跟索马甲差不多，一表人物，也不像狗头二大爷那么不靠谱，毕竟是读过几年书的。狗头二大爷只上了二年私塾，还放了一年零八个月的假，听说还逃了四个月的学。索马甲刘流秋好歹也是初中毕业，正儿八经上了八年学。

当然他没挂着诺贝尔奖，却知道写文章要先学会发表。不发表只埋头写，像狗头二大爷一样等着诺贝尔奖的找上门来那是痴人说梦。他用这话背地里说过狗头二大爷，狗头二大爷找上门来，用满是指甲灰的脏手捶打着索马甲刘流秋家的大门跟他讲理，两人差点打起来。互相轻视不只在跟高粱杆子马骑驴之间，狗头二大爷和索马甲刘流秋之间同样尖锐。

索马甲刘流秋学的是赵树理的风格，完全运用的山药蛋派，把杨村的土话俚语用到极致，但却没产生美感。曾经有编辑给他回信：请先翻译成汉语再寄来行吗？

索马甲刘流秋隔三差五往大城市里的编辑部寄稿子，最后就感动了编辑部的编辑，给他来了一封亲笔信。但是这位作家没有署自己的名字，而是写的三号。那时候讲究人民的力量是无穷的，"工人没有把自己的名字写在产品上，农民没有把自己的名字写在粮食上。"全国人民都在当无名英雄，作家自然也不能落后，发表作品都是集体创作。于是全国的作家都统一编了号，能编到三号的自然是大作家，是中央领导啊！当年周总理在白色统治下才编到五号嘛。

有了这封信更是给索马甲刘流秋增强了巨大的信心。并且国家可能为了培养这个文学青年吧，拿着那封信去看电影、去博物馆什么的都不要钱。于是每当阳州城里演新电影，索马甲刘流秋都拿着信去看。虽然索马甲这种蚂蚱没有白颜色的，可刘流秋总是穿雪白的衬衫，又是一表人才，竟然引来好几个姑娘的暗恋。

那天索马甲刘流秋正在自己的书房里奋笔疾书,村里的姑娘打盆花秀芝突然来了。打盆花是生于杨村的一种黄色的花,据说人不能采,采了回家不是打盆子就是打碗。这秀芝做事不过脑子,做起事来毛毛躁躁,不是摔了盆就是打了碗,她爹辘轳井绳田洪昌总是没完没了数落她,骂她手臭肯定是摸了打盆子花,于是也算又赐给了她一个名字。可既然是花就比那草强,打盆花也是颇有几分姿色的。

在此之前打盆花曾经给索马甲刘流秋抄过稿子,其中有篇作品叫《我的大奶》抄好给刘流秋看,当时把刘流秋看得热血沸腾精气上冲,在仔细看了之后原来是在抄写《我的大奶奶》的时候落下了一个"奶",虽然"奶"都是两个,但叠在一起意思就起了翻天覆地的变化。尽管当时让刘流秋白激动了一把,但打盆花就此和这小子在一起了。

索马甲刘流秋不像狗头二大爷玩物丧志,美人入怀就忘了自己那伟大的追求,而是继续没完没了地写他那长篇巨著。文章源源不断寄进首都北京,摆在那些已经真名示人的首长作家们面前。只可惜从此泥牛入海,再没了半点音讯。过上平常日子的打盆花秀芝女士,在经历了风风雨雨之后已经饱经风霜,再不会因为一个破手抄本失了理智。感觉到居家过日子才是最重要的,没钱是万万不能的,于是整日里有意的打盆打碗,让刘流秋作家去干活挣钱。

索马甲刘流秋屡败屡战,也想学学别人的先进经验。狗头二大爷学的是东村的莫言,他就去学西村的蒲松龄。在村头摆了茶水小桌,请过路的那些老少爷们讲讲杨村野史。因此如果编写《杨村野史》的话,索马甲刘流秋该是最有资格了,可惜他老人家英年早逝了,出师未捷身先死,长使英雄泪满襟啊！当然，话说回来，不作死就不会死。

先说当时刘作家在那儿摆茶听故事，不知经过几多春秋，也不知茶碗中落入了多少鸟屎，最重要的是打盆花秀芝女士给他打烂了几次茶碗以后，最终不得不先放弃伟大理想去学一个谋生的手段。要说索马甲刘流秋先生还是比较聪明的，不多久就学会了烹饪技艺，成为杨村有名的厨子。生活水平日益提高起来的杨村人民，急需提高饮食的质量。别的厨子只会炒菜，只知其然说不出个所以然。可索马甲刘流秋作家那是什么人，炸、溜、爆、炒、烹、清汆、红烧、醋溜……那是张嘴就来，听得土头巴脑的杨村人民一愣一愣的。

一天，刘作家正在杨村大酒店做他的拿手好菜霸王别姬，胡罗罗刘德昌就在旁边唱高调。本来刘作家心情挺好，还唱了几句《霸王别姬》的经典唱腔：劝君王饮酒听虞歌，解君忧闷舞婆娑。嬴秦无道把江山破，英雄四路起干戈。自古常言不欺我，成败兴旺一刹那。

胡罗罗刘德昌就在旁边问他："哎，大侄子，王八别鸡是不是别有一番风味啊？"刘流秋和胡罗罗本同是刘家人，家也住的是邻居，平时虽然看不惯这个鸡长狗短的是非东西，又考虑到自己还叫他一声叔，就没屑搭理他。可这个胡罗罗是给脸不要脸，蹬着鼻子就上脸，越说越不在调，老实人也有三分忿脾气，索马甲刘流秋就把一把鸡肠子给胡罗罗刘德昌甩在了脸上。胡罗罗用手一抹脸，鸡屎弄得满鼻子满嘴都是。干巴老东西虽然也经常有鸟屎掉到头上，可抹到嘴里的事还没有，他哪里吃过这个亏，顺手摸东西就要跟刘流秋拼命，谁知道一甩手摸到了王八嘴，被一下子咬住了手指头。可老东西没顾得疼，左手拿起脸盆就摔到了刘流秋头上。

王八甩掉了也弄一手血，呼呼啦啦刘流秋的鼻子也破了。本来是两败俱伤，可是胡罗罗刘德昌却取得了理论上的胜利："你个小崽子，你是不是王八自己回家看！"

　　索马甲刘流秋其实知道胡罗罗刘德昌说的是啥，说的就是自家的打盆花秀芝和村主任索马架子马二坏那事儿。

　　正所谓百无一用是书生。大家都以为作家索马甲刘流秋先生会有什么作为的，结果真是砸了大家的狗屎眼。既然连这么点尿性都没有，也就怪不得马二坏先生趾高气扬了。

　　索马甲刘流秋总结了自己失败和成功的经验，当然也借鉴了狗头二大爷的艳遇经验，认为自己还是应该写出伟大的作品，一旦成名，这些猪狗之辈还怎能放在他的眼下？

　　当然毕竟打盆花在杨村古朴的理论指导下也有所心愧，不再大声指责、斥骂刘流秋。作家便静下心来，清心寡欲，努力创作。

　　作家刘流秋两耳不闻窗外事，继续努力创作往北京寄。连续的泥牛入海却让作家不停地遭受打击，他开始酗酒，喝起来就没完。喝醉了大街上、猪圈里什么地方都酣然畅睡，放荡不羁，颇有济公活佛的风采。

　　那天乡里文化馆的几个人开着一辆吉普车来到了杨村。正是六月的天气，下着大雨，瓢泼如注。杨村地处偏僻，乡领导们一般是很少来的，来的原因是接到了北京的电话，说是杨村一个写作的刘流秋寄去一个稿子，顺便带着一封信，言称再不在刊物上发表，他就自杀以绝天下。北京的人怕出事，一边给他回信安慰，一边电告地方政府，进行正确引导。

　　车子艰难地开进杨村的中心路，却发现路中间正躺着一个人。雨水如同流淌的河流，上面布满了沸腾的猪食一样的泡泡，那人却一会儿躺在路中间，一会儿又站起来引吭高歌，响应着伟大领袖的号召：与天斗其乐无穷。司机是乡长的司机，剃了小平头，肌肉丰满，性格骄横跋扈，再加上是这样的天气,他于是摇下玻璃大声呵斥、咒骂着堵路的人,那人却依旧我行我素,姿态依然。司机爷那暴脾气,当时就撑一把伞下去了,上去就给他一脚,那人回过头来,狠狠瞪了司机爷一眼,说:"你可以杀死我,但是你打不败我!"

司机说:"你还来劲了,要死也死一边去,别挡着大爷的路。"没想到那人一下子躺倒了路中间,说了一句他一生中据说是最经典的话:

苍天无眼,缘何有泪啊?

车上的文化站长也撑着伞跑下来,挡在要重下重脚的司机面前,说:"不要打了,也不用去找村长了。这肯定就是刘流秋。"

当然站长没有猜错。可惜我们的作家刘流秋先生还是烂醉如泥。他们把他弄到家里,打盆花秀芝从没见过这么多乡干部登门,反倒显得诚惶诚恐,对刘流秋也妩媚温柔,不但给他换了衣服,喝了醒酒的姜汤,还殷勤接待了大家。

等到刘流秋清醒了,与站长进行亲切交谈,站长才发现原来经典不是随时都能出现的,就像王羲之酒后写完《兰亭序》就再也写不出那样的作品了,刘作家的文章离发表水平还是有 定距离的。当然,站长先生也以职业作家的身份代表编辑部的编辑对他进行了鼓励,开导他正确面对人生,树立正确的人生观,投入到无限的为人民服务中去,不能因为一点小的挫折就产生轻生的念头。前途是光明的,道路是曲折的。几乎把政治课上学的理论对着索马甲刘流秋先生背了一遍,才让刘作家转涕为笑。

当然,站长回去以后也做了工作,把捎带着走的文稿拿着给送到了县报。县报的陈编辑是一根筋,在认真通读一遍以后往桌子上一摔说:"都是什么东西?这个样子也能发表?你想砸我的饭碗。"站长一看也只好用煽情戏来表演了，声泪俱下地讲述了一个农村作者是多么不容易。最后起到了作用，两个人坐下来，摘出一段认真修改，好歹给做了半个版面，并且加了编者按。事后站长又拿着样刊兴冲冲去了一趟杨村，把样报给刘流秋送去，刘流秋跪到院子里，声泪俱下，老天啊，总算也睁了一次眼。可事后看了看，文章除了名字是自己的，竟然没找到一个自己写的字。站长很忙，要做的工作很多，把这一切作为工作成绩上报以后就再也没有音讯了。

索马甲刘流秋又开始了他酗酒和与天地战斗的日子。他独自住在院子里的一个小偏房里，茅屋漏风，三十九岁那年含恨而亡。三十九岁是英雄回归的年纪，民族英雄岳飞三十九岁被秦桧害死了，农民领袖李自成三十九岁兵败阵亡。一代英才索马甲也没逃过天数，临终前把儿子叫到跟前，千叮咛万嘱咐，一定要好好保存那些书稿，百年之后定会有重见天日的一天，很多名著都是不被当代人接受的。并且赋诗一首：

文章不得今人识，
无奈留予子孙读。
百年石破天惊日，
白骨无存后人泪。

到时候让那些后人们唏嘘流泪去吧！于是作家索马甲刘流秋这一段历史算是结束了。

也许他的死真是感动了天地吧，出殡的时候又下起了雨。厨子做饭找不到干柴火引火，就把那些打好包的文稿做了引柴火。刚刚烧了一把，打盆花秀芝从屋里跑出来说："这个怎么能烧！这个怎么能烧！"匆匆就抱到了屋里。大家唏嘘不已，虽然两口子平时吵吵闹闹，还不愧是知音啊！

这时候街上来了个收破烂的，打盆花把他叫进来，问："废纸多少钱一斤？"那人说："两毛。"打盆花说："两毛五。"收破烂的说："两毛二，爱卖不卖。"

这时候杨村第三个作家半截牡丹吴永花出场了。她说："这可是索马甲一生的心血啊，怎么能就这样给卖了呢？太可惜了！"她抽出一摞读了读，扔回去，说："还是卖了吧。"

三、半截牡丹吴永花

关于这半截牡丹吴永花我本来不想说了，因为高粱杆子马骑驴可能会在《杨村志》里给她留一定的位置。但考虑来考虑去，虽然那《杨村志》有洋洋洒洒八十万字，驴球马蛋都写到了，但那小子只遵循他自己所谓的正能量，是同他爹索马架子马二坏一样满肚子男盗女娼却是满嘴的仁义道德的东西，有些东西不可能写得详尽，算是在这里做一点补充吧。

半截牡丹吴永花是一个比较清高的女人，是自恃才高五斗的女人。她说杨村的才气共七斗，高粱杆子马骑驴独占一斗，全体杨村人加起来合占一斗，剩下的五斗是她的。杨村的女人虽然在小节上不是很检点，经常有打盆花那样的在野外引吭高歌。但总体来说还是比较淡泊名利的。她们高歌大多为了自身的欢愉，大不了要点东西得个好处，要钱是没有的。乡里乡亲的，要钱显得薄行了。当然给别人钱的事也是不干的。我的意思是说像半截牡丹这样一味追求沽名钓誉的基本没有。

再来说吴永花女士，她长了一张真正算得上如花似玉的脸，这使她有足够的本钱先是在照相馆后来是电脑前照一些风花雪月的暧昧照片，并且在投稿子的时候夹上一张，给那些意志力比较薄弱的男编辑们一个暧昧的暗示。

半截牡丹吴永花是有工作的，在学校里担任光荣的人民教师，下一代杨村人民灵魂的工程师。这使她能够阅读一些文章，也多次在县报发表大作，使她具有目空一切的本钱。

我想说的是，只靠这点本钱她还不敢自说才高五斗，她真正的才气在那几乎等身的一摞获奖证书和明晃晃的奖杯上。她会时不时地去一趟伟大的首都北京，让一些我们听着就恨不能趴到地上的名字给她颁奖。这些大大小小的奖项从市级、省级、国家级、国际级、宇宙级不等，都印了金灿灿的字，晃着杨村人的狗屎眼。

半截牡丹吴永花的丈夫是一个三脚踢不出屁的庄稼汉子，但是有力气，也无愧了一个闷熊的名字。闷熊继承了我们杨村人原有的勤劳能干的优良品德，也是完全可以勤俭致富的一类人，老婆又是教师，享受风雨无阻的固定工资，本应最先奔入小康社会，享受社会主义新农村的幸福生活。可家里就是穷得叮当响，除了那一堆荣誉证书外一无所有，家徒四壁。用杨村人的话说就是放屁熏不着值钱的件儿。

当然这与半截牡丹吴永花的技术革新有关，比如人家种大姜，闷熊也种大姜。大姜怕暴晒，需要遮阴，半截牡丹出主意可以在大姜的旁边种一棵玉米，既属于合理间种，又可以给大姜遮阴，并为自己的聪明才智窃喜不已，硬逼着闷熊照这个方子去做。闷熊是听老婆话的妻管严，不敢违背，可是违背了植物生长的规律，那大姜比较娇贵，需要大水大肥，玉米又怕水涝，却疯狂吸取养分，一年下来不但没增产，反而两种作物都几乎绝产。

当然这都不是半截牡丹吴永花家贫穷的根本原因。根本原因在那一大摞荣誉证书和奖杯上。自从吴永花女士第一次获奖后，获奖的消息就铺天盖地而来，这位杨村的女作家来者不拒，可是人家总要捎带一个条件，动辄几百，多则几千上万，虽然远隔千里万里，却掏走了闷熊辛辛苦苦挣来的钱。半截牡丹吴永花还要去参加各种活动，被各种人接见。

当然，我还没有说这位女作家为什么叫半截牡丹，她的上半部分晃瞎了那些编辑们的钛金合眼，下半部分却会让他们吐血身亡，两条腿又粗又短，使她的个头只长到了一米四左右。

说起来还是闷熊好啊，守着这样的没事找抽型的女人一辈子都无怨无悔，真算得上是条汉子。

四、高粱杆子马骑驴

本来我也不打算写这个高粱杆子马骑驴的，因为他在《杨村志》里驴球马蛋都写到了，却把这么一些杨村的风云人物都排除在外，给我们内心造成了极大的伤害。可是想想他这样一个东西这么做也情有可原，毕竟他是索马架子马二坏的儿子，眼皮直往上看怎么会往下瞧呢，他们家的本性决定的，我也就不计前嫌，给他拿出一定的笔墨，也让读杨村野史的后人们知道真实的历史和书面上表述的东西有多么大的不同。

马骑驴因了自己官二代的关系，当初被他爹先是保送上了高中，然后又保送去革命的大熔炉部队里锻炼，可这家伙根本就不是有出息的东西。在外弄了七八年也没弄出个排长、连长的干干，最后屁颠屁颠又回来了。回来之后就不会说杨村的话了，就像他奶奶当初被脑血栓拴住嘴了的时候一样，叽里咕噜也听不清楚。后来普及了电视才知道他那是跟人家学普通话，可普通到北京郊区还出去了一千里。

当然他真正成为作家还是因为了狗头二大爷的帮助。狗头二大爷自然是不会给他补课，只是间接地帮助了他一下。

他刚回来那几年，充分运用了官二代的身份，他爹索马架子给他买了一辆摩托车，屁股一冒烟，放着屁跑起来就飞一样快，当时震惊了那些很少出门的杨村娘们，好几个都傻乎乎地跟着看。可出事也出在这铁驴子上。他爹给他买铁驴子还给他开一份工资，负责看护杨村那些茂密的树林子。那几年杨村的财政有点乱，集体的财产所有权显得有点模糊了，好像就是村长自己的了一样。因此他看树倒是认真，等同于给自己看家护院。

出事出在那个想拿诺贝尔文学奖的狗头二大爷身上，上等洋面离他而去以后，他毫无生活来源只好靠时不时再偷伐棵树卖了打牙祭。那天他扛着一棵碗口粗的树正往村外走，马骑驴先生骑着电驴在后面狠追猛赶，两条腿跑不过两个轱辘，眼看就要追上了，他把树往路上一放撒腿就跑。要说这狗头二大爷本来是纵着扛树，放下的时候使了坏，一下子就横在路中间了。摩托车正以每小时八十迈的速度加速前进，马骑驴的技术却不到家，花样摩托不会骑，无法跳跃这个障碍，于是摩托车横在路中间，他自己心急还飞出二十米继续追赶，最后没追到狗头二大爷，追到一块凸起的石头上，马骑驴先生还保持着骑马蹲裆的优美姿势，借机就骑到了石头上，石头凸起的棱角对他没客气，瞬间给他进行了一个小手术，于是他便被那把迟钝的手术刀阉割了。

狗头二大爷光棍一根烂命一条，没什么油水可榨，事已如此也没别的办法，因为马先生是在工作中勇斗歹徒，英勇负伤的，村集体应该有所补偿，最后把那一片林子都划给了他家了事。

当年司马迁先生因为受了宫刑还写出了无韵之离骚的《史记》，马骑驴先生虽然再骑驴也生不出骡子了，但是却没有自暴自弃，勇敢地面对生活，认真追求进步，研究文学创作，也开始在县报频繁发表文章，并且还被吸收进县作协当了一个干部。

每当过年过节高粱杆子马骑驴先生给大家群发的短信上，都是阳州县作协马骑驴给你拜年之类的，好像他就是主席一样，好像阳州县的作协和我们杨村的大权一样掌握在他爷们手里。

要说高粱杆子马骑驴和半截牡丹吴永花之间是应该有共同语言的，毕竟他们都是些把名誉看得比生命还重的人。可事实上，他们之间也是矛盾重重，一直都在为谁能代表杨村写作的最高水平争论不休。

唉，好像杨村的文人相轻存在于每一个角落，还好我杨大头早早走出了杨村。让那些吵吵嚷嚷的作家们继续去争论吧，只是小心别让那鸟屎掉进了嘴里。

不过我杨大头还是要感谢高粱杆子马骑驴。因为我现在居住的马家河子已经不复存在了。岳母她老人家在有生之年终于住上了新房子坐上了车子。现在我和老婆苟爱花女士就正坐在上百万的豪车上往城里赶，尽管我的口袋里只有几十块零钞可我依然豪情万丈。现在，豪车已经开进城市，司机先生说了一句纽约大厦到了，纽约大厦到站的旅客请从后门下车……我才想起又坐过站了，我是应该从巴比伦站下车的。

是的，如今我们住在嘉德龙苑，这是一个有十二个村庄合建的小区。在这里，诺贝尔这样的名字让我们听起来已经毫不新鲜，我们每天听到的奇奇怪怪的字符让我们无所适从，而且我再不用戴帽子，除了飞扬的尘土，我已经好久都看不到小鸟了，连一只老家贼都没有，说实话，我还挺想念那些鸟东西的。马家河子，刘家沟子，老鸹窝……这些名字都永远地消失了，换成了那些老年人一辈子都咬不清的洋名字。我们聚在这个叫做嘉德龙苑的地方，学城里人把自己关在钢筋水泥做的笼子里，就算对门也并不相识。可我们没有城里人那些固定的收入，岳母她老人家不得不每天早晨去和那些同样住在光鲜体面房子里的农民战友,抢夺那点城里人废弃的垃圾卖个生活费贴补家用。

我在写《杨村野史》的时候,苟爱花会在旁边骂我:"到马家河子几十年,也不写点关于马家河子的事,以后这个名字怕是再也听不到了。"我说:"马家河子关我屁事,我在马家河子就是客,到死也是。"

我要去少林

那是个没有月亮的夜晚。好在有十八颗光光的脑袋,将稀疏的星光反射得"灿烂辉煌"。

当初班主任刘红老师第一次发现这十八颗脑袋的时候,曾被它们的光辉映射得瞪大了眼睛,张着大嘴好长时间合不上,然后她极其温柔地请我们到阳光下"辉煌"了一节课的时间。

当然为这她也付出了代价:十八根由顶门杠、磨棍组成的长短粗细不一的大棍,舞得虎虎生风,泼水不入,"啪啪啪……"上下翻飞,刘红老师家的几棵梧桐树苗就化作了翩翩飞舞的蝴蝶,翩翩飞向四周,飞入了寻常百姓家。

我们都是练过功夫的人,会功夫的人脑袋就格外亮,它照亮了我们前进的方向,使我们不致迷路,要去完成一件大事。

女同学李翠玲也想练功夫,她去求绰号"拖锨鼠"的姓李名胜单字强(李胜的绰号源自《水浒》中有白日鼠白胜，《三侠五义》中有五鼠弟兄，本着"老鼠拖木锨——大头在后头"的原则，李胜绰号"拖锨鼠"，引意为绝招在后。当然不光李胜，我们十八条好汉都有号，比如"镇狗将军吕明"、"双棍王王堂"、"八大锤孙刚"等），李胜先将流到嘴边的鼻涕猛地往上一抽，又将嘴使劲一撇（当然他如果不抽的话，这一撇之下鼻涕肯定会流进嘴里），说："你能剃光头吗？"李翠玲就说："《少林寺》不还有个不剃光头的白无瑕吗？"李胜将嘴又一撇："人家白无暇她爹会武功，你爹会吗？你爹早死了。"

李翠玲的爹不会，可她嫂子会，她唯一的嫂子练就了一手"雨打桃花抓挠功"，出手快且准，往往令人防不胜防，刹那间就能使人面如雨打桃花，风残娇瓣，含露飘零。李翠玲大哥也有一手上好的拳脚功夫，夫妻二人不论忙闲，常常切磋，功力日增。嫂子偶尔也将公婆拉来陪练，老人难敌强手，先是老父被毁了保养六十多年的面容，不堪羞辱，驾着一只仙鹤西天旅游而去，后是母亲傍上县城一退休老工人，梅开二度，重做了新娘。只留下孤苦伶仃一个李翠玲。

我们不愿她和我们一块习武，但教练董海老师可怜她，硬将她收为了关门弟子，在业余时间单独给她补课。董老师是教练，但他不是我们的朋友，他是个另类。另类于是注就了孤独，孤独地从城市走进了农村，孤独的三十多岁了还孑然一身。

可孤独的董老师做了坏事，这坏事是今天下午我和李胜发现的，那时候李翠玲在花丛中鬼魅一样地哭泣。

我们发现这个秘密很偶然，因为学校放假了，我们得轮流值日去浇校园的花草。放假的学校大门紧锁，可这难不住我们。当我和李胜跃墙而入的时候，发现了这个秘密……

这使我们酝酿了这次行动，怀着一股大义灭亲的豪壮，我们要惩治董老师。同时这将成为我们十八条好汉徒步少林的见面礼。

现在我们已越过操场的院墙。地上爬满了荆棘和一种叫菟丝子的植物，据说鲁班根据它的原理制造了锯子，如今它们蛇一样纠缠在一起，用力在我们裸露的腿上拉啊拉，拉出一条条的血口子。可这阻挡不了我们前进的步伐。

给我们激情的是一部叫《少林寺》的电影。我们先在本村看，又跟着放映队跑出几十里路到外公社看，越看我们心里越亮堂，越看心情越像澎湃的大海难以平静，就像哥哥们读《毛主席著作》一样。最后我们觉得不能再沉默了，不在沉默中灭亡，就在沉默中爆发。于是我们收拾衣物准备上少林寺，去学习真正的武功。可惜消息走漏了，我们被父母无情地专制了。

好在还找到一个会点武功的董海老师，尽管他的武术和广播体操一样难看，我们也只好一边先练着，一边再给少林寺的师傅们写血书。

我们的学校是由一座破庙改建而成的，如今依然到处可见斑驳的圆柱、残缺的飞檐。操场则位于学校的后面，干脆建在一个乱坟岗上，春天栽树搞绿化，一不小心就刨出个头盖骨。放假前上体育课，吕明掷铅球的时候，"咚"一声，铅球不见了。敲敲地面，到处"咚咚"响，沿响的地方刨开来，现出一大一小两室，小室如枯井大小，大室如鱼腹，二十个平方左右，二室相连，皆黄米汤灌缝青砖砌成，坚不可动。且大室内尚有陶罐、孤灯、毛发、残骨等物。

现在老鼠们正在此间欢快地做着游戏，蛇们则在清冷的月光里慵懒地吐着信子守株待兔，还有操场周围高大的鬼拍手树上，同样瞪着清冷目光的猫头鹰们发出的瘆人的怪叫，共同营造出这个有故事的夜晚。

我们用手里的棍子拨着遍地的杂草小心翼翼往前走。我望望身边的王堂，也如我一样颤抖不已，两道青青的鼻涕趴在人中上隐隐泛光。学校如同《聊斋》里描写的有鬼怪的衰败人家的大院，使我们充满了恐惧和慌乱。被自称为十八条好汉的孩子们缩成一团，谁也不愿在后或在前，挤挤地，正小心翼翼地穿过这操场进入了校园。

董老师的宿舍里闪出一块幽幽的红光，映着他窗后怪物般拂动的植物。看到亮光后我们就不害怕了，一种巨大的侠义精神之外的属于人的劣根性的东西充斥了我们的身体，使我们重新颤抖起来，即使是孩子，窥探别人隐私也能使我们每一根神经末梢都充满了兴奋。当李胜用颤抖不止的手指蘸湿那层窗户纸的时候……

以后的日子里，我们发现除了去少林，还有许多美好的东西，天更蓝了，云更白了，而许多女孩都貌美如花，以前她们如同墙角静静绽放的玫瑰，现在一下子被放到阳光下，绽放出美丽的光彩。许多男孩又悄悄留起了头发，将脸洗得一尘不染。而那一晚的故事，一直成为我们十八个男人津津乐道的坏坏的谈资，直到几十年后我们成为像当初我们父亲一样的微微发福的中年农民。

这没什么奇怪，上帝早在两千年前就说过：你必须汗流满面才得糊口，直到你归了尘土；因为你是从土而出，必须复归于土。尽管当初在董老师的课上，在写作文《我的理想》的时候，没有一个人要当农民。我国劳动人民早在几千年前就总结出了："龙生龙，凤生凤，老鼠的儿子会打洞"的民谚，世界总是在相似地复制，出现一个不一样的那才应该大惊小怪，那叫个例。

我们同学中的个例只有李翠玲。

因为我们的父亲中没有和尚，所以我们也没人当成和尚。但几十年来，我们的少林梦却一直不曾泯灭。我也曾做了次个例，我是几十年后唯一一个到过少林寺的人。

那时我在村里一家企业跑业务，一次，一个河南新乡的人打电话说要大批量采购我们的产品，然后他给了我一个呼机号码，在多次联系以后，他邀请我去签合同，并用众所周知的原因让我多带些钱和烟酒去打点一下。

到达新乡后我在车站旅馆待了一天，多次打传呼和那个与我通电话的徐主任联系。傍晚时分，一个理平头的中年男子才出现在房间门口。寒暄过后，他大略看了下样品，然后很为我着想地说得到星级宾馆请请他们局长和会计，并暗示说钱可以加进价格里。

我非常抱歉地说："钱还没有汇过来，因为在火车上带现金不方便，不过我可以打电话跟局长解释一下。"他只好用宾馆的电话拨通了局长的手机。局长显然对宴请已做好了准备，对我推迟到明天显得很不情愿。在我多次表达了歉意之后他才勉强露出了高兴的神情。

我暗自庆幸的同时将眼睛瞄向窗外：一个男人正站在一辆红色面包车旁接电话，他的动作和局长的语言配合得天衣无缝。我说："一言为定了局长，明晚六点海鲜大酒楼不见不散！"最后我将包里的两条精装八喜烟塞给徐主任，说着您多费心您多受累的客气话亲切与他握别。

靠在窗边，看到徐主任拐过墙角后上了面包车，我没迟疑，立即结账下楼，打的到汽车站，直接坐上了去嵩山少林寺的长途汽车。

这样的心境，这样的一个萧瑟的秋天，使我只看到了满目的凄凉和衰败，然后悻然而归。可我还是坚信着枯叶遍地、荒草连天的大山深处，一定隐藏着身怀绝技的得道高僧。

少林寺，我们半辈子的梦啊！

当然另一次我没有这次幸运。那是在六朝古都开封的一个县。装饰豪华的一家门市部，当我在去收货款的时候，经理和所有的店员都不见了，如同蒸发了一般。要知道那是四万元货款啊！我们村里人均年收入只有一千多元，四万元是我后半生不吃不喝的收入总和。我疯了般在街头到处打听，喉咙哑了，嘴上起了泡，眼睛里布满血丝，终于有一天找到了一个曾经的店员，找到他以后我便如影子般形影不离地跟着他。

夜里来了几个人，中原腹地的高粱地瓜养就的大汉，他们将我逼至墙角，手里握着木棍和短刀。在那一刻我感觉到了巨大的恐惧。我像一只待屠宰的羔羊，发着凄惨的叫声，瞪着可怜的眼睛。

那一刻我想到了董老师：那时董老师双手背缚，一块写着他名字打着红叉的木牌插在背上，一只小鸟以灰暗的天空为背景疾驰而过，一边用哀伤的鸣叫宣泄着孤独的伤痛。远处是荒草遍地的沙丘，寒风从一条遮着浮冰的呜咽而行的河流上掠过。董老师的眼睛凄凉哀婉，凝聚着一种痛苦淤积成的重负。而他看到我们那群留着清鼻涕自称好汉的手脸乌黑的学生们后，竟然笑了。他的笑让我们泪眼滂沱。

四辆摩托车载着四个戴口罩、墨镜的警察，停在四个死刑犯的身后，先拔下他们背上的木牌，然后举起右手，四股袅袅的青烟，四声沉闷的爆响后，四股血柱汹涌而出……

两个女人"哇"一声吐出来，酸酸的未消化的食物喷满一地，同时夹杂着一股恶臭，两个陪斩犯将屎尿屙在了裤子里……

两只兔子从草丛中惊悸而出，迅速地奔向远方苍茫的天际。

那一刻我们一下落进巨大的恐惧中，牙齿不停地碰撞，感觉天突然就黑了。寒风四起，我们如同寒冬里残存的那几片树叶，瑟瑟地抖成一团。

就像我现在一样。

当我遍体鳞伤地走回宾馆的时候，已经分文没有了。好在我的身份证和票据还在旅馆，我以此为抵押，给家里打了电话。

三十个小时以后，李胜来了。在这三十个小时里，我没进一粒米，没喝一口水，人已到了虚脱的边缘。李胜带来了一千五百元钱，留下五百交店费，拿着一千元，我艰难地踏进了公安局的大门。

　　公安局里主管的是一个姓王的青年，对于我的叙述，他只是认真地听，并不做记录。连续几次以后，他推着我手里的钱说："老板的背景很大。外地人，还是回家吧。"那一刻我感觉天旋地转，眼前金星乱冒。我想说："你头上戴的可是国徽啊！……"可是却双膝一软，重重地跪了下去……

　　我虽然还不到四十岁，但农村岁月的沧桑使我看起来绝对比城里五十岁的人老。小王只有二十多岁，他一下子就感动了。他一定想到了他的父亲。据说城市中一半以上的人的父亲都是农民。这也许是焦波的《俺爹俺娘》摄影展催人泪下的原因。反正小王是感动了。他眼里含着泪，双手颤抖着将我扶到椅子上，只说了一句话："我也是山东人，你就放心吧，大爷！"

　　拿到钱的时候，旅馆外面站了包括揍我的几个人在内的好多人，他们带着仇恨的目光看着我们。还是小王找了辆警车，亲自将我们送到车站。那一刻，我疯了般要去买到少林寺的票。要是我会武功，就会将那几个大汉打倒在地，赶鸭子般赶着他们去见他们的老板，像许多电视里演的大侠那样。

　　"我要去少林！"我在心底一遍遍呐喊着。

　　那次村长以拓宽村路为名强行集资，因为数目大到我们难以承受，村委只好在"万不得已的情况下，以硬手腕对付硬对抗。"先是牵走了王堂家的牛，后又赶走了吕明家的羊……我们十八棍僧重新联合起来，反对强行集资，反对以资代劳，集体到县委上访讨公道。

　　第一次，由于路费不够，行至半路，我们只好返回村里。

　　第二次，好不容易到了城里，人生地不熟，我们迷路了。

恰巧我们想到了李翠玲。

李翠玲自董老师死后再没出现过。董老师的死就是因为她的肚子大了。自那以后李翠玲一直跟她在县城的母亲住在一起，后来竟在县里的一个大型企业当了部门经理。

问题很容易就解决了。甚至李翠玲还给村里联系了一个和平共建单位，争取到了一笔扶贫资金。

于是我们十八个人凑钱请李翠玲庆贺，顺便搞一次同学聚会。

地方是李翠玲选的，是一家豪华的星级宾馆。那天我们从箱底翻出过年的衣服穿上，可还是被服务员拦在了门外。

正在争执的时候李翠玲出现了。她着一袭淡紫的旗袍，略施了粉黛，丰腴白皙的肌肤，衬托着成年女性照人的魅力。那一刻我脑子里闪现了一下那次青春期教育。我为突至的邪念懊恼，忙用手拍了拍脑袋提醒自己。看到李翠玲，那位穿制服的先生立刻换上了一副卑微的微笑，恭恭敬敬地将我们引进包间里，使我们有机会在有生之年领略"豪华奢侈"这个词。

多年来，李翠玲一直未嫁。我们都理解她为以前的事伤心。可她今晚上显得很愉快，努力调节着我们的羞涩和拘谨。

李翠玲问吕明："你是有名的镇狗将军，我记得什么狗见了你都不敢吭声。这次怎么不灵验了？"

吕明的脸通红，低着头不说话。李胜说："现在的狗高级了，吕明自从被村长的狗咬伤过以后一脚把它踢死了，因此与村长发生争执，蹲了七天看守所。那以后狗就不怕他了，成了他怕狗了。"

大家就笑了："喝酒，喝酒，不愉快的事不提了。干杯，为友谊，为李经理财运亨通，更为我们的告状成功。"

我们喝着酒,谈友谊,追忆童年里那些快乐的日子。不知谁就提起了董老师。李翠玲的脸马上黯淡下来,那是她久存心底的伤口。虽然我们并无意撕开创面,可她如一只对疼痛有着刻骨铭心记忆的羔羊,即使自己,也忍不住时时回头舔舔受伤的地方。

"是我害了他!"李翠玲低声说。

"不,不,是他罪有应得。你是受害者……"

我们口不择言地做着安慰。

"是我害了他呀!"李翠玲痛哭失声。泪水无声地在她脸上爬过,朝着学校的方向,李翠玲沙哑着喉咙大喊:"董海,董海啊,爱我,为什么不等我长大?!"声音凄切而苍凉,使我们不禁想起董老师死的那天,他那白发苍苍的老母亲散于风中的那一声招魂的吼声。

气氛一下子沉闷起来,我们都感觉到了背后有股寒风浸入骨髓。多少年过去了,现在想想,董老师还真是个好人。我们又何尝不想他?

沉默了一段时间,李翠玲站起身,大概是去卫生间哭了一场。然后补了妆,眼睛红肿着回来,重又举起杯:"二十多年了,该过去的就让它过去吧。来,我们干杯,聚一次真的不容易。"

这时,李翠玲的手机响了。

我坐在她身边,于是听到了全部对话。她说:"喂,刘总啊,对,聚会还没散,小时候的同学……"

"小玲啊,你的兴趣可越来越广泛了,什么人也喝起来没完了……"

李翠玲脸一红,却依旧微笑着:"对,工作重要。我知道了,马上回去加班。"

"好了,好了。机会难得,先让那纯真的友谊见鬼去吧。我都快等不及了。"

"是啊,同学们太热情了,毕竟二十多年没见面了……"

"得得得,我先去洗澡了啊,十分钟后一定过来……"

"是吗?那个材料领导要得那么急啊?行行行,我马上就回办公室去整理。"

李翠玲挂断手机,苦笑着说:

"还记得那次吗?你们拼命要救我出虎口,可我怎么也不愿走。现在还想再救我一次吗?"

我们沉默不语。没有谁救得了她,她生活在我们梦中的天堂里,我们能把她救到哪儿去呢?

李胜和吕明去算账。为这次宴会,我们每人凑了一百块。可看到账单他俩傻了,一共花了两千八百多块钱。于是低声央求想打个欠条缓一缓。服务小姐嘴一撇:"没钱充什么大爷,谁知你们哪年还再进次城?"

三人在那里嘀嘀咕咕,李翠玲出来了。拿过账单子写上"李翠玲"三个字,说:"没事了,走吧。"李胜将一千八百块钱往她手里塞,我们异口同声地说:"余下的,我们一定还你!"

她摆了摆手说:"还什么还?你们以为我自掏腰包?"然后转过身,踉踉跄跄向里走,把个托着钱的李胜晾在那里……

我们十八个人被丢在大街上。寒风乍起,我们用柔软的脚掌踩着城市里坚硬的马路,那一刻我们突然排成了两队,于是高亢激昂的曲子在浑浊的空气中飘荡开来:

我要去少林

我要去少林

可是我没有时间

我也没有钱

　　　　我要去少林
　　　　我要去少林
　　　　可是我有老娘啊
　　　　家里还有老婆
　　　　　……

路灯摇曳，马路摇曳，一切变得模模糊糊，整个城市都在醉中。

悬崖边上

一

杨诚第一次到梅仙家去的时候根本没做好思想准备。

尽管梅仙多次跟他打预防针,说是路远,不好走。可他不相信:"能有多远?咱开着车呢,不就是一踩油门的事?"可是他错了,车开进山七转八转跑了一个小时,除了一条放羊的小路就没别的路了。

梅仙说:"下来吧。"

杨诚说:"到了?"

梅仙说:"早着呢,还有二十里路呢。"

"二十里?不远。"杨诚说。其实是他对山里的二十多里路,一点概念也没有。把车停在旁边一个院子里,两人开始徒步前行。

那一刻,夕阳将要落下山坡了。灿烂的光辉将天边染红了一大片,甚至把那山上的树和草都染红了,再加上绚丽的野花,阵阵扑鼻的青草的味道,还有着甜蜜的爱情，不陶醉才怪。

杨诚像个孩子似的蹦蹦跳跳。只可惜怀里抱着给老丈人的礼物，脚下又穿的是锃亮的皮鞋，没走出二里路，脚就开始疼了，礼物让梅仙拿着，自己也越走越慢。

月亮不知不觉爬上山头，夜风开始变得越来越凉。刚刚头上冒出的汗被风一激，脑袋噌噌发凉，开始有点疼。羊肠小路也变得越来越难走。月光暗淡，尽管梅仙有准备，带了手电筒，可只能照到脚底下，对远处未知的黑乎乎的群山，杨诚还是心里充满了恐惧。

总算翻过一座小山，远处却还有座大山。大山是翻不过去了，在山腰有一条仅容一人通过的小路，一边是岩石，一边是看不到底的悬崖。走了这么一段，杨诚的腿已经哆嗦个不停了，再走这样的路，实在是惊恐不已。可自己是大男人，年龄比梅仙大出二十多岁，一直扮演着强者形象，尽管额头冒着冷汗，却还要装出一副不在乎的样子。面对梅仙的询问，尽量压抑着颤抖的音调。

走进去一里多路，前面却看到慢慢走来了一个庞然大物。杨诚的心要跳到嗓子眼了，忍不住抬高手用手电筒照过去。一个恶狠狠的声音："你找死啊！"梅仙急忙说："别照人眼睛！"

这一照，杨诚已经发现走来的是一头半大小牛，沿着小路，慢慢往前走。

梅仙说："后退。"显然她也看到了牛。

杨诚问："为什么？为什么我们退？"

梅仙说："你觉得牛能转身吗？"是啊，如果两个人，互相抱着，也许能交错而行，可是一头牛，是无论如何不能交错的。而且一旦到了这样的路上，毫无回头的可能。

于是慢慢转身，杨诚不小心踢到崖下一块石头，砰一声传出很远，吓得惊叫了一声。于是在后面的他成了在前面,梅仙成了在后面。两人小心翼翼,走回七八十米,在一块稍微宽的地方,抱紧岩石,给牛和人留出通过的地方,让他们通过。

那人也不说话,喘着很重的鼻音,贴着他俩过去。杨诚懒得回头,梅仙看了看,说了句:"这人不是我们村子里的,干啥的呢?不会是贼吧?"又嘟哝一句:"我们村可从没招过贼。"

二

杨诚怎么也想不到,平时温顺得如同绵羊一样的老婆李秋菊竟然会上吊自杀!

那天一回家,心里想着要把路上想好的最后通牒再跟李秋菊提一遍。一开门,院子里静悄悄的。当时还想,这家伙,出去也不锁门。打开屋门,发现自己的卧室门倒是锁得很紧,用力推了一下,没动静。当时他心里就有一种不祥的预兆,可也只是想到会遭贼,做梦也想不到李秋菊会吊在房梁上,舌头伸出那么长!当时他一声嚎叫就跑了出来,在院子里没人声地喊了几声,就又跑进了屋里,找个凳子把李秋菊放了下来。

当邻居们听到喊声跑来的时候,他已经在尸体旁边痛声大哭,眼泪鼻涕流了一脸。杨诚闹离婚的事早已传得沸沸扬扬,因此也没几个人过来帮忙,都站在旁边看。

李秋菊身体已经硬了,保持着吊着时候的姿势,眼珠突裂,舌头伸着,很恐怖的样子,几个想过去劝劝的妇女也吓坏了,背过身去默默走了。当地有句俗话:看到眼里去扒不出来。真是扒不出来,看到这场景不整夜做噩梦才怪。

有人给派出所打了电话，不一会儿警察就来了。把杨诚和几个乡亲叫到一个屋里问了几句话，就走了，也没说什么。这样的事太多了，显然是自杀，警察很忙，又有别的地方要求出警。

然后几个胆大的男人把她拖到正房里，在身子底下垫了些柴草仰面放下。在学校上初中的儿子杨尽不知什么时候来了，站在妈妈旁边一声不吭，眼睛被深深的恐惧包裹着。

静下来，杨诚才敢去想怎么跟老丈人说。李秋菊是独生女，岳父岳母待之如掌上明珠。可能是爱屋及乌吧，两位老人对杨诚也一直很好。

杨家的老人聚拢来，大家坐一块，安排外柜、里柜，以及丧事的其他安排。大家正商量着怎么去报丧。院门外突然开来一辆农用三轮车，车上呼啦啦下来一群人，领头的就是自己那慈祥的老岳父。然后是岳母，喊一嗓子俺那宝贝闺女啊！一头晕倒在院子里。老岳父把右手一挥，喊一声，给我砸！一群人手里都拿了一米多长的木棍，见啥砸啥，噼里啪啦，屋门、水缸、鸡棚、大立柜……几分钟的功夫全都成了垃圾。

杨家老人们萎缩在屋子一角，竟然没人敢说话，毕竟是自己人理亏啊！杨诚则早有几个人掩护着，偷偷跑了，否则脑袋怕是也开花了。

三

虽是六月初的天气，太阳开始变得火辣辣的了，照得人脸上直冒汗。尸体在房子里存了几天，肚子开始发胀，散发出一股刺鼻的腐烂气味。

李秋菊的娘家人又重新报了案。公安局进行了调解，但是达不成协议，又找来法医做了鉴定，就在堂屋里进行了尸体解剖。

其实娘家人很清楚，李秋菊没喝什么毒药之类的，就是太悲伤，太气愤，以此来给杨家添堵。

虽然事情稀奇，很多人也爱看热闹，可是地里的麦子熟了。三麦不如一秋长，三秋不如一麦忙。争秋夺麦，到口的粮食，不收到仓里，如果一变天，一年的收成就砸地里了。院子里来帮忙的人越来越少。想想自家炸芒的麦子，杨诚心如刀绞。

最后家族里的老人出面总算达成协议：赔付一定的钱，但是杨诚必须在阴历五月初四披麻戴孝、一步一磕头把李秋菊送出村，送到灵车上，亲甩丧盆出殡……钱倒是不多，杨诚还可以接受，可这披麻戴孝一步一磕头太伤人了……杨诚又让老人去商量，能不能多出点钱，披麻戴孝磕头出殡就算了？岳父家态度很坚决：钱可以不要，其他的没商量！

四

杨诚所在的杨家店村是一个有近两千人的大村，又是逢四排九的大集，而且当地有端午节前回娘家的习俗，明天就是端午节了，尽管麦收大忙，大集上却比过年还热闹。

唢呐声声响，四个壮汉抬着棺材慢慢走出杨诚家的大门。紧随其后，杨诚双手端着传盘，头上扎着麻绳，身上穿着白色的大袍子，赤脚，从家里磕着头出来。

走一步，旁边的礼仪就喊：

孝子，跪！

孝子，起！

孝子，跪……

因为手里端着传盘，杨诚只能胳膊肘着地，又穿了一冬天的厚鞋子厚袜子，现在光脚踩在地上生疼，几步之后，额头就渗出了细细的汗珠。

儿子杨尽和几个真正的孝子贤孙在后面慢腾腾跟着。杨尽表情木讷，目光呆滞，几个侄子脸上却难掩兴奋，翘着脚，偷偷看前面磕头的杨诚。

因为要穿过大集，看热闹的人围得人墙不停地翻滚，就让几个小贩的东西滚落在地，小贩不停地喊着，喊不管用了，就骂，骂看热闹的，也骂杨诚。

杨诚不看面前的人，低着眼，只是一跪一起，传盘也不端了，里面的香、文书早已不知散落何地。他用一只手提着，一跪，传盘就啪踏一声摔到地上，溅起一团尘土……

五

上世纪八十年代初，村集体的东西基本上都被瓜分了，而村集体的企业却无法平均分配下去。于是先有村干部分管带头，领着干，却依然是大集体的作风，自然是经营每况愈下，苟延残喘。最后没办法，学习外地经验，搞承包制。

在杨家店村，杨诚算是一个能人。原先就在村罐头厂跑业务，为人也比较公道，罐头厂包给他算是众望所归的事。村书记找他谈，杨诚嘴咧到耳朵根子，咝咝抽着凉气，这可确是个烂摊子，千疮百孔。

最后书记承诺：三年不要承包费，只需把厂子里的一些欠款还上就行，业余时间帮忙维护一下村里的主干道。杨诚也提了要求：原先厂子里的人一个不用，重新组合，重新招收新工人。村书记说："村办企业呢，也为了给乡亲们创造一个增加收入的平台，都不用村里人也说不过去。不过人员安排可全部由你做主，聘请几个外面的人你也说了算，这样可以增加竞争，给村里的父老乡亲们一种危机意识,也就不会吊儿郎当了。"杨诚说:"书记不愧是书记,说话水平就是高。好,我听你的,还要领导多支持,多支招。"

就走马上任了。

杨诚把领导班子重新进行了组合,又聘请了几个技术人员。在做好原先几个品种的基础上,杨诚四方考察,发现农村生活好了,妇女、儿童参加各种宴会的机会也多了,却缺少一种廉价够味的饮料。城里人喝的是葡萄酒,可那价格太高,基本不适合农村人的消费。杨诚有办法,用纤维素和甜蜜素加上凉开水调制,黏稠、口感又好,很符合老百姓的口味。要知道那时候普通百姓的待客之道还是一碗白糖水呢。

这一转产,厂子像吹气泡一样扩展起来。人手明显不够了,杨诚开始招人。梅仙就是那时候走进杨诚的视线的。

当然刚开始只是有好感,而且杨诚已经是人大代表,要注重形象,不敢胡来。开始的那次是中秋节。为了过节,来订货的客户交上钱等着提货。为了赶任务,厂里不休班,二十四小时连班转,连续十几天,工人们累得都脚下轻飘飘的,如同喝醉了一样。一直到八月十四,厂里的商标、酒瓶都空了,杨诚没办法,谁要货也没了,厂子放假才算了结。工人们打着哈欠,歪歪斜斜都回家了。

杨诚把自己扔在办公室里一个临时小床上,喝个半醉,呼呼睡去。等到醒过来已经是八月十六早晨了。家里人来找他回家过节,硬是没发现他。

醒来之后杨诚感觉真饿了。到传达室,自己下了碗面条。看着空荡荡的厂区,杨诚咧着嘴笑了。这个月所得的利润,他想不到的多。

看大门的李大爷说:"杨厂长,正好三秋大忙,我想回家看看我家的玉米收得怎么样了……"杨诚才想起自家的玉米也没收呢。李大爷说:"你家玉米你甭担心了,生产科的人早帮你收回家了……"杨诚心情好,就说:

"回吧回吧。没事了,我看着。"

杨诚背着手,在厂区里来回转悠。秋高气爽,天晴云淡,杨诚的心里也感觉志得意满。是啊,扬眉吐气,自己做梦都没想到会有这么一天。

转着转着就到了女宿舍附近了。恰巧那一天,他碰见了梅仙。她在转弯处含情脉脉地看着他,梅仙是厂里的厂花,被她那美丽而又带着情意的眼光注视着,哪个男人都受不了。他一下子就被她吸引住了。

六

后来好多次杨诚都在想,这一切是不是梅仙的圈套呢?可是顾不了那么多了,这少女就像鸦片一样迷惑住了杨诚,两人时常借故出差,偷偷摸摸地在一起。

当然,杨诚有时也会感觉对不起妻子李秋菊。偶尔回家,也想对李秋菊温存一下。可是他实在没办法离开梅仙,于是不得不做陈世美了,向李秋菊提出了离婚。可他没想到李秋菊会选择自杀。

经过那次披麻戴孝,他元气大伤。厂子也似乎再无神灵保佑了。大棚蔬菜、瓜果的兴起,使他的罐头厂彻底没了销路,老百姓生活水平的日益提高,让那些毫无营养,只不过有点甜意思的饮料也渐渐滞销。

杨诚铤而走险,做了几批仿名牌的饮料。刚开始确实赚了一笔,可后来工商、公安联合执法,又赶上严打,把他抓进去呆了几个月,罚了个底朝天,杨诚算是彻底破产了。

七

李秋菊死了以后,杨诚是一无所有了。

好在梅仙没有抛弃他,即使在他最困难的时候也一直挂念着他,后来就跟他住在一起了,而且对杨尽也很好。

杨诚始终搞不明白,感觉跟梅仙的关系就如同在做梦。梅仙更是一个总也解不开的谜:这样一个女孩,住在那样偏僻的深山里,至今都没通电,而且很多人一生都不曾走出大山,可是梅仙,似乎思想比自己都超前。如果不是那一口山区口音,完全会让人认为是一个在都市中长大的女孩。

当然,现在他们住到了一起,虽然没领结婚证,可俨然一对老夫少妻。如果说以前自己还有钱有权,梅仙跟着自己还可以理解,可现在呢,已经一无所有,梅仙图的是什么呢?

八

初冬的傍晚,突然下起了小雨雪,接着雾也起来,乍寒的天气,让人感觉每一个毛孔都在透凉气。

文清早早关了大门,准备看点电视睡觉。突然,大门被人敲响。开门,杨诚和一个四十来岁的中年汉子进来。

杨诚对文清介绍说:"这个是我朋友刘翰。"又指着文清对刘翰说:"跟你说的朋友文清。"

文清把他们让进屋里,跺跺脚上的雪。杨诚对文清说:"这么个事,朋友给我发过来一批货,是用配货车过来的,要去接货,这么个鬼天气,临时也不好找车，你帮帮忙，给先拉到你家放一下，我明天来拉……"

看到文清不吭声，杨诚说："我不会让你白帮忙，况且东西就在南边路口，离这里二百米。就算帮一下你老哥的忙吧。"

文清不好再说什么。两人虽无深交，但以前也有多次业务上的往来。于是发动面包车，让两人上了车。

到了路口，发现车还没来，刘翰就下去打电话，打了好长一段时间。

文清大声说："就在车上打嘛，外边下雪，都淋湿了。"

刘翰也不答话，慢慢折回来说："车过来我们还没来，就放到路下边的一个桥墩下了，我们去取吧。"

果然，在桥墩下一个隐秘的地方，几个大纸箱，装着些东西。文清敞开车门，把座子靠背放下，把箱子帮着弄到车上，又看两人把货款交接了，然后拉着往上走。文清就问："什么东西神神秘秘的？"

杨诚说："一些孩子玩具，我这不是有个小超市嘛。"

文清说："别是违法的吧？我以前有个同事，下了夜班回家，看到两个同学在批发街拉着个地排车拉不动，好心帮着推了推，结果那两个同学是盗窃，愣是让我那同事坐了半年公安局。"

两人在后面嘿嘿笑，敷衍着："怎么可能呢？"

到了公路上，刘翰下来，说："你们走吧，过会有人来接我。"

两人往前走，杨诚看到雾蒙蒙的路，能见度很低，就对文清说："要不兄弟你再帮一下忙，给我送到家算了，这个天气，我也不用找车了，我多给你点油钱。"文清想想也是，既然装到车上了，这情况不帮忙也说不过去。两人就又往北走，路难走，杨诚有一句没一句说着话，眼睛却总是回头往后看。

快到家门口了，杨诚下来，说："我去找钥匙放到库房里。"文清在车上等着，总也等不来，开始打电话，刚开始不接，后来就关机了。没办法，文清只好发动车,心说还是先放到我那儿吧,你可总该会来取。

到家,文清直接把车开到院里,也没卸货,就进屋睡觉了。到半夜,狗汪汪乱叫,几只雪亮的手电筒在院里照来照去,文清刚穿上衣服站到门口,院里有人拿着手电筒一照,随手一亮证件:"公安局的,有人举报你贩卖鞭炮,跟我们去调查。"

文清打开门,说:"我没有啊。"

这时候有人已经把面包车打开了,说:"张所长,还在这儿呢"。张所长撕开纸箱包皮,原来是一箱一箱的泰山香烟。一个面目可善的人就说:"走吧,跟我们去把事说清楚就没事了。"几个人开着车,把文清拉到车上,就去了烟草专卖局。

在那里,张所长对文清做了口录,一行人重新回到杨诚所在的村子。在一个院子外面让文清喊杨诚:"老杨,你的东西还要不要?我都在这儿等半夜了……"院子里毫无动静。

他们又用砖头敲墙,还是无反应。文清的态度有点失控,弄了个大石头啪的一下就打到院子里的屋门上,玻璃哗啦一声就烂了,但依旧毫无动静。

最后几个人商量,明天再来抓他。先回去。

九

因为贩卖假烟的事,杨诚在外面呆了半个月,后来找人从中说和,拿了罚款,才敢回到家里。

其实杨诚真没想到要贩假烟。只不过烟草的价格提升得太快了。一个朋友托他给县城里一些农民工弄点便宜烟。供应到商店的烟都是按比例来的,工地附近的便宜烟根本买不到。而一天繁重、疲惫的高空作业又需要抽支烟来喘喘气，解解乏，买好烟又确实舍不得。

杨诚又一直倒腾点紧俏商品，朋友找到了他。他又通过梅仙的朋友找到了刘翰。最后事没办成，白搭进去好几万块钱，自己养老的棺材本都没了。

熟人帮忙把事情摆平了，道上的规矩，再穷也要请人吃顿饭，表示一下感谢。饭店定在百福楼的二楼，正冲着街上繁华的商业路。

一群人吵吵嚷嚷，从中午一直喝到黄昏，说些黄段子，吹些吃喝嫖赌的大话，不知不觉就都多了。

突然，杨诚从窗户里看到了刘翰。杨诚的血一下子就蹿上来，要搁以前，非让他见见红不可，可现在不行了，年纪不饶人，平时还腰腿疼得厉害，面对壮年的刘翰肯定不是对手。于是喊一嗓子："哥几个……"可他马上停住了，他发现刘翰的身后紧跟着梅仙。他是个要面子的人，尽管李秋菊让他面子扫地，可他不能再打自己的耳光，因此他喊一嗓子马上停住了，好在那群喝得东倒西歪的东西也没在意他说的话。

十

此后的几天，杨诚把整个的事件顺了顺。从见到刘翰的那一刻起他就感觉蹊跷，感觉哪里不对劲。这叫整天打鹰的被鹰啄了眼。

梅仙现在在离杨家店五里外的国道口开了一个小商店，主卖面条、馄饨皮、饺子皮什么的，三五天也不回来一次。想想梅仙跟自己的结合，其中就有很多让人不理解的地方。当初既然那么容易就能投入到自己的怀抱，又怎么可能不会投入到别人的怀抱呢？梅仙可不是一个愿意委屈自己的主啊！是啊，想到这里杨诚马上又想到了刘翰。会不会？会不会两个人早就勾结在一起给自己做了一个套呢？他的汗马上滴答下来，那太可怕了，这两个人都不是好东西的话,自己怕是保不住了,这还只是开始,那以后呢?

翻来覆去,几天杨诚都在想这些东西,整夜都睡不着。

十一

傍晚,杨诚骑摩托车去到梅仙的小店。小店里干净、利落,梅仙穿了碎花的连衣裙,皮肤依旧洁白、细腻,吹弹可破的样子。杨诚进去,感觉自己的衰老更显示出了梅仙的青春靓丽,有一种莫名的恼怒。

看到杨诚,梅仙一笑:"你怎么有空了?"

杨诚心里却恼怒,认为她虚伪、做作,更增加了厌恶之情。嘴里却说:"这不今天没事,突然想咱爹和娘了。"爹和娘自然是梅仙的爹和娘,杨诚的父母早就故去了。梅仙有点为难:"你看这么晚了,我们改天再去行不行啊?"杨诚说:"我东西都买好了,天气又不错。说实话,我还有点想你们那里的风光了,很想去转转。"

梅仙还是很顺着杨诚的,虽然也许只是表面。于是开始收拾东西,锁门,就坐上了杨诚的摩托车。

梅仙说:"你今天穿的真喜庆,怎么想起来又把这件红色的T恤衫穿上了?"杨诚说:"你不在家,我就是找到哪件穿哪件,怎管它喜不喜庆。再说去见爹娘也应该弄得精神一点啊。"

不知不觉来到上次停车的地方。想想十几年前自己第一次来的时候还是开的汽车,尽管是农用车,可感觉比开宝马还精神,现在人家都开轿车了,自己却又骑上摩托车了,心里不觉产生一股凄凉之情。

把车停在原先停车的地方,继续徒步上山。十几年了,山里的年轻人都下山了,在市里或者富裕点的地方安家落户,山里就剩下一些老年人了。

路还没修，依旧是羊肠小路。杨诚走得心事重重，一副无精打采的样子，再也没有上次的兴高采烈。

到了那条山腰仅有一条小路的地方。路还是那样，政府却做了点防护措施，在悬崖的那一边安了木质的栏杆。杨诚多少有点失望，叹了口气。走在前面的梅仙回头问："怎么了？别叹气了，我知道你心情不好，可事情已经那样了，想开点啊。"

这次要比上次时间早点，夕阳还没落下去，照到山边，刮着凉飕飕的风。可这次又和上次出现了一样的情况，走进去一里多路，前面又过来一个赶牛的人，只不过这次的黄牛要大得多。有了上次的经验，不用梅仙说，杨诚就回头让路。

突然，梅仙喊："我家的牛！偷牛贼又来了！"

上次杨诚他们来的时候，遇到的赶牛人正是偷牛贼，那次他们偷走了梅仙四叔家的小牛。梅仙为没给四叔救下小牛后悔了好久。这次又遇上了，真是冤家路窄。后面赶牛的听到梅仙喊，急忙回头跑，梅仙想去追，却有牛堵着路过不去，只好过去牵牛，心想走回去到了宽路上让牛掉头。

梅仙不经常回家，大黄牛显然不认识她，不让她动。这时候黄牛突然看到了杨诚，发了疯般跑过来。梅仙往前跑两步，趴到岩壁上，牛便一下子超过了她，继续追赶杨诚，杨诚没命地跑，眼看追上了，在一个较宽阔的地方，他扒着栏杆，希望牛也超过他继续往前跑，牛却哞地叫一声，猛力向他抵去……

杨诚一闪，牛撞破木栏杆，一下子摔下了万丈悬崖，听到和石头一起滚落的声音，骨碌碌响。梅仙疯了般喊，溅起的尘土挡住了她的视线，她不知道杨诚是否已经滚落悬崖。

等她跑过去，发现还好，杨诚还在用一只手紧抓着栏杆呢，可是他抓着的那块栏杆正在慢慢断裂，看来无法承受杨诚的重量。梅仙急忙把手递给他，喊一声："抓紧我！"

杨诚抓住她的手，她却没办法把他弄上来。

梅仙就又对杨诚喊："慢慢往这移，抓这边这块栏杆。"那是一块打到石头里的有根基的木桩，杨诚挪了挪，终于抓住了，于是一用力，想挺上来。可这一使劲不要紧，把毫无可抓的梅仙一下子就带了下去……梅仙往下落，带着一股惯性，杨诚根本抓不住她……

十二

医院里，杨诚望着梅仙血肉模糊的尸体两眼呆滞、空洞地望着前方，毫无反应。

这不是自己想要的结局吗？这不是最理想的结局吗？可他只感觉心底一阵阵痛，想哭，眼睛里却没有泪。

儿子杨尽匆匆来了。杨尽在县城上班，刚刚听到消息。看到父亲的样子，他也感到了惊恐，他怕父亲经受不住打击。在父亲旁边安慰着父亲，没人的时候就跟父亲闲聊。

他说："爸，偷牛贼抓住了。"杨诚不说话。

他说："爸，前段时间你受骗的事，梅姨一直在调查。那是刘翰跟烟草专卖局里的一个人钓鱼执法，她收集了资料，已经报了案……"

杨诚唔的一声哭出来，嘴里嘟哝着："我要为梅仙披麻戴孝送她走……"

杨尽把杨诚扶起来，走到外边对亲戚们说，我爸的脑子真是受刺激了。请帮忙好好看着他……

挽棺

初冬的早晨,已经冰冷刺骨。二叔起得早,天还没亮,就坐起来,借着寒气,嘴里嘶嘶地喊着冷就把衣服穿上了。二婶眍眍眼,裹紧被二叔弄松了的被窝,打个哈欠翻个身又睡了。

二叔起来,照例先烧水泡茶,顺便将院子打扫了一下。这时候天已经全亮了,房顶的瓦片上卧了厚厚一层霜,落到地上的枯叶上也沾了霜。二叔喝够了茶,才去打开院门。

二叔的院子正对着河套的一条小河。河边结了冰,只在河心的部分,水还在呜呜咽咽艰难地流淌着。此时的河面上飘着一缕缕的轻雾,如同一片大大的半透明的纱巾。二叔舒了口气,伸伸胳膊,照例放眼远处,看看那静卧在黄土原野上的杨树,树上也结了冰霜。突然,二叔发现杨树底下站了一个人,围着一块掉了颜色的围巾,因为天太冷,还在不停地走动着。

二叔眼已经花了,于是往前走了几步仔细看,依旧没有看清。那人却先开了口:"二哥,你起来了吗?"二叔这才一下子怔住了:"二妹,这么早,你在这里转悠什么？嘴唇都冻紫了，快，快回家……"

二姑并不答话，跟着二叔，缓缓进了家门。二叔先给她倒杯热茶，又招呼二婶："快起来，做饭。"

二姑坐在椅子上，呆呆的，不说话。

二婶磨磨蹭蹭起来，一露头看到二姑，马上说："他二姑来了。你看冻得，被窝里还暖和，你再来暖暖吧。要不我给你灌个暖水袋先暖和一下……"

急忙从被窝里拖出暖水袋，把里面的水倒掉换上热水，递给二姑。

前几年困难的时候，二姑夫有焗锅补盆、磨剪子锵菜刀的手艺，虽是小本买卖，赚不了几个钱，也算不上富裕，但毕竟手里有几个活钱，大家没少得他帮衬。二姑人又好，话不多，也不好论人是非。在娘家嫂子弟媳间也有个好人缘。

说话间二婶做好了饭，大家吃了饭，扯些闲话。既然二姑不说有什么事，二婶也不好紧着问。

吃完饭，二姑就到大伯家去了。大伯有痨病，夏天人好好的，身体倍棒，在原上放着一大群羊，一到冬天就倒下了，整天跟拉风箱一样，甚至起不了床。

二姑晚上就住在二叔家，白天到处走走，转眼四五天过去了。

二婶知道二姑家有事，可问不出来。就在白天二姑出去的时候，打电话给她的外甥女。二婶的外甥女跟二姑一个村，还住着邻居，有什么事清清楚楚的。

二婶的外甥女是个快性子，心里留不住话，嘴也快，就跟二婶聊起来："大成（二姑家表哥叫大成）他爹当初人缘特好，给四邻八舍帮不少忙。村里让推荐个电工，大家就都推荐了大成。这下可是不得了了，大成这小子，没想到特坏，事事给大家使绊子。他二叔家的电灯开关坏了，让他合下电闸换个开关，他说啥也不给办，愣是让他二叔家好几天没用上电灯。最后他二婶子给买两条饼干才把闸合下，他二婶子是一边走一边骂啊。"

"大成还管着村里的机井，夏天旱得禾苗都打了卷，他三爷让他去给合上闸浇浇那二亩玉米，他说钥匙让李老歪拿去了。他还说呢：'人家李老歪早说了，虽然咱是爷们，也有个先来后到不是，要不我以后的工作没法做了。'他三爷听着也有理，就回去了。谁知第二天李老歪并没浇地，机井闲了一整天。大旱的日子怎么能闲着呢，再不浇他三爷家的玉米可就全完了，到了晚上再去找他，他说机井坏了，正在找人修。一等就是好几天，可并没见人来修啊，还是他三奶奶提了两瓶青稞酒，这才能够拿到钥匙，浇上玉米。"

"大成对自己人都这样，对外人就可想而知了，真是人人恨得牙根痒痒。"

"大成他娘啊？那事我知道，大成不是给人家修电视吗，搬过电视来，二话不说把主要零件都换了，一要就是一二百块钱，而且是把张三换下的零件给李四换上，照样收钱。大成他娘看不下去，对他说：'大成啊，当初你爹做买卖可不是这样啊，搞修理的要讲良心的啊。你爹死得早，可人家对你爹的评价你总听说过吧……'

"那大成的老婆外号'小辣椒'，绝对不是省油的灯。马上就把话接上了：'不这样做买卖有钱挣吗，你又挣不了来，每天就知道吃，不这样做让我们都喝西北风去？……'

"婆媳越吵越厉害，最后婆婆就被赶了出去。十冬腊月啊，听说是回娘家了……"

二叔坐在椅子上不说话，眼泪顺着眼角哗哗地流下来。二姑是在河边转悠了一夜啊，二姑的命苦啊！

当晚，二叔约了三叔和大叔家儿子宝成，一同坐车去了二姑家。

大成老婆刚刚做好晚饭，给大成倒上一杯酒，大成端起来刚要喝，看到舅舅们，急忙站起来，脸憋得通红，叫了声"舅舅……"

大成媳妇倒是没在乎，铁着脸说："干吗呢这是，一群人气势汹汹闯进来……"

大成瞪了老婆一眼，说："舅舅们还没吃饭吧，坐下一块吃点吧……"

二叔把眼一瞪，说："你们一家人吃饭，你娘呢？你娘哪儿去了？"

然后二叔苦口婆心地说："你爹死得早，你娘把你养大不容易，你的孩子也大了，最少你也得给你孩子做个榜样吧……"

大成刚开始还认真听着，可他老婆却在旁边啰嗦个没完，最后大成腰板也硬了，说："现在新社会，可比不得旧社会了。我爹当初帮你们不少，我盖瓦房你们却没个来帮忙的，你们这个时候来充什么舅舅了……"

二叔被他抢白得火起，一个大耳光子扇到大成脸上："什么社会也要养娘，你舅死了倒是也不用你来。我今天还就要管管你，充一下舅舅，你怎么着吧？"

大成媳妇"哇"的一声哭着扑上来，一下就给二叔脸上抓了五条血线……被宝成一脚踹到墙角了，大成就和宝成扭打到一块。

于是一家人鬼哭狼嚎，乱作一锅粥。

回到家，二叔就跟二姑说："你别回去了，我们兄弟还养得起你，就住在娘家吧。"

二姑不说话，只管坐在椅子上垂泪。

过了几天，二姑又挂念着给孙子做饭，给孙子做棉袄。于是打个招呼就回去了。

二叔不放心，让孩子们去看看。发现二姑自己住进了原先的老房子。

大家又给二姑凑了点粮食和日常用品送去。

　　大家都忙，很少有时间去看二姑。日子就这样不咸不淡地往前走着。

　　大成却再也没来看过舅舅们。

　　一天，孩子们去看望二姑，发现二姑自己在老房子里，冰凉刺骨，也没点炉子。二姑病了，不住地咳嗽，脸肿得大了整整一个号。孩子们问二姑，二姑说："煤是有，可太呛了，总咳嗽，就没点。"

　　大成倒是给买的药，放在墙角。可孩子们说："你该去打针啊！"二姑使劲笑了笑："打针就算了……"

　　孩子们没办法，给她留点钱，走了。

　　转过年来，三叔来找二叔："听说大成爬电线杆掉下来摔断了腿，我们去看看吧。"

　　二叔正在编筐，口里含了一支烟。把烟盒往三叔面前拿了拿，眯缝着眼继续编，然后咳嗽了两声，烟呛得眼里流下两滴泪，二叔用手背去擦，顺手摸了摸当初被大成老婆抓的几道明疤，说："他都好几年没来看舅了，舅还去看他？"

　　三叔点上烟，递给二叔一根软荆条，说："毕竟是二姐的独根啊，跟咱自己的孩子差不多。"二叔的心一震，劈开的荆条划到了手上，先是白白的一道，然后血就涌出来。可二叔并没觉得疼，倒像是划到了心上。二叔用另一只手一捏，血止了。二叔不答话，继续专心致志干活。

　　三叔看到二叔只顾干活不答话，只好站起来，走了。

　　天气暖起来，风中送来一股麦子的香味。麦熟一响，麦子是头午还有点绿，下午就炸了芒。二叔磨好镰刀，准备好草绳，只一天，就割了好几大车。

第二天起个早，又去割了一早晨，八九点钟的时候回家吃饭，忽然听到门口有哭声。

二叔二婶来到门口，看到大成两口子身披孝衣，趴在地上不住地磕头。二叔的头一下子就大了，两行眼泪流下来。不用说，他已经知道是怎么回事，一转身，进屋了。

大成把头磕得嘣嘣响，额头渗出了血丝。他老婆躲在他身后，头也不敢抬。大成娘死了，他这是来报丧的。根据乡规，没有舅舅点头，那就不能装殓。舅舅不去，那是不能下葬的。

二婶流着泪，扶起大成两口子，说："啥也别说了，人都死了。我替你二舅做主，先回去准备吧。"

吃过饭，大伯和二叔、三叔就去了二姑家。天气相当热，路上，一股股麦子的香味扑面而来。途经一块麦田。大伯知道那是大成家的，麦子已经炸芒，麦粒张着，白天是不能割了，太阳底下一动，会让许多粮食丢进地里。兄弟三个都知道，在发丧以前大成是不能离开灵堂的。

二姑已经入殓。静静地躺在堂屋里，眼睛半阖，脸色平静。大伯说出一句："终于能够去享福了……"兄弟三个泣不成声。

根据乡村的规矩，丧事是由外姓别家组成里柜和外柜的。里柜负责丧服、待客，安排送大纸、盘缠等，外柜则负责前来吊唁的人的接待和收受吊资。一切费用丧家是无权过问的。

很显然，大成平时树敌不少，里柜的负责人是使了绊子的。也都知道跟舅舅们的关系，所以有些事并不背着舅舅。舅舅们远来是客，即使看出什么，那也是不能说的，否则主事的撂了挑子，人就抬不出去了。

大伯他们呆了一会儿，就跟主事的说："家里有事，我们先走了。"

主事的欲言又止，倒是旁边有人说："事都过去了，改天发丧，该来还得来。"原来当地的风俗，舅舅不来是不能发丧的，很多外甥因为得罪了舅舅，发丧那天舅舅迟迟不来的。

兄弟三人没说啥，走了。

回到家，吃过晚饭，二叔开始磨镰。二婶说："麦子都快割完了，你还磨镰干什么？"二叔不说话，低着头，只顾"哧哧"磨，直到让月光一映，寒气闪闪，才拿起来，用拇指试试……

外面传来三轮车的轰鸣声。二叔出去，宝成开着车，车上坐着大伯和三叔。二叔二话没说上了车。二婶问："这个时候了，你们去哪儿啊？"宝成说："割麦子！"车子没熄火，"突突突"地走远了。

二婶提心吊胆在家等一夜，天快亮的时候二叔才回来，顾不得洗洗满身乌黑的麦灰，倒头便睡。

第二天一早，宝成就过来问："二叔，咱几点去？"

二叔坐在椅子上抽烟，咳嗽了一阵才说：

"都这样了，劝劝你爹，咱早去，也别太难为你大成哥了。他一条腿还瘸着呢。也是一个家啊。乡邻们把他祸害得不轻，我都看出来了。"

于是继续坐上宝成的三轮车，向二姑家走去。

这次不比上次，车到村头，先有人去报信，客人扯开花圈等着。大成两口子披麻戴孝，带着响器班子，一边哭着，呜呜咽咽来接，见了先磕头，舅舅们走前面，再在后面跟着。管事的倒是很奇怪，他真没想到舅舅们如此体情。看到大成一瘸一拐地走，舅舅们想起他娘，免不了是满眼的泪。

人已经火化了。骨灰盒装在一口大棺材里，用架子裹起来。虽然是骨灰盒，加上架子棺材，也足足有五六百斤重。

家到坟地足有三里路。里柜找了八个结过婚的棒小伙，分两班，每人一盒好烟，负责往坟地抬架子。

队伍缓缓地前行了，唢呐喇叭呜呜咽咽，男女孝家哭哭啼啼。大伯领一帮客人走在队伍的旁边。

走到一半，换了抬架子的人。四个膀大腰圆的小伙子接过来继续走，刚走一会儿，前面喊架子的小伙子喝一声："前面有坑洼啊，兄弟们注点意啊！"突然架子一歪，棺材落到了地上。再看四个小伙子，眨眼间不见了踪影，一下子消失在了人群中。响器班子也在那一刻戛然而止，只剩下几声假哭的哼哼声。

天空中一声响雷，一片黑云压过来。大家知道，这是因为主家犯了众怒，抬棺的罢棺了。需要丧子一步一头磕回村里，再在响器班子的伴奏下，一步一头磕着绕村一周……大成的腿还没好，这一圈走下来，非得两三个时辰，不死也要脱层皮啊。而如果原先抬棺的不愿意回来抬，换上的抬棺人叫挽棺者，同样犯众怒，需要跟孝子一起给帮忙的磕头认错。

管事的去问，希望抬棺的不看僧面看佛面，能继续抬下去。可抬棺的说了，已经看了大成祖上的面子，三里抬了二里，要看大成的面子，一里也不抬！

天阴得可怕，事情就僵在那儿了。大家都挂念着自己的麦子，人逐渐散去了。二姑的棺材静静地躺在那儿，鲜艳的架子，磨得黑漆漆的轿把，不知把多少古人抬进了泥土，可今天，罢棺了……

突然，一个人大喝一声，朝帮忙的磕一个响头，然后走过去，抓住了前面的轿把。雪白的头发，雪白的胡子，那是一个老人，是一个一到冬天就咳嗽得起不了床的古稀老人，是一个干了一夜的重活还没休息的古稀老人！论说客家是不能抬棺材的，可大伯管不了那么多了。大伯的儿子紧随其后，然后是二叔、三叔，也朝着帮忙的磕了个响头，四个人稳稳地将架子抬了起来……

大伯大喊一声:"大家伙注把意啊,前面有水坑啊!"然后是四声:"吆喝……"的和声。

一声炸雷,大雨倾盆而下。响器重又呜呜咽咽响了起来……

大成一声长哭:"俺的亲娘啊……"

下再大的雨他也不怕了,他知道娘能安安稳稳入土为安了,他也知道他家的麦子已经在昨天晚上被舅舅们收进了场院。此刻,他的心里只有悔啊。

我做你的腿

一

电话响的时候,杨丽正在炒洋葱。锅里的油熟了,已经在冒烟。可杨丽还在心急火燎地切葱花,眼睛被洋葱呛得流泪,她不停地咳嗽着,心里却莫名像被什么东西抓挠着一样。

杨丽的家里有几台注塑的机器,算是一个小工厂。因为开起来就不能停,停下来太费电,所以中午就让工人在厂里倒换着吃饭,杨丽给炒菜,再买几个馒头。因此炒的菜就多了,平时两口子吃饭,两个菜就可以了。

杨丽最近心里总有一股火烧火燎的感觉,感觉丈夫张平有点不对劲。十几年的夫妻了,杨丽已经知道怎么驾驭男人。刚结婚那阵,杨丽还是急脾气,两口子没少斗。可是有什么用呢?打起来自己肯定要吃亏,张平一脚就把她踹老远,有什么办法呢?只有回娘家,惹得老爸老妈跟着着急。

杨丽曾经有个男友，张平跟原先的男友比起来，要优秀得多。两口子好的时候还是很相亲相爱的。娘家住一阵，不管张平叫不叫，都还是要回来的。一场婚姻不容易啊，怎能因为一次口角就断送了呢？

　　聪明的女人是应该用聪明的办法的。杨丽是聪明的女人，十几年已经学会了用温言软语作为应对之策。

　　如今新的危机来了。

　　十几年经营，原来贫困的家庭已经变得富裕。买了楼买了车还开了一个小厂子，儿子也十几岁了，生活富足而满意。

　　张平的前女友又找上门来。

　　杨丽先是发现张平鬼鬼祟祟接电话删短信，心里已经有所怀疑，要搁在以前，杨丽早就闹起来了。可现在她不了，只是加倍地对张平好，越发地温柔，给他做喜欢吃的饭菜。张丽后来从公婆那里得到信息，那女子还打过家里的座机，要给儿子做干娘。这怎么行？杨丽静下心来，又开始加倍对公婆好，给他们买衣服，节假日去给他们做饭收拾房子……

　　原先张平的前女友在张平家住过一段时间，和公婆相处也很好。因为自己刚嫁进来时不是很懂事，曾伤过公婆的心，她要加倍偿还，稳住他们的婚姻。

　　张平跟公婆也认可了杨丽的能干。一段时间的经营，这段危机大概已经过去了。

　　可杨丽最近又感觉有点不对劲。张平的电话还是老响，时不时躲到厕所删短信。

　　男人有钱就变坏。有钱了，是不是张平没经受住诱惑？

　　电话越来越刺耳。杨丽把油端下来，抹一把眼泪去接电话。

"姐姐,我现在和姐夫在中心医院。你马上过来一下。"电话是弟弟杨明打来的。

"这么忙你们在中心医院干什么?"

"姐夫……不小心被车撞了一下。"

"要紧吗?"

"没什么大碍,你快过来吧。只是一条腿受伤了。"

二

杨丽找车,急急向中心医院赶去。一路上心情忐忑,既怕张平伤得太重,又有点暗自庆幸。受了伤,出不去了,夫妻可以厮守一段时间了。

杨丽赶到时,人已被拉到中心医院急救科。先到放射科做了个彩超。一个女医生看了一阵屏幕说,血脉还有运动的迹象,看来没什么事。

主任走过来,瞅一眼,说:"这是假象,马上去做CT。"

做完CT,大夫说:"马上联系手术。"

做手术的是窦主任。窦主任把杨丽叫到手术室外的小间里说:"看了CT片,总体感觉很严重。最好的结果也会跛了。弄不好会截肢。"

窦主任沉默了一下又说:"人呢,还年轻,我们保守治疗。第一次手术先连接血管和神经,然后伤口开着,过一段时间再接上骨头。其中有许多不定性因素,可能感染,可能有生命危险,危及生命的时候,就只有先保命了。你要愿意,就签字吧。"

杨丽说:"人我交给你们了,钱我出,拜托窦主任了。"

然后麻醉师走过来,又交代了几句,让签了字。

杨明悄声说:"医生总是往最坏的方面讲,应该没问题。"

在手术室外等着,杨丽悄声问:"你姐夫在哪里被撞的?"

杨明说:"凤凰小区。"

杨丽心里说,张平去那儿干什么呢?却问杨明:"撞他的人呢?车一点事都没有啊?他怎么会走下车来被撞了呢?"

杨明说:"这个我还不清楚。"

杨明一指远处一个漂亮少妇,就是她撞的。

杨丽这才注意那女人,心说:"怪了,怎么就一直没注意这个人呢?"

杨明喊一声:"你过来,有话问你。"

女人长得颇有几分姿色,此时哭得梨花带雨。

杨丽心里一紧,嘴里却说:"你先别哭,把事情说一下。"

女人只是哭,说:"嫂子我对不起你,对不起大哥。"

此时手术室门打开,医生喊着张平家属。

杨丽走过去,医生说:"血管都扁了,需要安支架,一个五千,你们的意思?"

杨丽说:"安,只要能保腿。"

过了一会儿,医生又出来说:"情况很不好,我们在尽力,你进去看一下吧。"

杨丽说:"我不敢,让杨明去吧。"

杨明出来,沉着脸说:"这个咱也不懂,只求他们尽力了。"

杨丽不说话了,眼泪在眼睛里打转。

天渐渐黑了。杨丽没再去问那女人,有什么关系呢?毕竟张平是自己的丈夫啊。什么事情以后再说吧。

晚上七点,人从手术室推出来,推进了重症监护室。

杨丽的心里松了一口气。

三

杨丽想现在可以放松一下了，如无大碍她想回家拿点东西。

杨明说："姐你回去吧，我先在这儿盯着。"

杨丽刚走出医院大门，杨明的电话就打过来了："姐，大夫说不很好，你还是先回来吧。"

杨丽跑回来，医生正在等着她，医生说病人情况很不好，脚趾在变黑，骨头一直在渗血，可能会感染。这时候要保命了，只有截肢！

杨丽的眼一下子就黑了，心存的幻想猝然而倒。为了保命，还有什么不可以的呢？杨丽的泪流下来，说："那就先保命吧。"

于是张平重新被推进手术室。

一个小时后，护士出来，怀里是用白纱包着的张平的腿。护士说："你处理吧，要不先放到停尸房的冰柜里。"

杨丽抱着走出来，稀疏的雪花变得密集，她就这样静静地站在雪里，任凭雪花落满了衣服和头发。远处霓虹灯在闪烁，间或夹杂着医院里悄声或大声的喧哗。

杨丽听不到杨明的劝说，她在想昨晚这条腿还压在自己身上呢，自己还开玩笑："你要不拿开我就给你剁了去。"可现在怎么真剁了去呢？

杨丽泪流满面。

还是杨明夺过来，把它拿去了停尸房的冰柜。

两个半小时后，张平被推出来。医生说，缺少血小板，危险还没过去，你们准备一个车，要做好去临近医院取血小板的准备。

一夜焦灼，好在无事，情况渐渐好转。

天亮了，杨丽疲惫不堪地卧在了开水房的一张椅子上，却不敢闭眼。

一闭眼就是张平的腿。

那个梨花带雨的少妇又带来了些医药费，默默地站在杨丽的面前。

杨丽勉强笑了一下："情况就这样了，你说说事情的经过吧。你跟张平认识吗？他为什么去你们小区？为什么你撞了他而我们的车没事？"

那女人却抽抽搭搭什么也说不出来，不知是表达能力不行还是有些话说不出口。杨丽更加狐疑，她也害怕有家丑，外人在旁边，就不再问了。

又过了一天，杨丽明显憔悴了许多。医生说情况还好，家属进去看一下吧。

杨丽进去，看到张平的左腿露在外面，为了保右腿，曾从左腿取过血管，所以也包了纱布。张平看见杨丽，眼泪唰地下来了。

杨丽问："这到底是怎么回事啊？"

张平不说话，只是流泪。

大夫说："病人情况不稳定，还是别问了。先出去吧。"

杨丽出来，心里更加狐疑。

然而第二天，张平就被告知可以转到普通病房了。

四

张平的情绪还算稳定，但却对事故过程讳莫如深。杨丽也不好再问。

后来交警来了。通过交警的询问，杨丽了解了事件的过程。

交警问张平："你认识柳岩吗？"

张平说："柳岩？柳岩是谁？"

交警说就是撞你的妇女。

张平说:"不认识。"

交警说:"那你把事情经过说一下吧。"

张平说:"我做注塑的,朋友给介绍个客户,住在凤凰小区,我电话联系好去谈一下细节。可是车开到楼下,发现楼前车很多,我根本开不进去,就把车停在楼头的公路上,步行往里走。正好那个柳岩在从车库里往外倒车,很显然是新手。她叫住我,说:'大哥,你帮我看着我把车倒出来吧,我才学出驾驶证,水平差点。'我当时还说:'我帮你倒出来吧。她说别,那样我永远也学不会。'

"然后……然后我想她往外倒车,我站在车前应该是安全的。谁知道她的车是自动挡,她竟然挂了前进挡,车开始飞奔过来。她肯定想踩刹车,但我想一定是踩到了油门上。我往旁边一跳,右腿却没拿出来……"

交警说:"你们说的基本一样,看来你是老司机了,判断还挺准确。其实也没啥小伙子,安条假肢不耽误你挣钱。"

杨丽的心放下了。张平没有自己想象的阴暗,他只是害怕回忆那痛苦的过程罢了。

五

张平出院,免不了一番争执。柳岩的丈夫是一个高大的小伙子,他已经在医院里见过杨丽,他看到杨丽始终在沉默着,以为是一个懦弱的女人。于是在处理纠纷的时候,在寒冷的冬季,他依然把胳膊挽起来,露出手腕上烫的一个个烟泡。话不投机时他把眼一瞪,说:"怎么着?我们就是没钱,你们能怎么着吧?"杨丽依旧低眉顺眼,轻轻走到他跟前,低声说:"真没钱吗?"小伙子头一梗:"没钱!"杨丽突然从怀里摸出一把砍刀:

"没钱你可有腿啊，把你的腿留下！"说完就砍过去。小伙子刚开始还以为她只不过吓唬一下自己，那刀却就实实在在过来了，吓得大叫一声跑出去。杨明和朋友高健一人一只胳膊拽住他，嘴里说别跑啊，就把他拦住了。杨丽红着眼睛跟过来，小伙子吓得扑通一声就跪下了："大姐，我错了，你饶了我吧……"

杨丽说："我们也不是非要逼得你们上吊，你大哥都这样了，你总得有个好的态度吧。"小伙子说："我们确实没钱啊，柳岩为了筹钱，愁得一直哭呢。"杨丽说："那我们坐下来谈，谈到我们都满意，总可以吧？"

六

三个月后，张平已经安上了假肢，但是还走不好，需要拄着拐。杨丽正在学车，虽然驾照还没下来，但已经将家里的小车开得相当娴熟。

虽然拉料、送货都是雇车，但注塑厂又重新步入了正轨。夫妻的角色发生了转换，杨丽真正感觉到了张平的辛苦。她已经适应了这种风风火火的生活，每天跟着车出去送货，跟客户讨价还价。当然免不了有时拉拉扯扯，打情骂俏。她在心里也明白了以前的张平，这只是一种生活方式，内心还是平静的。生意场上的人关注的只是利益，根本不会有人当真。

张平呢，接手了杨丽的工作。这天杨丽刚要上车走，张平问她："中午能回来吗？"杨丽看看表说："看来是回不来。"张平说："那中午给工人炒什么菜啊？"杨丽说："炒洋葱吧，洋葱还有不少。"张平嘻嘻一笑，说："洋葱怎么炒？"杨丽说："跟别的菜一样炒法吧。"

张平看她上车要走，在后面追着问："那放不放葱花啊？"

杨丽心里一怔，嘴里说："炒洋葱放什么葱花啊？"张平出事那天杨丽也正是在家炒洋葱，可油熟了的时候她分明在那儿切葱花。当时听到电话，她的心一颤，菜刀从手上切下一块皮，鲜血流下来，她硬是没感觉到。又有后来一系列的事，她竟然一直没感觉到疼。

三个月，恍如隔世。张平的脾气从暴躁、疯狂，逐渐变得温顺。有时还会眼泪汪汪地说："我的腿没了，咱们往后的日子怎么过啊？"杨丽总是灿然的一笑："不还有我吗。我做你的腿行吗？冬天我开车，带你跟儿子去旅游。放心吧，咱的好日子在后头呢。"

爆炸

一

张三强蹲在一个背风的墙角,嘴里含了一支烟,手袖着,眼睛却没闲着,眼珠滴溜溜乱转,盯着集市上每一个来来往往的人。

腊月天,阴沉沉的,西北风不时往衣领子里窜。每个蹲着的,或急匆匆走着的人都蜷着身子。连卖主的叫卖声都显得有气无力。

前几天刚下过一场雨夹雪,路上被压了一层车辙。自行车、三轮车压在上面,不小心就拐进了坚硬的折子里,这使得人人更加小心翼翼。

这时候,张三强在熙熙攘攘的人群里发现了目标:一个十五六岁的孩子,穿了一件已很少有人穿的黄色军大衣,鬼鬼祟祟的,不时敞一下怀,跟经过的人秘密交谈着。

张三强站起来,懒洋洋走过去,嘴里吐了个烟圈,问那孩子:"怎么卖啊?"

孩子瞅他一眼，眼里掠过一丝惊慌，说："你先把烟掐了。一口价，每支十元。"

张三强说："我看看。"

半大孩子把怀一敞。张三强瞅一眼，嘴一撇："太宰人了吧？不要！"哼着小调走了。

在集市上转个来回，打个电话，继续坐到那个背风的角落里抽烟。太阳难得露了露头，阳光在张三强脸上一闪，马上就消失了。

集市上乱起来。一辆警车悄没声息开过来。细细的车辙无奈警车的大车轮，车子开得飞快，"吱"的一声停在集市头，几个大汉下来，三步并作两步跑过去，一下将穿黄大衣的孩子掀倒，还没等看热闹的人围过来，已经将孩子拖进了警车里。

十几分钟后，大汉们又下来，向集市的另一头走去。

一个同样穿着黄大衣的五十多岁的中年人，满脸的络腮胡子，嘴里叼一支烟。他一下瞅见了跑过来的几个人，眼里闪过一丝惊慌，一下敞开黄大衣，说了声："你们都别过来。"

看到他腰里围的一圈香烟样的东西，领头的汉子赶紧说："你先把烟灭了……"

黄大衣却说："你们过来，我就点上。"

领头汉子双手扎煞着，说："往后退……"

这下看热闹的赶上了，围了一大圈人，里三层外三层。

汉子一边疏散着看热闹的人，一边对黄大衣说："你的情况，最多是没收再罚两个钱。可你现在对抗警察，弄不好可就坐局子了。你自己想清楚，你儿子还在我们手里呢。这样吧，我向你保证，知道你困难，又是退伍军人，我们只没收你的东西，不罚你钱，并且帮你要扶贫款……"

黄大衣终于妥协了，一瘸一拐的走过来，解下腰里围的东西。

是，猜得没错！张三强就是派出所的暗线。

二

转过年来，杨村村头的两间小屋被粉刷一新。墙上、玻璃上花花绿绿写上了"理发"等字。店主是个瘦削的女人，张三强和老胡经常去那里理发。

老胡，就是在集市上卖鞭炮的黄大衣。

鞭炮那次，派出所真没罚他的钱，因为他确实无钱可罚。可是他让那么多警察在集市上丢了人，挨顿胖揍并被刑拘七天那是免不了的。

可这老胡有脾气，他拖着一条残腿，没日没夜上访，先是县政府，然后市里、省里，他非要让打他的警察给个说法。老胡是残退军人，那条腿是越南人打残的。他拿着残疾证，拐棍摔得咚咚响，惹得各级领导不住地给王所长打电话，又让王所长自己贴上钱不止一次地从省里市里往回拉。真是请下神来没处安了。

张三强当时也得了点鞭炮放，可后来去要该得的提成，王所长正一肚子气没处撒，把他好一顿臭骂。

"还想要提成，你小子先等着吧，老子贴的钱多了去了。"王所长说。

张三强不说话了。

不过这次是真该能出气了。老胡也有今天。原来老胡嫖娼被抓了个现行。李警长把老胡从面包车里拉出来，二话没说，拷在办公室的暖气管上，就去干别的事了，任凭老胡大声吵闹。

等忙完了，才走过去问道："知道为啥把你抓来吗？"

老胡说:"还能为啥?我好欺负呗。那么多江洋大盗,那么多案子,你们可去破啊?就会对我厉害。老子当年打仗的时候,你还穿开裆裤呢……"

李警长把桌子一拍,说道:"你别给脸不要脸!告诉你,我们有确切证据证明你去嫖娼了,现在就把你送到看守所再拘留半个月!"

一般的人,听到这句话马上就焉了。李警长用这一招制服了不少人。可在老胡这儿失效了。

老胡一笑,说:"证据呢?"

李警长"哼"一声冷笑,从背后拿出一个塑料袋,里面有个脏乎乎的避孕套。

老胡又笑起来:"别说现在无法证明是我的。就真是我的,你看到我付钱了吗?我没付钱,就不是嫖娼!她没男人,我没老婆。你情我愿,谁也管不着。"

李警长又拍桌子又吓唬,可老胡满不在乎。

李警长没办法了,走出去,跟王所长商量了一下。

王所长走进来,给老胡打开手铐,呵呵笑着说:"你只要不再和派出所过不去,这事咱就过去了……"

三

杨村的集市上突然出现了几个奇怪的人。他们驾驶了一辆外地牌照的面包车,将车停在远处,下来一个打扮得很庄户的人摆了一串刀具在卖。

张三强看清楚了,卖的都是管制刀具。

杨村一带最近不太平,拦路抢劫、入室盗窃的案件时有发生,老百姓为防身,买的不少。

最可恨的是面包车里那几个人帮着强卖，有打价的或想赚便宜的，一个光头，一个长发，一个文身，三个人从车上就下来了……

张三强不敢怠慢，立即给李警长打电话。

李警长问："几个人啊？"

张三强说："四个。都带着刀子呢，而且面相很凶啊。"

李警长呃着牙花子，说："上面有领导要来，王所长他们都去执勤了，所里就我们两个人。他们四个……你先注意密切观察，我请示一下再说。"就把电话挂了。

张三强在集市上待到散集，李警长也没来。看着那刀明晃晃的挺吓人，也忍不住去买了一把。

最后就眼瞅着那几个人走了。去了老胡家。

张三强自从去年打了老胡的小报告后，被老胡揪着耳朵打两个耳光子，又被王所长好一顿训，望着老胡就晕，没敢跟着去。

四

四个人来到老胡家，老胡正撅着屁股给猪喂食。老胡的儿子刚过了年就出去打工了，家里就他一个人。

穿着庄户的人拿出一支烟递给老胡，说："老胡大哥，我们买你点东西。"看来一头午的集没白赶，村里的事都打听清楚了。

老胡回过头，说："你们是哪里来的？干什么来了？"

光头说："少跟他废话。老头，我们听说你有炸药，爷们要用用，马上给我们找出来，你少吃点苦。"

老胡说："炸药都让派出所搜去了，没了。"

长头发上来给老胡一巴掌。老胡一愣,拿脚一踹就把他踹地下了。三个人扑上去,把老胡压在地上,七手八脚绑起来。老胡破口大骂,几个人又把他嘴堵起来,然后四处乱翻。

最后在猪圈的顶棚找了出来。这几个人比警察还专业,当初警察也翻过,竟没翻出来。

五

天已经黑下来了,几个人来到村头的理发馆。

女人迎过来,满脸的笑:"几位大哥理发啊?"

光头说:"爷想跟你借点东西。"

女人说:"大哥尽管说,我有的一定借给您。"

长发说:"哥几个有点事,想跟你借点钱。"

女人笑着说:"瞧几位大哥说的。我哪有钱啊?倒是几位大哥一看就像是有钱的。"

光头一下扑上去,说:"你他妈少废话!快把钱拿出来。"

女人哭着说:"我的钱是给我儿子动手术用的。再不动手术,他这辈子就站不起来了……"

六

理发馆里发生的一切,躲在远处的张三强看得清清楚楚。他正好来理发。他想给李警长打电话,可是手机恰巧没电了。想走开去报信,又实在不放心。

他听不清楚他们说什么，可看到女人挨打了。

　　张三强从小最爱看警察题材的小说、电视，一辈子的梦想就是当警察，惩治恶人，保护老百姓的生命财产安全。谁知最后做了暗线，虽然也是替警察做事。可不知为什么，总感觉离心中的目标很遥远。老百姓也不像电影电视里演的那样，对他心存感激。相反，认识他的人还绕着走，背后吐他唾沫，甚至像老胡那样扇他耳光子。

　　他远远地看着，几个人好像是要女人给家里打电话要钱，可女人不干，不住地哭泣。文身的人低声说了句什么，大概是怕在这里人来人往不安全，几个人要拖着女人走，女人则死活不肯。

　　张三强感觉自己不能再沉默了。摸了摸腰里头午买的刀子，大踏步走过去……"我是警察，把人放下！"他大喝一声。几个人笑起来："别给爷添乱，警察要你这样一条胳膊的吗？快滚！"

　　张三强看了看右边光光的袖管。这是他心底的痛，王所长说过，如果他不是因为意外失去了一条胳膊，是完全可以让他干个协警什么的。

七

　　夜色已经很浓了。大街上空无一人，只有街头，用左手握着匕首的张三强与几个大汉对峙。

　　女人已经停止了呼喊。这地方太偏僻，没人看得到发生的这一切。

　　文身已经钻进了车里，光头又开始去拖女人。只有两个人在看着张三强。只要把女人拖到车上，几个人就会疾驰而去。

　　张三强不能再犹豫了，拿着刀向光头刺去。他听到利刃划破皮肉的声音，脚下一抖，还隔着光头很远呢。有湿湿的液体从背上淌下来。长发的刀子已经深深刺进了他的身体。

他感觉眼前的一切恍惚起来……

身后传来一声怒吼，一个人瘸着腿，嘴里叼着烟，一瘸一拐走过来。

是老胡！光头顾不得女人，拿着刀子迎上去。老胡用手里的拐杖，一下子就把他打飞了。

突然，老胡从敞开的面包车的门里，看到了那包原本属于他的熟悉的东西。

就在一刹那，他把烟头向包上扔去。然后一把抓住张三强，向远处跑去。嘴里同时向女人喊："快跑！"

同时文身也惊慌地从车里一头扎出来。

一声巨响，火光冲天而起，面包车接连发出几声闷响，刹那间被炸作了灰烬。

村民们拿了铁锹、锄头从四面八方涌过来。青壮年都出去打工了，尽管来的都是老弱病残，可人人表情严肃、庄严，怒视着想要逃走的几个外乡人。

有个老头给张三强包扎了伤口。张三强感觉到了从没有过的自豪和强大。

四个外乡人叫嚣着，却无法逃出人群的围墙。

远处，警笛的鸣叫声越来越近了……

寻找刘子丹

我接了一个画一百幅柿子树的任务，并且还要求在柿子树底下画上一头或者两头鹿。这让我怎么也找不到感觉，画面太满，既不能留白又不好构图。可是为了钱，尽管焦头烂额，还是咬牙坚持。

在我大汗淋漓工作的时候，崔红风尘仆仆走进我的画室。先是拿起水杯"咕咚咕咚"喝完了我冷好的水，又翘着脚扫视了一下挂满墙的画，然后问我："怎么都没有署名？"我说："客户不要求落款，反正给钱就行。"崔红选了一张，说："给我题字，上面写'事事如意'。"我说："这可是人家定好的，每张三百呢。"崔红说："三百算个屁，为了钱你把灵魂都出卖了。你就给人家当枪头吧，还不知道会署上谁的名字呢。好了，为了回报你，我请你吃饭。走吧，王婆大虾，给你补一补。"

画室虽热，但还是安装了空调的。一出门口，一股热浪扑面而来。画室在书画城的二楼，下面紧邻熙熙攘攘的马路，热气在马路上蒸腾，继而翻腾跳跃。好在崔红的车就在路边的阴凉处，却也是被比外面更热的热气充盈着。崔红先打开车门，让车内流通到外面一样的温度，然后打开空调。在此期间我在阴凉里抽掉一支烟，抹抹头上的汗，钻进车里。

王婆大虾虽然是火锅吃法，店里的空调却是给力。我们两个坐在角落里，倒也阴凉惬意。崔红是一个家庭主妇，老公在外面做着房地产生意，能量很大的一个人，有钱，却很少回家。崔红有个儿子，住校，只在周六、周日回家。平时就只有崔红独守空荡荡的一所大房子，年初的时候闲得难受，突然就想学画画，通过我的一个朋友，算是介绍到了我的门下，我们却从未师徒相称过。我呢，独在画室，彼此落寞孤独，在一个大雨倾盆的夜晚，就有些故事发生了。

人都这样，尽管只有一次，却感觉比一般的朋友近了许多，之后就经常出来聊聊天，吃吃饭，彼此之间也会开些无所顾忌的玩笑。

今天的午饭，玩笑开得就比较厉害。崔红被我逗得呵呵直笑，笑得上气不接下气。期间崔红的老公曾经打来一次电话，崔红尽量平息情绪，但还是引起了他的注意。我屏住呼吸，伸长耳朵倾听。崔红的老公问她："怎么听到你气喘吁吁的，鼻音很重啊？"崔红说："这么热的天，我刚从楼下步行上来，自然会气喘吁吁了。"她老公不耐烦地说："好了，快回来吧，有事。"

她老公曾经和崔红一起来过我的画室，理的是郭德纲式的锅盖头，胸膛上纹着青龙白虎，一看就是混社会的。

崔红说："我要回去了。这家伙看来又要找事。"

晚上吃过晚饭，我正准备挑灯夜战，传来崔红的微信："今天下午开心吗？"

我马上回："当然。"

刚要继续说点情意绵绵的话，突然电话响了。是我的同学赵刚，又给别人要画。我说:"现在不行啊,我接了个订单,正在赶活呢,估计要大半个月。"其实我是很烦人家要画的,画得不好拿不出手,画好了那是要工夫的,有时候一站半天,累得腰酸背疼完成一幅,人家嘴一张,要去了。珍惜还好,不珍惜随便弄个角落一扔也许就忘了。现在小时工,半天工夫还能挣一百块呢,我们这半天,是几十年流汗水吃着咸菜馒头来的,还不算笔墨纸钱,送到那些附庸风雅的人手里浪费了实在心有不甘。赵刚我们在学校的时候就一起办过文学社,后来我不写作了改画画,他却没丢弃,现在县报干记者,我跟他半开玩笑的瞎扯了半天,才挂了电话。

挂了电话我继续去看崔红的微信,已经留了好几条。

"今天是我们第几次出来吃饭?"

"明天你到我家来吧,我等你。"

记得崔红说过,她的老公疑心很重,家里安装了好几个摄像头。让我去她家,我感觉不对劲了,我试探着给她回了一个:

"我是说和你说话很开心。"

她马上回:"别来这一套,想不认账吗?"

这不是崔红的说话方式,肯定是她老公在用这种方式试探我。感谢赵刚,要不是他的电话我不知要说多少不该说的话。我马上调整姿态,发过去:"崔红同学,你怎么了?"

那边也不客气了:"我什么都知道了,你等死吧。"

崔红老公凶神恶煞的样子立即出现在我的眼前,就我这小身板,我的心一哆嗦,装傻回复了一句:"你疯了吗?"就关闭了微信。

我害怕下一步崔红的老公来我的画室,也不敢给崔红打电话,急忙收拾了东西,放进我的面包车里,驱车回家。

夜已深,却依旧燥热难耐。面包车没有空调,开着车窗,热气滚滚涌进来。路边的树木疯长,黑魆魆的样子,在我不明亮的车灯两侧摇摆,装扮着一些恐怖的造型。

　　车到门口，却是大门紧锁，老婆翠花肯定又去园子里睡了。我家种了一个园子，有花苗也有菜，老婆翠花负责打理。

　　和翠花的结合，属于将就的婚姻。那一年我三十岁了，家庭条件不好，我那时候还梦想当作家，却一事无成。翠花呢，长得还挺漂亮，可是有家族精神病史，也是一直找不到对象。

　　刚结婚的时候我们也算夫唱妇随，甜甜蜜蜜的。后来我放弃业余写作改专业画画，耗费精力多，也轻待了她。而她认为画画是二流子的行当，是用来骗人的。真正的劳动是流着汗去种庄稼，收获累累的果实。于是分歧争吵慢慢增多，更因为经常有朋友来我家交流，大家一起喝杯酒聊聊天最正常不过了，可这也是她不能容忍的。她认为庄稼人不能把时间浪费在这些虚伪的吹吹捧捧上，汗流在地里，劲儿使在田里，日出而作，日落而息，这才是真生活。当我在县城开画室以后，更是经常不回家。她自己还种着一大片地，每天卖她自己种的菜、树苗，尽管没挣到几个钱，却忙得不亦乐乎。

　　就在几天前，我回家的时候她平静地跟我说："咱们离婚吧。咱们根本就不是一条路上的人，与其这样走下去，不如各自寻找各人的幸福。"说的还很文艺腔，可是我不知道她真实的想法，我也不敢跟她离婚，我怕她想不开，可是没想到的是不离婚她也想不开，她的手里拿着一瓶农药，她说："你要不离我就喝下去。"

　　我有什么办法，我给我的舅子李强打电话，李强在那头嘿嘿笑。我知道他们家族有精神病史，可是李强好像一直没发现，如今还在镇上开了一家餐馆，卖特色烤鱼和鱼锅，生意红红火火的。李强说："离就离吧，不就是一张纸。我知道你多大本事，把那张纸扯来，日子该怎么过还怎么过呗。只是别叫小杰知道就行。"小杰是我的儿子,也在县城读高中,每月回来一次。

我闻了农药,是真的,而且是剧毒,瓶子上画了一个恐怖的骷髅图像。翠花已经把瓶盖拧开了,我有什么办法,离吧。办事大厅,一站式服务,离婚比结婚容易多了。

我心里也没当回事,只是那个本本换了个颜色而已。家还是那个家,东西还是那些东西,就当是陪着她过个家家罢了。

可是翠花当回事了,晚上她就赶我走。她说:"我们离婚了,你再在家里不合适。况且我已经有了心上人。"翠花每天都在我的视力范围之内,根本没有和别人接触的机会,况且那些现代的QQ,微信她也根本不会玩,手机还是个只能打电话的老年机。我还是问她:"你的心上人叫什么名字?有没有我帅,可不可以介绍我认识?"翠花说:"你认识的,他叫刘子丹。"我翻转记忆,并不曾记得一个叫刘子丹的人。倒是不久前看过一个电视《陕北出了个刘志丹》,当时翠花还感动得鼻涕一把泪一把的。可那是革命领袖,根本也不搭边,我就没理她,去西边的小屋画画。

翠花却赶我走,说是孤男寡女离婚了再在一起不合适。我干了一下午活,肚子饿得咕咕叫,看到翠花炖了一大锅鸡,我想吃两口,可是翠花怎么也不让,说是给她的男友刘子丹吃的。没办法,我只好去县里的画室,自己在路上吃了碗馄饨。

半夜里,翠花给我打电话,问我把刘子丹的电话号码弄到哪儿去了。我睡得正香,就跟她说:"号码都是你存着,我哪里见过。"她说:"可是我现在找不到了,一定是你偷去了。"我懒得搭理她,就说:"你问问李强吧,也许他知道。"然后就挂了电话。刚刚睡着,电话又响,是李强打来的,说:"姐夫,你不厚道,跟我姐瞎说什么呢?"我说:"好兄弟,你让我睡一觉行不行，你姐就够我烦的了，我哪知道刘子丹啊？况且你姐都不让我在家睡了，离婚证也打了，你也别叫姐夫了，以后你该叫刘子丹姐夫了。"李强扑哧一声笑了："姐夫，虽然离婚证打了，可那就是一张纸，你可不能有什么想法啊。我姐姐，你顺着，又勤劳又能干，还是不错的。"

第二天我回家，发现锅里的鸡还在，翠花没在家，我急忙把鸡腿鸡翅我喜欢的部分吃了，打着饱嗝去画画。顺便说一下，我虽然有了画室，但画画一般还是在家里，那么一间屋，人来人往太乱，根本不能安心工作，还是这农家院清净。

一会儿翠花回来，拿了一件衬衣和西服，都是新的。我说："翠花嫂子，给我买新衣服了？"翠花说："滚一边去，这都是给刘子丹买的。"又跟我说："老文，你这个人虽然不爱干活，油腔滑调的，可是也不是太坏。现在咱俩离婚了，我看你也别太抻着了，我表妹秀红不错，要不我给你们牵牵线。"我说："得得得，你还是先忙吧。"翠花进到屋里，肯定是发现鸡少了，就在院子里大声问我。我没出门口，就在西屋里喊："可能是刘子丹吃了吧。"

现在回到家，虽是半夜翠花却不在家。因为我偶尔会在家过夜，翠花就把园子里的房子收拾起来去住了。我自己躺在床上，却怎么也睡不着，想着崔红那边的战争火焰燃烧到什么程度了。忍不住打开手机看了看，有试探也有威胁，还说要来找我。我突然想到我的家崔红的丈夫也是知道的，他们要是打上门来咋整。想到这里感觉天气更加热了，家里没有空调，电扇吹出的风也是热的，汗像虫子一样在脸上、身上爬。

我一骨碌爬起来，没办法，先把车开出去，然后悄悄来到园子里，敲翠花的门。翠花在里面喊"谁？"我答应了一声，还好，翠花开了门，把我放进去。说实话，翠花还是长得挺好看的，皮肤白，眼睛大，灯下一看，其实比崔红还要漂亮，可就是在大脑内部有一种常人无法看到也无法想到的思维，想一出是一出，真的让人无法忍受。

　　我怕她不让我在这里待下去，就在沙发上斜躺下跟她聊她感兴趣的话题。我推想她心目中的刘子丹会不会是甄子丹，甄子丹自从演了《叶问》，那英俊的外表，绝湛的武功，还有那对妻子细心的呵护，成为了无数少妇心中的偶像。我想翠花心中的刘子丹也一定跟甄子丹有关系吧，就顺着这个话题聊，为了不激怒她赶我走，说话一直都是小心翼翼的。还好，又到了我们新婚时候甜蜜的状态，竟然彼此美美地睡去，一觉醒来，天都大亮了。

　　起床，翠花做了早饭，我也没说话，跟着吃了。她去侍奉她的庄稼，我回家开上车去了李强的饭店。

　　找了一个僻静的单间，在圆桌上铺了毡布，继续我的工作。画催得紧，到时候完不成会有一大笔违约金的。心里想反正也找不到我，打开电话吧，要不还耽误事。一头午接过几次电话，都是些业务上的事，看看微信，崔红的丈夫倒是没再说啥。

　　十点多的时候，崔红来了电话，说她丈夫虽然有所怀疑，但是不确定，要来找我，死不承认就是了。话说得很匆忙，大概是偷偷给我打的。该来的终归会来，还好只是有所怀疑，事情并没败露，我的心里也就有底了。

　　一个小时后，崔红又给我打电话，这次说话很阳光，笑眯眯的。她丈夫肯定是在旁边了，她说："老师，为了感谢您的谆谆教诲，我老公要请你喝酒感谢你呢，你在哪儿啊？我们在你的画室门口发现门关着呢。"

　　我说："我在我内弟的饭店画画呢，你来吧，咱这里饭菜都是现成的，我请你们。"我心想李强也是一个大块头，到这里来，万一发生冲突，我也不至于太吃亏。

　　为了给他夫妻一个完好印象，我还去把翠花接了来，翠花这次没反对，反而好好梳妆了一下。

一会儿崔红电话打来，说是到了门前。我和翠花出去把他们接进来。崔红的老公还是那副打扮，脖子上是小指粗的金链子，裸露的胸部纹着青龙白虎，胳膊上也有文身。我的心跳得厉害，强装镇定，崔红也一口一个老师叫着，他却爱答不理的。

饭桌上，崔红的老公倒是不多说话，只是一个劲儿喝闷酒。我和崔红假装聊了聊昨天的功课，意思是我们一直在干正事，从侧面对她老公做了交代。为了壮胆，我也跟着喝，不知不觉就喝多了。翠花这次倒是安静地坐着，说话也非常有分寸，竟然起身给我们倒了几次酒。

李强忙一阵来敬酒的时候，我们已经喝得差不多了。李强也挂了一条小指粗的黄链子，胳膊也纹着，两个人看起来倒像都是道上混的，一人一大杯，酒也喝得猛。两杯下去，李强攀着崔红老公的肩膀，说："大哥，挺有缘的，可是还不知道怎么称呼呢？"崔红的老公说："我姓刘，刘子丹。"

我和李强含在嘴里的酒同时"璞"一声喷出来，都拿眼睛去看翠花。崔红两口子奇怪地看着我俩，问："怎么了？"我说："没事。"眼睛却没离开翠花的脸。翠花却出奇地冷静，就像什么事情也没发生一样。

李强却一巴掌拍到大腿上："姐夫，我想起来了。你当年写过一个小说，叫《刘子丹的爱情》，而且是第一人称写的。我姐当年也是文艺青年，曾经拿给我看过……"

李强还把小说的主要情节复述了一下，我拍一把脑袋，我怎么把这个事情忘得一点影子也没有了。随着李强的叙述，翠花的眼睛明亮起来，对着我说："对，你就是刘子丹。可是你学坏了。"

崔红的丈夫已经喝多了，在那里嘟哝："不对，我才是刘子丹嘛……"

整个事件以一个完美的结局结束，这是我没想到的最好结果。

崔红也对我说："知错能改，善莫大焉。我老公还是在乎我的，这一页翻过去了，就当没发生过。以后请你尊重我。"

我还想说啥，翠花在屋里喊："刘子丹？"我急忙答应了一声，同时听到崔红的老公也在答应。

谁在呼唤我的名字

德昌走在路上,听到有人喊:"德昌,德昌啊……"环顾四周,却是茫茫的原野,远处工厂的烟囱冒着青烟,目光可及的公路上有疾驰而过的汽车,身边偶尔有骑着电瓶车走过的路人,却看不到是谁在呼喊。德昌就低下头,继续赶路。呼喊的声音却又在耳边轻轻响起:"德昌,德昌啊……"

这喊声让德昌感到亲切却又毛骨悚然,他想答应一声,看看到底是谁在呼喊,却又想起娘的话:"当你一个人走路的时候,听到有人叫你的名字千万不要答应。那可能是鬼差,也就是黑无常、白无常在抓人的灵魂,他们不敢确定,于是在很多人耳边呼唤,谁答应了,就会把谁牵走。"可现在德昌感觉这声音不像是鬼差的,更像是娘在呼唤。

十七岁那年,德昌去县城,被国民党一顶军帽扣到头上就抓去当了兵。娘在家里等不到儿子,到处找,跑到县城里呼唤:"德昌,德昌啊……"喉咙哑了,嘴唇破了。可是德昌一夜就走出去了一百里,几天的工夫就到了江南。耳边是震天的轰隆隆的炮声,可是德昌听不见,或者是被他潜意识忽略了,他只听到娘的呼唤,战场上或者每天的夜里,娘的呼唤在耳边一直想起。可是娘的呼唤他最终没有真正听到,等他回到家里,娘早已经化作了一抔黄土。他是爹娘的独子,十七岁的时候还在头顶留了一枝铅笔粗的小辫子。爹娘怕他会和那几个早逝的哥哥姐姐一样被鬼差抓去,在头上给他留了一个叫"抓住"的辫子。也许真是因为这个辫子终于是被阳世间抓住了,十七岁以前他无灾无难,非常快乐任性地成长,也就敢于不顾爹娘的反对,独自一人去到离家二十里路的县城玩耍,却也就被国民党的残军抓去。他想着娘的呼唤,忽略了炮声,可是解放大军的炮声并没忽略他,当他被枪管顶住脑袋然后换上解放军军装的时候,他的耳朵里只有嗡嗡的轰鸣,这轰鸣声使他没有继续南下,脱下军装回到了老家。

  以后的日子,耳朵里的轰鸣声一直不断,时高时低。这轰鸣声代替了娘的呼唤声,在德昌耳边响了几十年。直到有一天,他用三轮车带着老伴菊花回家。据旁边的人说,菊花一直在呼喊他:"德昌,德昌啊……"可是他没有听见,后来他听见了,可是晚了。疾驰而来的汽车已经夺去了菊花的生命,那个鲜活的,与自己相守四十年的女人,软软地躺在阳光下火热的马路上,而他却只是被撞飞的三轮车摔了出去,爬起来,看到菊花嘴里慢慢流出的鲜血,菊花还在说:"德昌,德昌啊……"德昌顿足捶胸,说:"你看到了车,为什么不早喊我啊!"围拢来的乡亲们说:"她一直在喊你,我们都听到了,你却听不到……"

  菊花走了。她的喊声却一直回荡在德昌的耳边:"德昌,德昌啊……"快十年了,隐藏在轰鸣的间隙里,似乎从未停息过。

  德昌住在离村子一里路的田野里,两间土胚房。农村里很多老人都住在这样的房子里,大家都亲切地称作老年房。中国的传统美德,是老人住正房，可是如今的社会，孩子娶了媳妇就要求单独另过，老人没办法，把房子都分了，自己找个地方住。

其实菊花在的时候，德昌还是挺喜欢这里的。田野里空气好，房前屋后又打了架子，上面垂满了葡萄、丝瓜、南瓜，果实累累，蜜蜂也在其间嗡嗡采蜜。菊花还养了一群兔子、一群鸭子。总也拔不净的野草就是兔子的美味：马齿苋、青青草、狗尾巴草……铺在笼子的底下，雪白的兔子警觉地支着耳朵，却又欢快地蹦跳。鸭子们的天堂是不远处的一条叫石龙沟的小河沟，天一亮菊花就放开笼子，鸭子们排着长队，迈着优雅的步伐，去小河沟寻找它们的美味。

可是菊花走了。菊花走了以后，兔子和鸭子就都成了儿孙桌上的美味。菊花有规矩，儿孙们去，她会把脸一绷："我的东西你不能动！"孩子们就乖乖的了，可是德昌不行，德昌也学着菊花这么说，可孩子们却说："你的还不是我们的？大哥都吃了我们为什么不能吃？做老人要一碗水端平，要不你养老只靠他自己啊？"德昌就没话说了。有些事不能开口子，开了口子就收不住。老大要的时候，德昌感觉自己还这么多，又照顾不过来，要就拿去吧。可是他们这么拿着拿着，就没了。没了兔子和鸭子，夜也就静了。

葡萄树德昌又不会整枝打头，乱哄哄长，也长不出几个葡萄，还没红呢就被小鸟叼去了，叼不走的也把葡萄开膛破肚，弥漫着一种酸唧唧的腐烂味道。丝瓜和南瓜要每年都种，德昌不会习苗子，都没长出来。那几个架子就空着，风吹着那些枯叶哗啦啦响，有几棵野草心惊胆战爬上去，爬到半路秋天就来了，还没开花呢就又留下一些枯叶。

温暖的小屋只留下清锅冷灶,德昌无事可做,就出去逛。可是去哪儿呢？儿孙们上学的上学，上班的上班，家里白天是没人的。就是有人，儿媳妇以为他又去蹭饭，也不愿给个好脸色。他渴望热闹，他就想去人多的地方。

人多的地方就是城里啊，他就进城。他小的时候城里离着村子二十里，现在只有十里了，城市扩展得很快。

离着十里是一个大型的商贸城，里面有休闲、有娱乐，还有购物，还有来来往往的俊男美女。最重要的是，里面冬天有暖气，夏天有空调，走在里面很舒服。只是他发现，那些卖东西的小姑娘，对别人都笑脸相迎，他走过去却都捏紧了鼻子，或者躲得远远的。后来有一个皱着眉头发牢骚："什么味啊？"他才知道自己身上有味，人家不喜欢。

再去，他把身上用香皂洗干净了，有一次甚至把儿子买来准备给自己做寿衣的新郎西服也穿上了，还学人家歪歪扭扭系了一条一拉得的领带。可是他忽略了鸟窝一样的头发和核桃皮一样的皮肤。那些漂亮的姑娘小伙们离得他更远了，并且用一种胆怯的目光看着他，好像他是一个怪物。借着商场里卖衣服的镜子一看，连他自己都感觉起鸡皮疙瘩。况且身上的气味还是没有消除。住的房子已经被这种气味熏透了，除非来一次彻底的装修打扫。可是有必要吗？谁会给钱？德昌的收入主要靠政府给的几个老年人补贴和过年过节儿孙们星星点点给的一点钱。如果吃个馒头咸菜，节约一点还是能够的，做别的开支是不敢想的。

德昌一般是早晨喝过一碗粥以后出发。其实到商贸城有一条刚刚修好的宽阔的大道，可是要绕远，人多车多，他的耳朵又不好。他一般是走一条小路，路是沙子路，机动车不多。一个钟头以后他就会到达。现在他也想开了，不去人多的地方转悠，就坐在商城前面的石阶上，看来来往往的红男绿女：吃着冰激凌、烤肠，偎依在一起或者手牵着手。人很多，却大都忽略他的存在。原先打扫卫生的老太太还过来跟他聊几句，可是说话他又听不见，在这里大声吼肯定不适宜老年人。后来老太太也不理他了，需要他动一下扫扫附近的时候，只跟他比划一下。

看着喧哗热闹的人群，他却依旧感觉孤独。偶尔会有莫名的辛酸涌上来，眼睛有些湿润。

一般情况下他的午饭会买两个包子，再喝一碗开水。他一般在日落之前回家，他怕孩子们找不到他着急。只是回去了看到清锅冷灶他会更孤独。有一天他回得晚了一些，路上静悄悄的，满天茂密的星斗。这时候他又听到有人呼唤他的名字。而且这次他不但听到了还看到了，娘在前面朝他招手呢。娘还是那么漂亮，迈着轻盈的步子呼唤他。德昌加快了脚步，他想赶上娘，跟娘说说话。可是他刚刚迈开大步，就听到后面有人叫他，他一回头，发现菊花在后面笑盈盈看着他，脸上有一抹红晕，漂亮得跟做新娘子的那天一样。他也呼唤菊花，等着她，可是菊花就是不走，娘又在前面喊。他就这么犹犹豫豫走，谁也没等上，天却半夜了。

后来他就迷恋上了晚回家。跟娘和菊花说说话，只是娘不再让他这么晚回家，他就跟平常一样的速度走。为了跟娘和菊花多呆一会儿，每天早晨他早做饭，也是满天星斗的时候就往城里走，去得早，人家不开门，他就在那儿转。

有一天早晨起得有点晚，没看到娘和菊花，却还是听到有人呼唤他，"德昌，德昌啊……"这次他看清了，是一个老头子。走近了看看，这不是西村的茂源嘛？茂源的腿不得劲，一瘸一拐的，嗓门子却不小，他说啥德昌都听得清清楚楚。茂源原先是村里的民兵连长，只可惜生个儿子有点呆傻，一直也没娶上媳妇。现在儿子去了乡里的养老院，自己却去不了。乡干部说了，有儿子的不能去，儿子没儿子，去了，他有儿子，只能在家里。有人给出主意可以找找去县里的荣军休养院，可是去找了却也不够条件。好在他当兵那一块补助比较高，又当过民兵连长，村里多少给补一块，吃饭倒是不愁。德昌与茂源本就熟识，二人聊一会儿，德昌说了去商贸城的事。

茂源说:"我也去,在家里闲得蛋疼。"

两个人坐在商贸城前面的台阶上,虽然天气炎热,好在空调的凉风穿过门口扑出来,倒也比田间地头舒服得多。两人唾沫星子乱飞地吹起牛来。

一天很快,转眼之间天就黑了。两人结伴回家,德昌没有听到娘和菊花的呼唤。他感觉有点失落。

过几天是德昌的生日,儿子孙子会来给他过生日,他不敢离开了。怕孩子们找不到会埋怨他。果不其然,第二天大儿子先来了,说:"爹,你这几天去哪了?我咋来好几趟都不见你人啊?"德昌说:"我还能去哪,就是外边转转呗。"大儿子说:"你今年的生日又轮到我待客,咱去村头的饭店。白天大家都忙,不舍得耽误工夫,咱就定在晚上。"

德昌有三个儿子,老大和老三住在村子里,老二因为当年说不上媳妇招赘到岳父家了,离着杨村七八里路。二儿子有意见,生日待客就老大和老三轮,不过老二还是要带点礼物来有所表示的。还有孙子,也都大了,多少给个三十五十元的。

德昌不敢出门了,呆在家里等着孩子们来。可见孩子们真是忙,几天一个都没来。倒是茂源来了,他去商城也上瘾了,约着德昌再去。德昌说了过生日的事,说是家里不能离人,你想去自己去就是,也没人拦着你。茂源的眼里就闪出羡慕的光芒,他这一生也算叱咤风云,可就是生了这么个傻儿子,生日除了自己过谁也别指望。于是怏怏地走了,满脸失望。

儿孙们终究没有一个到德昌的小屋来,生日那天晚上才在饭店聚齐。大家都多多少少给德昌点钱,也有的给拿了糕点和衣服。然后开始寿宴。儿子们闲聊天,说了些美国国债和朝鲜核武器,也有中央反腐,某个贪官弄出的钱好几车都拉不了。孩子们都在低头玩手机,儿媳妇们则是儿子孙子的棉袄、棉裤家长里短。

德昌等着有人问问他最近的身体，他最近胸闷得厉害，想咳嗽却又咳嗽不出来，经常半夜里被憋醒了。可惜没有一个人问，国内国外的局势还没讨论完，就已经十点多了。大儿子要了面条，大家吃了，二儿子就站起来，说："我家远，先走了。"摇起三轮车，拉着他的老婆孩子突突突走了。三儿媳妇急着用塑料袋盛桌子上的剩菜。大儿子就说："天黑，爹你也早回家歇着吧，路上慢一点啊。"把糕点和衣服用一个大塑料袋装好了，递到他手里。三儿子说："爹，路不好走，你可要把钱装好了，这都是儿孙们孝敬你的，你可别掉了。"

　　德昌希望有个孩子提出来送他一程，或者大家约着去他的小屋坐坐，哪怕只是一会儿，家里他还买好了葡萄和苹果，茶具也精心刷干净了，特意买了二两好茶叶。可是看看孩子们都没这个意思，就腔也不打转身往回走。

　　德昌喝了半碗酒，走在路上摇摇晃晃的。好在月亮比较好，土路也明晃晃的。这样的夜晚，他希望娘和菊花再出来陪他一程，陪他说说话。可是没有，孤单的路上就他一个老头子。

　　回到家，口渴得厉害，好在水壶里都烧满了开水，自己把茶泡上，对着晃晃荡荡的灯泡，不知不觉天竟然要亮了。德昌急忙吃了几块蛋糕，然后锁门，向商贸城走去。

　　路上很静，也没有人。更没有出现他希望的呼唤声。这样他就走得很快，一直到商贸城了，他才听到呼唤："德昌，德昌啊……"他正享受这呼唤声，一个巴掌拍到他肩膀上，倒是把他结结实实吓了一跳，一回头，是茂源那个老头子腆着个脸正朝他笑。"你咋来的这么早？"德昌问。"你也不晚啊，这不，天还不算亮。昨晚你过生日，宴会很隆重吧？"德昌不想回答这个问题，甚至不想跟他说话。

　　他在台阶上坐下来，他在等着娘和菊花的呼唤呢。可是没有，只有早起的人们匆匆忙忙去买早点。远处还有一堆老太太在跳广场舞，茂源拉着他去看了看。老太太们也很敬业，大早晨都精心化了妆，嘴唇红得像妖精，满是褶皱的脸上也搓得雪白，虽然填不满那些沟沟壑壑，可还是让茂源看得哈喇子流了半截。

这几天天天和茂源一块来回，德昌一直没听到娘和菊花的呼唤。他感到很失落，就不想和茂源一块了，早晨自己偷偷走。有时候晚上上个厕所的工夫自己也偷偷溜了。可还是不行，娘和菊花一直没出现，让他很郁闷。而且时间久了，终归让儿子知道了他的小秘密，不让他太晚回来，规定日落之前必须回家。

天气渐渐凉了，树上的树叶开始变黄飘落，路边的野草也在渐渐枯萎。白天开始变短，夜晚越来越长。此间的日子，虽然娘和菊花的呼唤没再出现，德昌感觉和茂源的交往也不错。茂源看起来是一个很老的老头子了，腿还一瘸一拐的，可是体力还不错。而且和茂源在一起，德昌感觉自己被奚落被轻视的机会少多了，机会大都被茂源抢了。有一次在商场，茂源叫那个化着浓妆的小姑娘小姐，小姑娘恼了，说："你才是小姐，你闺女、你老婆都是小姐。"看着茂源唯唯诺诺、不知所措的样子，德昌竟然笑了，哈哈大笑。直到保安过来，遵从小姑娘的指示，把他们两个"老疯子"赶了出来。

当然，现在的他们下雨或者心情不好的时候就不去商贸城了，在德昌的家里喝酒，随便从院子里摘一把韭菜或者炖一个老南瓜就喝。说实话，他们最喜欢老南瓜，真是佐酒的佳肴，又甜又好咬，吃到嘴里那个舒服。

有一次从商贸城回家，德昌就要求偏一点道，去北面那个石龙沟玩玩。石龙沟离着德昌的家二里路，是自己原先养的那几群鸭子的天堂，好久没从那儿走,德昌很想去转转。没想到茂源竟然变了脸色,说:"我不去。"德昌一个劲问为什么,茂源才吞吞吐吐地说:"那里有个小媳妇,结婚五年了还没有孩子,现在怀孕了,正等着孩子出世。可那个孩子是我的来生。"德昌哈哈大笑:"你还干过民兵连长呢,还领着破过四旧呢,这么荒诞的故事你也信。人死如灯灭,哪里有什么前世来生?那都是编出来骗人的。"可是茂源就是一本正经的,甚至说出了那个小媳妇丈夫和公公的名字。德昌说:"走吧,真有这事我替你还不行吗?"茂源说:"你要不信将来你去看那个孩子,他要是对着你笑一笑,伸伸舌头,那就是我。"德昌哈哈大笑:"你真是病得不轻,老年痴呆了。"

经过治理,石龙沟的水变得很清了,河底的水草之间还有小鱼,就是松软的泥太多。两个老头在那里玩了一下午,像孩子一样嘻嘻哈哈的。

德昌又迷恋上了这里,第二天早早就去约着茂源继续去玩。却发现茂源的家门上着锁,有点落寞地自己往石龙沟走,还没到呢,发现前面站了一大群人,德昌挤过去,发现一个人头朝下钻到泥沟里。看衣服就知道,不是茂源还能是谁?

德昌一下子震惊了,失魂落魄回到家里,几天都没有出门。后来的日子,他连商贸城也不去了,没事就在小屋里坐着,看着某一处发呆。娘和媳妇又知道了他的孤单,经常半夜的时候过来呼唤他:"德昌,德昌啊……"他想跟她们说说话,却没人愿意搭理他。当然,后来茂源也来了,呼唤他:"德昌,德昌啊……"德昌说:"你个老东西,不是去转生了吗?这都好几个月了,咋还来我这里捣乱?"茂源就不说话了,粗声大气地笑。德昌说:"别笑了,你个老东西,怪瘆人的。"茂源就不笑了。德昌想想这也半年多了,茂源转生的那个孩子应该也出生了。

第二天,德昌根据当初茂源提供的名字,就去了石龙沟旁边的小村。

都在邻村住着，很好打听。那个小媳妇的老公公还跟自己一起修过大坝，还是很铁的老哥们，虽然他已经过世了，但是她对这个德昌大爷还有印象。他们一家非常热情地接待了他，给他泡茶敬烟。德昌编个瞎话，说："这么多年了我们走动少，关系也疏远了，听说你新添了孙子，我也没赶上贺喜。这十块钱给孩子，买个玩具吧。"那家人推脱不要，德昌说："我一个老头子也很穷，就这么点意思。听说孩子长得很惹人爱，抱出来我看看吧。"收了十块钱，小媳妇觉得不好意思，就跑到屋里把孩子抱了出来，孩子还在睡觉，到了德昌面前却一下子睁开了眼。看见生人孩子竟然没有哭，而是伸了伸舌头，笑了。

德昌心里咯噔一下，不知道自己是怎么离开的。

回到家，好几天都是失魂落魄的。整天不出篱笆院的小门，在院子里一坐一天。

一天，三儿子家的孙子媳妇小蓝来割韭菜包饺子。小蓝说："爷爷，你看你的韭菜总不割，都老了。"德昌说："你割这边的，这边的割过一茬，嫩着呢。"小蓝过去，用刀子贴着地皮，韭菜脆生生的，割下来，饱满的汁液就渗出来，绿莹莹的，惹人爱。割完了，小蓝说："爷爷晚上你去我家吃饺子吧。"德昌说："我就不去了，我还有饭，够吃。"小蓝就脚步轻盈地走了，马尾辫子在脑袋后边一甩一甩的。德昌突然想到，小蓝结婚都两年多了，咋还没有孩子呢。他又回头去看那韭菜茬，汁液已经没有了，正在积蓄着力量长出新的韭菜呢。

德昌突然明白了，这人可不就是同这韭菜一样？割了一茬又一茬，这老的不割，新的怎么能长出来呢？

夜里，德昌就跟娘和菊花说，我这棵老韭菜现在需要收割了，以后也不麻烦你们总跑那么远的路来看我，害得你们也睡不好。我看到你俩最近都憔悴了不少。我想我还是跟你们去吧，我们在一起一定不会孤单，会生活得很愉快。

第二天，有人在石龙沟里发现了德昌溺水而死的尸体。人们说真是奇了怪了，只不过是到膝盖的浅水，怎么会在不到一年的时间里淹死了两个老头子呢？又有人说，两个老头都八十多了，听说死之前精神都不怎么正常了。

两个月后，德昌的孙子媳妇小蓝惊喜地跟她的丈夫说："你快要当爹了，我怀孕了。"她的丈夫亲了她一下，说："咱要给不孕不育医院送面锦旗，里面的大夫技术就是好。"

风雨龙泉寺

一

乌黑的秋夜,阵阵雷声却还在天空翻滚。

南阳河入弥河的转弯处,一座古老的寺院,依旧传出声声淡淡的木鱼声。

突然一道疾驰的闪电,把寺院一下子暴露在视线之内,大殿的罗汉们怒睁双眼,凶神恶煞一般看着这个世界。院子里几棵杨树、菩提树、梧桐树飒飒而抖,巴掌大的落叶凌空飘舞,呼啸着满院子乱窜。一声响雷,打断了木鱼的轻击声,随即大风把大雄宝殿的大门咣当一声吹得张合了一下。

大雨如约而至,整个世界笼罩在一层密密的雨帘中。

方丈室里,残灯如豆。老和尚停止敲击木鱼,裹了裹僧衣。

屋门外却传来声声敲响,是风?是雨?是飘荡的落叶?老和尚回头,发现屋门依旧紧闭。

却是窗户被风吹开,窗扇被吹得来回摆动,<u>丝丝潮湿的雨气伴着寒风</u>

吹起桌上的经书。老和尚双手合十，念一句"阿弥陀佛"，站起来，欲去把窗户关严。走到窗边，却对着院子里的狂风暴雨发起了呆。

一股更凉的凉气在颈边升起，老和尚又念一句"阿弥陀佛"，说："你终于来了！"

来人不说话，反倒是把刀放下，坐到老和尚的几前，从茶壶里倒出一杯热茶，轻抿了一口。然后缓缓问道："既然有约在先，为何自酿杀身大祸？"

和尚惨然一笑，说："欲加之罪，何患无辞？"又道："覆巢之下岂有完卵？"

来人叹一口气："可是全城都在传你的恶行，你以为躲在这里就能逃过？"和尚仰头大笑："龙泉寺本就是王家寺院，既然躲在这儿，就没打算逃过此劫。还望将军念众生无罪，保住寺院和一干弟子。"

来人喝下一杯清茶，缓了一口气："世事无常，非你我能左右。多日不曾对弈，先厮杀一盘如何？"

和尚说："将军请先。"

来人说："王爷承让。"

和尚说："如今你面前已经没有王爷，只有和尚。"

二人下的是盲棋，来人进攻犀利，扫城掠县，步步紧逼。和尚则稳打稳扎，以守待攻。油灯早已熄灭，屋内一片漆黑，除了二人口中走棋的声音，就剩下院子里急促的雨声了。

一盘棋下了两个时辰，外面传来隐约更漏之声，天已经近半夜。来人在黑夜里拱拱手："王爷棋艺不减当年，越发精进，认输了。"眼睛在黑夜里闪闪发光："可是王爷当初不该不算到会有今日。"

和尚说："将军那日到王府来找我，我已经算好今天。虽然背负了千古骂名，而且死无葬身之地，可老衲是自取其亡，别无所求。将军动手吧。"

来人说："可是我还想知道事情的真相。"

二

公元1499年，衡王朱佑楎就藩青州。

没到青州之前，这里就为他修盖了一所富丽堂皇的王府。王府建筑气派，极力模仿北京的皇宫，里面的摆设、机构设置以及随从人员的配备等，也近似皇宫，一应俱全。可见衡王是深得皇帝器重的。

另外朱佑楎信佛教，又命风水大师勘测，亲自监督在弥河东岸、阳河南岸修筑龙泉寺，为衡王府王家寺院，用于祈福、祭祀之用。

公元1644年，是一个多事之秋。李自成、张献忠相继称帝，同时也是清顺治元年。这一年的夏天，长驱直入的满人打到了青州城下。

在这里，势如破竹的清军遭到了誓死抵抗。连续几天的攻城，双方都是死伤严重。一架架云梯，倒在城下，滚木擂石，烧烫的热油，惨叫的士兵，给了这座古老的城市一份血的洗礼。

这一年，站在城头指挥战斗的衡王是朱由椷。看到这满目疮痍的场面，忍不住顿足捶胸。

此时青州守将给衡王献计："清军远来，必定粮草不足。我军如若烧他粮草，其定不战而败。"衡王长叹一口气："此计甚好。只可惜敌军把我们围得铁桶一般，临时又无救兵，如何烧他粮草？"守将于是低声向衡王献出一计。

第二天一早，城头飞出千百只小鸟，如同放飞的和平鸽，呼呼啦啦向城外飞去。可这不是和平鸽，是一些饿极了的小鸟，脚上拴了掏空的果核，果核里塞满了艾草等火种。它们向着城外寻找可以果腹的东西去了……不一会儿，清军的粮库泛出一股白烟，陆陆续续燃烧起来……

清军损失粮草，绕城而去。青州城又临时安稳下来。

一天，衡王正坐在家里边喝茶，边和管家朱贵下棋，下人来报："有贵客求见！"

来的人随着通报已经走了进来。虽是夏天，却戴了一顶全丝的帽子，目光炯炯，脚步铿锵。衡王也是练过功夫的人，看此人武功绝不在自己之下，心底忍不住就一寒。

来人也不下跪，拱一拱手："听说王爷爱棋，在下特来讨教一番。"朱贵在一旁喝道："大胆！怎敢对王爷无礼！"衡王哈哈大笑，用手制止了朱贵，说："该来的迟早要来。朱贵，摆好棋盘！"来人说："不必了。王爷请先。"

衡王知道这是要下盲棋，不用摆棋盘，整个棋局都在心里。果然是高手！就说："远来是客，先生请先。"

来人也不客气，步步紧逼，攻势犀利。衡王仓促应战，虽是多方阻挡拦截，终就节节败退，忍不住额头的汗水滴滴答答落下来。

朱贵等一帮下人立在旁边，听得满头雾水。递上一块毛巾，王爷也不接，兀自长叹一口气。朱贵等人急忙扶起，几个家丁就要绑了来人。王爷摆摆手，让下人退下，对来人说："先生，请到内室，借一步说话。"

二人在内室待了良久，直到夜幕降临，来人才匆匆走出王府。

第二天，衡王命人打出满清旗帜，举城投降。

整个青州城都震惊了！守将李士元跪在王府门口，请求求见衡王，可是衡王一直不出。李士元磕头如捣蒜，把整个脑袋磕得鲜血淋漓，衡王才泪流满面走出来。

李士元说："先祖皇帝创业，如今不到三百年。岂可让我辈如此白白丢失？如果战死，士元死而无憾，可弃甲投降，甘做汉奸，士元诚难跟随。还望王爷收回成命，臣等愿肝脑涂地，与王爷固守城池，再复大明江山……"

衡王叹气："大势已去，识时务者为俊杰。你我之力岂能回天？还望士元将军早早回去休息，准备报效大清吧。"

李士元一口鲜血吐出来："王爷，我等新胜，前时清兵久攻不下，正是士气高涨之时，本当一鼓作气，再振雄风。况且几个月前，闯贼部将姚应奉率兵来攻，我等对其一击而溃，在下亲自取了那姚贼首级献与王爷。我青州兵精粮足，足可与清廷抗衡。属下还请王爷，先帝已去，王爷正该振臂一呼，早日称帝，振我大明王朝啊！"

衡王手臂一挥："满口胡言，糊涂！还不退下！"

李士元大喊一声："我李家世享明禄而不能报效国家，士元有愧列祖列宗。王爷请保重！"于是一头撞死在衡王府门口的石狮之上。

三

第二天，衡王朱由椇亲自带队，捧着典籍、布防图等跪在城门口向清军阿巴泰元帅投降。

朱贵等人抬头，发现威风凛凛骑在马上的将军，正是前日来府上与王爷下棋之人。众人恍然大悟：怪不得那天戴了帽子，原来是旗人啊！艺高人胆大，竟也是旗人的王爷。

老百姓跪在门口议论纷纷："大明的气数真的尽了，曾经豪气满怀的衡王如此奴颜屈膝跪在人家面前。国事不顾，只为自己一人安危。大厦将倾，非一日之祸啊！那么多将领还在誓死奋战，人家自己人已经甘愿做了汉奸。"

衡王跪在前面，只言不发。好在那阿巴泰倒也和蔼，亲自把衡王扶起来，扶到马上，二人并驾齐驱，奔向青州府衙。

衡王一降，果就保住了自己的地位，依旧日日锦衣玉食，歌舞升平，享尽人间欢乐。

却说益都县令有一女，长得貌美如花。县令是旗人，其女也多有北方女子的阳刚之美，据说曾经站立街头，引得观者如潮。衡王羡其美色，想要招为小妾，可这女子偏就只爱壮士，看中了军中一个校尉，非他不嫁。衡王虽降，可府中还养着一干家丁，也都武艺高强，装备精良。

县令胆怯，就想偷偷把姑娘嫁出去。衡王得到消息，命人埋伏在云门山下，蒙面劫了新娘，抢到府里，强行成婚。姑娘却坚贞不屈，最后以死抗争。

县令痛失爱女，亲自带领两班衙役前来问罪。可他们又岂是王府家丁的对手，被打了个屁滚尿流。衡王扬言："朝廷兵不血刃攻下青州，这都是谁的功劳？当今皇上都对我视如上宾，你一个小小的县令也敢如此大胆！"

是夜，一队铁甲骑兵悄悄开进青州城，呼啦啦散开，将衡王府围了一个水泄不通。然后一个全副铠甲的将军敲响了王府大门，管家朱贵早已从门缝里看到来人，急忙打开大门，问一声："军爷，半夜三更有何事？"将军却不答话，扬起宝剑就把朱贵的脑袋砍了下来。后面举着灯笼的家丁嚎叫一声吓得往回就跑。一队军兵迅速涌进来，见人就杀，直杀得院子里横七竖八都是尸体。王府护院家丁大都在睡梦中，爬起来誓死抵抗，却也只不过冲出几个人。

军兵与家丁厮杀半夜，第二天一早，带队的将军清点尸体，竟然没有发现衡王朱由椷的尸体，又命人把王府翻了一个底朝天，却依旧没见。于是将军命令：将王府的女眷全都装进一个个袋子里卖出去；男丁，凡是王爷家里的人一律斩首，那些家丁则发配边关去服苦力；家产全部充公。全力追杀漏网的衡王朱由椷。

四

龙泉寺里，1646年那个电闪雷鸣的秋夜。

和尚问来人："事情王爷已经听说，可是您信吗？就是本王为王之时，也是悉心向善。如今一个亡国、亡家之人，岂敢做恶事？"

来人就是清朝王爷阿巴泰，一个猛虎一样的将军，长叹一口气："这个我岂不知？我虽是皇子，又多立战功，只因为是庶出，所以也多受排挤。不过我还有一事想问：那知县的女儿，到底是被谁抢去的？"

和尚仰天长笑："知县本就是一武夫，半生征战，并未成亲，哪来的女儿？连这个王爷也信？只不过是一个借口罢了。"

阿巴泰苦笑一声："既已出家向善，你不该杀了知县和去你家抄家的将军。"

和尚说："知县诬陷于我，那将军杀我全家。国恨已然不提，家仇难以平愤。那日王爷单人独骑到府上游说于我，为了天下苍生独占千古骂名。其实我又何尝不知：经过闯贼、献贼作乱，清军南下又多次屠城，大明人口损失近半，如若再战，不但亡国，还可能灭种啊！老夫独享骂名，其实还是值得的。"

阿巴泰跟着叹气，又说："王爷武功不在我之下，如今缘何甘愿引颈受戮？"

和尚说："王爷把我脑袋拿去，只求能保得这龙泉寺一寺僧众性命。清军已经来翻找好几次了，只因我住在密室未被发现。恐迁怒于寺，实行报复。"

阿巴泰说："趁着月黑风高，王爷还是逃走吧。青州城西南，八百里大山,总能让王爷生存下去。"

和尚说:"如今我不但无颜面对列祖列宗,也愧对大明的百姓,还是请阿巴泰将军成全了我。也不枉临死交你这么一个知音……"

随后一把抢过阿巴泰手上的宝剑,自刎而亡。

五

衡王府逃脱的王爷朱由楷,屡次返回青州城作乱,杀死县令、将军等多人。好在知府大人请回阿巴泰将军,孤身入西南山虎穴,手刃朱由楷,歼灭了叛党余孽,保住了青州城的安定。

这是当年的官方报道。

而位于弥河和南阳河交界处的龙泉寺则继续在风雨中又飘摇了三百多年,直到1942年才被日本人的大炮轰成了一片废墟。如今上面是一所小学,每天传出孩子们童稚的读书声。

湾和海

在阳城一带，都把池塘叫"湾"。有根据形状叫的，如三角湾、丁字湾；有根据位置叫的，如南湾、西湾；另外种藕的叫藕湾，沤麻的叫麻湾……也有的因为有点名气，或者有个什么传说，就被取名老龙湾、紫霞湾……当然这些都不是一般村庄里的湾了，那是些大湾，面积大，故事多，可以用来旅游的湾。

论起来，哪个村子还没几个湾呢？千把口人的阳村就有好几个，其中以村北的北老湾最为出名。北是方向，老是年代久远，湾的一周长满了野花，野花丛中有两间土胚房，房角挂着葡萄，屋顶卧着南瓜。一条伸着舌头的老狗趴在房前，几只呱呱叫着的老鸭被圈在圈里，屋门口还坐着一个抽旱烟袋的老头。老头大号杨长河，人称杨老六，这土胚房子就是他的家。

杨老六辈分高，老老少少尊他一声六爷。六爷承包了北老湾，养鱼养虾，也在边上种点莲藕，夕阳斜照，映日荷花别样红。

六爷老伴早逝，只有一个儿子，有出息，光宗耀祖了，在县城干公务员。

如今自己独自守着北老湾，看日出日落，听鸡鸣狗吠，烫一壶老酒，煎两条鱼虾，日子倒也过得安然自在。

儿子几次要接他进城去住，他总是嘴一撇："爹过的是神仙的日子哩……"

儿子于是偶尔周末，骑着摩托车，后面载着老婆，前面趴着孩子，来看他。一家人快快乐乐欢聚一堂，走的时候就捎上北老湾里现抓的新鲜鱼虾，或者旁边地里刚摘的蔬菜……

又是周末，六爷早早地抛下渔网，看银色的网丝如同张扬的银链洒入水中，六爷心中也充满了喜悦……网儿提上来，鱼虾在里面蹦蹦跳跳，六爷将小个的重新抛回去，把大的捡到一个桶子里……

黄昏，葡萄架下早摆上一张小桌，青的白的，煎鸭蛋、煮地瓜，炸得通红的小虾，散发着清香，袅袅地冒着热气，摆满桌子。老狗趴在旁边，六爷坐在桌前，嘴里照例叼着那根摸得锃亮的烟袋锅子，眼巴巴盼着儿孙到来。

终于盼来了，远处出现一辆摩托车，六爷站起来，手搭凉棚，却看到只有儿子杨旗，孙子、儿媳都没来。

杨旗停下车，放在葡萄架底下，洗洗手，坐到桌边。六爷奇怪儿媳孙子没来，爷俩却都不说话，六爷知道儿子的脾气，有什么话总要跟爹讲讲。果然，杨旗皱着眉头，拿起酒瓶，自斟一杯，喝完了，才跟爹说："局里要提个副局长，我们三个候选人，水平差不多。可是我感觉他们两个几乎没有缺点，我真是底气不足……"

夜已经暗了，六爷的烟袋一闪一闪的。六爷往鞋帮上磕磕烟灰，他就知道儿子有事，取经来了，六爷老了，那也曾是阳村的风云人物，自己感觉给儿子支招还绰绰有余。于是猛吸了一口烟后，六爷说："我先给你讲个故事吧：

"咱村曾有个叫李红梅的人，现在远嫁到山西去了。人长得漂亮，毛笔字写得好，文笔好，普通话也好，嗓门还大。村里开个会什么的，都是她写发言稿，而且领着喊口号。也是真追求进步，红极一时。并且学习大寨的铁姑娘，挑大水桶，寒冬腊月赤脚站在冰水里修大寨田……

"当时我们对她佩服得不得了，感觉她就是个神人，简直是无所不会，无所不能。

"那时候晚上总是开会，要赶上开大会还好，人多，回家可以找个伴。要是开党员会就坏了，她住的附近就她一个党员，没人同路。那天晚上就是开的党员会，等到散会已经是下半夜了。那时候都穷，就是她也没个手电筒，她自己给自己鼓着劲往家走，天阴着，只有几颗半明半暗的星星……突然，她就看到远处有一个黑乎乎的东西在动，圆圆的，没有头，没有胳膊，却有两条腿，走得飞快……

"她吓得'妈呀'一声就晕倒了……她爹在家左等也不来，右等也不来，提了个灯笼就去找……好歹把人救过来，问清了情况，立即报告了民兵连长。

"民兵连长立即敲响了老槐树上悬着的那截尺把长的铁轨，把人都叫起来，要让坏分子无处可逃！

"可是搜遍了也没发现坏分子，倒是有人报告说自己家的铁锅丢了……最后一伙人搜到傻子杨海家里，杨海正顶着铁锅在院子里散步呢——从远处看，可不就是没头没胳膊，就两条腿吗？民兵连长用大手电筒照着他，大喝一声偷谁家的锅？傻子把锅一掀，露出乌黑的脸，牙一呲，也不多话，只顾嘿嘿地乐。

"再坚强的人，也是在别人眼里，其实她有自己知道的软肋。李红梅就是我们眼里的神，可是她就是胆小，竟让个傻子吓出毛病来了，以后竟然心灰意冷，远嫁他乡了。

"同样的道理，再完美的人，也有他的软肋。也许，你在他们眼里，也是完美的……"

月亮升起来了，照得湾面明晃晃一片，青蛙和小虫在快乐地鸣唱。土胚房里有儿子现成的房间，父子喝够了茶，说够了话，安然入梦。

第二天杨旗上班，继续兢兢业业工作，不急不躁，静观事变。最后虽然没有当上副局长，却因其超强的工作能力，冷静的态度，被外派到西藏去挂职援藏了。

儿子来得少了，六爷有空就往城里跑，给儿媳、孙子送新鲜的蔬菜、鱼虾。

杨旗在西藏也不负众望，不但工作认真，而且还救助了两个失学儿童，得到了相当好的口碑。三年后回来，老局长到站，杨旗接任了局长职务。

阳村新农村改造，工作组来动员六爷搬迁。六爷说："北老湾就是我的家，我死也要死到这儿，不走！"

没办法，工作组把杨旗叫了回来。杨旗说："爹，这是大局，县里已经对我通报批评了，你再不搬，我就得回家和你一块种地了……"

为了儿子的前途，六爷无话可说了，"吧嗒吧嗒"抽烟袋……

老屋的东西，该扔的扔，该卖的卖，六爷把剩下的铺盖卷吧卷吧，住进了儿子家里。

半个月后，他瞅出门道了。

有一天孙子、儿媳都不在家，他跟儿子说："当官可是不好当啊，我觉得还是要给你提个醒……"

当了局长的杨旗已经有点讨厌老爹的唠叨了，就说："爹，我有数。大风大浪我都过来了，翻不了船。"

六爷把眼一瞪，说："那我问你，海大还是湾大？"

杨旗迟疑着:"当然……当然是海大!"

六爷说:"海大,却被湾淹死了……"

然后不容儿子再问,六爷点上一袋烟。六爷抽不惯儿子的卷烟,再好的烟卷也要碾碎了,按在烟袋里,再用火柴点燃。

六爷使劲抽一口,把自己氤氲在烟雾里,缓缓地说:"那是农业学大寨的时候,村里的青壮年都在张河水库进行会战。孩子们放了学就在北老湾旁边玩,其中一个脚下一滑就掉进了湾里……孩子们是大声叫喊,可叫出来的都是些妇女老人,大家眼看着孩子在湾里扑腾却无能为力。

就在这时,来了一个人,甩掉脚上的鞋一下子就跳进了湾里。等大家回味过来,才发现是村里的傻子杨海。杨海一改往日的呆傻,拼了命救孩子……

最后孩子救上来了,杨海却没有上来。有人急忙去报告了队长,等村里会水的青壮年把他救上来,杨海已经停止了呼吸……村民说傻子也是英雄,也应该表扬!可队长看了看湾里飘着的几块刚要开个的地瓜,说了句,算了吧……

杨海这是去偷地瓜回来碰上了……

本来杨海是可以作为烈士的,就是因为偷了几块地瓜。他还有个老娘,就不能得到照顾。靠乡亲们的资助度过了晚年。"

六爷把话题一转:"我可是看到小明妈收人家东西了,哪一份也比地瓜值钱啊!咱不比杨海,不缺吃不缺穿,可不能为了几块地瓜的事,毁了前途啊!"

杨旗说:"其实很多是同事间的往来,我们也送出很多的……"

六爷说:"这我也知道,我想告诉你的就是:小处不可随便。千万不要在湾里翻了船啊!"

同时，阳村的新农村建设也在如火如荼地进行。

阳村的人爱种树，整个村庄原本氤氲在一片绿色里。一片片的白杨林高耸入云，挺拔、俊秀；一棵棵梧桐如同巨大的伞盖，遮住一处处民居；一棵棵垂柳如同长发的美女，静静飘扬在道路的两旁……

六爷人在城里心在阳村，得空就往阳村跑。可他没想到树会伐得那么快。他本来想，一棵棵伐，也要几个月吧？可那天他一回家，发现阳村的树似乎只在一夜之间就全倒了，那美得让人心颤的树林没有了，遍地是残枝败叶，间或一两个摔落的鸟巢，摔破的鸟蛋，摔死的幼鸟，鸟爸爸鸟妈妈在空中徘徊着凄惨地鸣叫……

六爷从自行车上一下子摔了下来。大概是一根横着的树枝把他绊倒了。他感觉心里痛，眼前有点发黑。

树伐完了，然后是房子。一所所具有鲁中特色的民居被摘去了门窗，然后推土机呜呜叫着，一下子就被推倒了，推下的垃圾，便被填进了北老湾里。

六爷如同掉了魂一样，眼看着湾的面积越来越小……残存着的小虾小鱼挤在一起，扑棱扑棱乱跳。干工程的人停下来，都去湾里抓鱼抓虾。六爷大声叫着，咒骂着走过去拦着不让抓。在阳村，六爷辈分高，德高望重，村里人有什么事都去请他判公道。六爷自然也注重形象，脏话是从来不说的。可今天他没有，他大声咒骂……有一个工头模样的人看不下去了，走过来训斥六爷："那老头，怎么了你，补偿款没给够你吗？骂骂咧咧你怎么个意思？"

六爷大声喊着："你们混蛋，几千年的村子啊，几天就让你们毁了……谁抓我的鱼，我就跟他拼了！"

六爷跑得急，竟然一头从岸上扎进了湾里……

等到杨旗哭喊着从城里跑来，大家已经七手八脚把六爷救了上来，可是六爷已经快不行了。

　　杨旗把爹抱在怀里号啕大哭,六爷勉强睁开眼:"儿子啊,爹自己摔下去的,谁也不怨……"

　　六爷又万分留恋地抬起头向阳村的地方看了看,说:"爹要告诉你,你就是当年傻子杨海拼了命救的孩子。好好做人,最起码要对得起杨海啊!"然后叹一口气,两行眼泪流下来,说:"如今北老湾没水了,却把我杨长河淹死了!"

民间趣谈：北宋做过宰相的青州刺史们

欧阳修

公元1069年农历的四月，正是小麦开花抽穗的季节。这一年的雨季却提前来临了。大雨已经下了五天五夜，麦地里清水像小溪一样流淌。河满水溢，在麦秆之间的空隙里，竟然还有几只小虾在悠然地刁着钳夹。

天气依然清冷，州衙里寒气阵阵。六十多岁的老知州，眼望着无边的雨帘，不停地咳嗽。曾经的青春年少，风度翩翩早已不在，糖尿病、哮喘把老人折磨得形如枯槁。而且他的眼疾愈重，早已看不见那些"环滁皆山也"，只能看到眼前很小的一块，而且像下过一场大雾。他曾经多次上书皇帝，希望自己能告老还乡，安度一个晚年。可是皇帝不允许，又把他从京城派到了这北方的古城。

那是个大师辈出的年代，声名如日中天的王安石、苏轼，都曾经是知州最好的朋友，他们曾经一起饮酒听歌，梦想着仗剑走天涯。可是现在天各一方，最重要的，因为政见不同，彼此心中的隔膜已经无法修复。王安石还在京城进行着他的改革，青苗法已经越来越让普通的百姓承受不起。麦子快要绝产了，根据青苗法，可以先从官府借来粮食，秋粮产下以后，用二分的利息偿还，可是秋后呢？冬天呢？农民只有越借越穷，永不能翻身。

天色渐渐地黑了，雨帘已经看不见，只听到雨珠打到树叶上的"啪嗒"声。丫鬟小翠又来催自己吃饭。在饭桌上，夫人说："百姓又上折子，恳请老爷主持祈晴大会。"知州长叹一声："天要下雨，我们乞求老天就会开眼吗？"

夫人给知州倒上一杯酒，知州却把酒杯挪到了旁边。夫人长叹一声："老爷，您就喝一口吧。"可是知州不喝了，从两年前那次醉酒参加老皇帝的葬礼，内里却误穿了紫袍被弹劾，就再也没沾过酒。而且如果没有那次过失，自己也不会来到这古城。夫人看着他满头的白发，忍不住轻轻擦了几滴泪。

老爷的书房里亮了一夜的灯。

第二天天一早，老爷就出门了，穿了一件蓑衣，甚至没叫一个随从。城南广场里，早已经汇聚了一大群人，他们匍匐在雨地里，乞求上天云开日出。两个穿着艳丽的神婆，扭动着肥硕的腰肢，在前面的空地上载歌载舞，样子滑稽可笑。

知州拿出早已写好的《青州求晴祭文》，冒着雨，在那里朗声诵读。现场变得一片安静，大家都把目光集中在面前的人身上，看雨水顺着他的蓑衣一滴滴落到地上……

那是一个老人，一个衰老的似在风雨中摇曳的树叶一样的老人，尽管他已有63岁。可是他的声音雄浑、有力，直传进九霄以外的云层里……于是那云淡了，慢慢移开，阳光像利剑一样穿透薄云射下来。

跪着的人们欢呼起来，他们要举起这个老人庆祝。却发现那老人是如此羸弱，轻飘飘还真怕摔坏了他的身子。

知州也笑起来，露出了久违的笑脸。两个肥硕的神婆，此时却拿眼睛瞟着这个突然出现的老人。她们是收了大家的礼品的，如果求晴成功，能够获得大家凑起来的粮食和钱物，可现在天晴了，却被这个老头搅了局，这算是谁的功劳啊？于是忍不住大声追问知州："你是谁啊？"知州哈哈大笑，他的心情因为天晴而变得无比舒畅，忍不住想要跟这两个神婆开个玩笑，就说："我是谁？修已知道你，你却不知羞（修）。"众人才恍然大悟，原来站在面前的，正是大名鼎鼎的知州欧阳修大人！大家重又跪倒，给欧阳大人见礼。

欧阳修哈哈大笑，穿着依旧往下滴水的蓑衣，歪歪斜斜往清如僧舍的知州衙门而去。天晴了，老百姓的麦子保住了，将又是丰衣足食的一年。

寇准

寇准的名字你一定熟悉，就是在《杨家将》中那个为了找出杨六郎背靴的"寇老西儿"。刘兰芳把他演绎成诙谐幽默的山西人，说一口山西话。正所谓普通人说普通话，最重要的人物才说方言，这个在电视剧里我们经常见。作为唯一一个说方言的寇准，看来挺重要，不过据青州老辈人口碑相传，那寇准却是地地道道的陕西人，陕西、山西听着差不多，方言却差远了。

寇准被皇帝贬到青州当刺史，并不是犯了什么错误，而是因为点背。原因是一次他骑着马在街上走，突然一个疯子跪到他马前呼万岁，被人抓了小辫子，告了黑状。本来这事也没什么，疯子嘛，跟皇上解释清楚就行了，可寇准就是认死理，跟告他黑状的人据理力争，越说越多，陈芝麻烂谷子都提出来，越说越不像话，惹得皇帝他老人家生气，盛怒之下就让他来了青州。

寇准做人很高调，是那种剩下三块半砖头也要支起来煮牛肉的主。吃最好的，穿最好的，人前体面，肚子不受屈，典型的纨绔子弟的来头，不同于纨绔子弟的就是有才有个性。因此来到青州不久，工资就花完了，本来置下一处官邸，没有办法也卖了挥霍一空，只好在大堂上打个地铺，不升堂的时候就睡在案几后面。

一天，寇大人还在酣睡当中，堂外的大鼓就被人敲得震天响，两班衙役睡眼蒙眬地在堂前喊起堂威，寇大人才慌慌忙忙起来，铺盖还在案几之下，他慌慌忙忙卷到一边，可寇大人注重形象，自我感觉如此面貌见不得众人，匆匆又去洗脸梳洗。

等到回来，堂上早已是吵作一团，其中吵得最厉害的是两个妇人。寇准打个哈欠，用力一拍惊堂木，大人们倒是都闭了嘴，一个一岁多的小孩却受到惊吓，"哇"的一声号啕大哭。

寇准把眼一瞪："清晨起来，吵吵闹闹，因为何事啊？"堂下的人依旧吵吵嚷嚷，争论不休。

寇准又一拍惊堂木："如此争吵，让本官如何听得清？一个一个讲来，那个绿衣夫人，你先说。"

绿衣的夫人说："小女子张氏，张家村人，去年生一子，被这个人家偷去，我们今天去讨要，他们不但不给，反倒诬陷我们。我们要求归还孩子，并要求大人惩治偷孩子的凶手。"

旁边的红衣妇人又吵起来，寇准一拍，说："休要争抢，那个红衣妇人，你说。"

红衣的妇人说："小女子李氏，李家村人。这个孩子取名小宝，本是我十月怀胎所生，这疯婆子非说是她家的孩子，领着一家人来抢。小女子怀孕不是一天两天，四邻都知……"

张氏在旁边说："她怀孕的孩子分明已经夭折。只是前段时间我用小车推着孩子回娘家，人有三急，我把孩子放在路边去庄稼地里小解，正好被路过的她偷去了孩子……"

李氏马上又吵嚷起来。

寇准说："都别吵了。孩子呢？"

"在堂上的便是。"

"抱过来，看他愿意找谁。"

一个男子抱过孩子，孩子挓挲开双手去找李氏。

张氏忙喊："孩子在她家已经三个月，必定是只认她了。"两人又吵。

寇准说："你们烦不烦呢？"命令衙役抱过孩子，又说："想我寇准本是朝廷一品大员，只因为疯子的一句话，就被发配到这蛮荒之地，如今已无寸瓦，只能睡在这大堂之上。满腹才华无一为使，落地的凤凰不如鸡，本想趁着春光明媚睡个好觉，又被你等吵醒。拿如此小事来烦扰老爷。来啊，把那孩子抱到后堂锯为两半，一人一半抱回家去吧……"

孩子被抱回后堂，一群人吵吵嚷嚷还要往前冲，衙役们横起杀威棒，阻止众人。后堂传来孩子一声哭叫，张氏首先大声说："大人住手，孩子是她的，我不要了……"

李氏洋洋得意，说："这下她承认了吧？既然她不要了，那就是我家的了，请大人抱出孩子，我们回家了。"

寇准把惊堂木一拍："来人啊，先把这李氏收监。把孩子抱给张氏，退堂！"

李氏一家大声喊着冤枉。寇准说："有什么冤枉的？谁家亲娘会让自己的亲骨肉身分两半？分明你就是盗窃孩子之人，还敢狡辩？退堂。"

人已退尽，寇大人问衙役们："听说万年桥边的老槐树煎包好吃，今天谁请老爷我吃啊？"堂下的衙役一哄而散，寇大人呵呵一笑："没人请，我自己请。老爷我扇子上还有个扇坠，先去当了。"

还没出大堂，一匹快马来到堂前，说"皇上有旨，宣寇大人回京。"

寇准跪下接旨，心说：皇帝到底没忘了我，此次进京，可能又涨到原来的俸禄，咱的吃喝花项又够了……

原来，一天皇帝在皇宫里问周围的人："那寇准，在青州过得怎么样啊？"周围的人都不大喜欢这个口无遮拦的人，就说："还能怎样？那里山好、水好、美人多，还不就是吃喝玩乐。"皇帝说："就他那个嘚瑟劲，我看够呛。传我谕旨，让那小子回来官复原职吧。"

富弼

1047 年，跟着范仲淹变法失败的富弼被贬到青州。

那一年是个多事之秋，连日暴雨让黄河多处决口，裹着黄土高原的黄土的浊水滚滚而来，淹没了华北平原上大片的土地和村庄，成千上万的灾民拖家带口，颠沛流离。

大灾之后必有瘟疫。这么多人聚集在一起，细菌滋生，不生病才怪呢。灾民们在华北大地上跑来跑去，依靠讨饭为生。每到一个地方都城门紧闭，不是人家不想收留，实在是都没有能力收留这么多灾民。

只有青州城打开了大门。灾民们如同蝗虫一样涌了进来，足足有六十多万人，他们聚集在城市的各个角落。青州城里一下子热闹起来，同时瘟疫也开始流行，一些人因此死去，因为无钱、无地掩埋，这些死了的人横尸街头，苍蝇、蚊子乱飞，恶臭连天。另外流民中还有一些趁火打劫的。闹得青州人心惶惶，特别是原著居民怨声载道。

富弼立即组织当地药铺成立医馆，给流民治病，在舍粥救灾的同时把他们分散安置，组织一大批年轻力壮的，先把死了的聚集在一起，火化以后撒上生石灰掩埋。另外在城外乡村加盖房屋，修筑河堤、城墙，凡是参加劳动的，就给饭吃。灾民们暂时安顿了下来。

可是青州城储存的粮食并不多，如此坐吃山空，不久就捉襟见肘了。富弼一面给朝廷修书，请求拨放赈灾款。因为富弼的行为本来就与朝廷官员们格格不入，人家也就对他有意见，因此朝堂之上没人给添好话。皇上也烦，就说："先这么的吧，此事以后再议。"这以后再议，就不议了。富弼自己去想办法吧。

好在富老爷姓富，家里还真是挺富，有点祖产。于是变卖了，又从朋友那里借了一些，买成粮食，源源不断运进青州，局势暂时稳定下来。

过一段时间，正好朝廷征兵。富弼曾经两次出使契丹，在军队中有很高的声望，于是从灾民中选拔出青壮年十万人，应征入伍，保家卫国。大大减轻了青州城的负担。

可是为了这些灾民，富老爷也是操碎了心，头发几乎全白了，嗓子也哑了。那是曾经在契丹舌战群雄的一副好嗓子啊，如今却几乎说不出话来。最重要的是青州原居民认为富弼损害了他们的利益，不理解，背后对他咒骂。有人就告诉了富弼，富弼嘶哑着嗓子说："青州城地处海岱之地，圣人身侧，居民知书识礼，怎会不理解而骂我。你们肯定听错了。"那人说："没错！我听到他们提着你的名字骂你呢。"富弼说："那他们骂的肯定是一个和我重名的坏人。"骂他的人听说后深受感动，同时也感动了很多人。

好在老天爷总是庇护善良的人。第二年青州粮食大丰收，缓解了富弼的压力。而且是连续两年粮食丰收，风调雨顺，黄河也不再决口，富弼开始让灾民回家重建家园，并且给回家的灾民每人背上五十斤粮食。

可是在朝廷，大臣们依然在说富弼的坏话，他所做的一切反而传不到皇帝耳朵里。灾民们联合起来开始给皇帝写信，并且一帮人越级上访去反映问题。

1050年底，在一个大雪纷飞的冬日。在百姓的一片泪光欢呼中，富弼依依不舍地踏上了回京的路。

范仲淹

那个因"先天下之忧而忧，后天下之乐而乐"的范仲淹是在富弼之后来到青州的。

富弼走了，青州几十万流民还在，一些不安定因素还在。面对这样一种困境，满朝文武竟然没人敢担当此任，没办法，皇帝老儿只好把范仲淹从杭州调过来。

范仲淹来青州的时候，已经到了"夕阳无限好"的暮年。可正所谓"烈士暮年，壮心不已"，他一来到青州，顾不得鞍马劳顿，就立即投入到无限的为人民服务中去。

瘟疫虽然被有效控制了，可是传染病却还时有发生。最著名的就是"红眼病"大规模流行，很多人眼睛红肿、流泪，并且因此失明。范仲淹忧心如焚，立即组织医馆，开启医治程序，亲自参与研究开发有效药。

药研制出来，却没有明显的效果。正好那一年大旱，居民连饮用水都没有了，而饮用不洁的阳河水，加速了疫情的发展。

相传，在那一天夜晚，月朗星稀，范仲淹看着官邸旁边日益干涸的洋溪湖，想到那么多生活在水深火热之中的青州人民，范先生是心急如焚，忍不住颤颤巍巍在花间饮了一壶酒，又拿起宝剑，对着月光，舞得呼呼生风。那一刻，他不像一个老人了，更像回到了刀戈铁马的战场，万丈豪情又重新激荡在胸膛……

一曲舞罢，范大人将宝剑一下子插在地上，拿毛巾擦头上的汗珠。或许是范大人太激情澎湃了，胸膛还兀自狂跳不止，满怀激情尚未释尽，宝剑竟然一插到底，只留一个剑柄露在地面。等到范大人稍作休息，把宝剑一下子拔出来，一股水流却喷薄而出。范大人一下子惊呆了，为了寻找水源，兵丁们带领百姓在周围打井数十口，竟然无一有水，自己的宝剑突然穿出这样一股清泉，岂非天意？于是在此掘泉，取名醴泉。醴泉水清澈甘甜，用来洗眼睛，感觉眼屎骤然就少了，而用它来炮制治眼睛的药丸也有特效。

用醴泉之水炮制的青州白丸子，不但有效制止了红眼病的蔓延，而且成为青州古医药文化遗产的宝贵财富，如今依然作为非物质文化遗产在传承。

范仲淹没事就靠在医馆里，给患者打水、抹药、消毒，看着疫情被控制，走在大街上红眼睛的人越来越少了，范老先生打心眼里高兴。

青州城里的患者少了，可是农村还大有人在，每天都络绎不绝来一些农民。他们因为医治条件更差，所以显得更严重。一天，范仲淹对两个农村来的汉子说："你看看你们的眼睛，都肿成这样了。再不医治，怕是神仙也无能为力了。所以今天给你们洗了，抹了药，两天之后无论怎样都要再来换药！"两个人连连点头："我们住在城东的香山底下，离城五十多里路。可是我们听范大人的，一定来！"范大人说："切记！切记！"

可惜，直到半月以后，范大人才又重新见到那两个汉子，忍不住顿足捶胸，仰天长叹："你们还正值壮年啊，不听我言，如此，无回天之力了。

下半生怕是要与黑暗为伴了！"俩汉子也泪流满面："非是我们不想来，可是正值朝廷征收赋税。范大人对我们恩重如山，怎敢不以国家之事为重？"范大人问："交个赋税要如此之久吗？"汉子说："要交到聊城。因为赋税是粮食，路途遥远，交税的又多，所以耽误了几天。"

范大人摇头叹息："最近我靠在医馆，都是我考虑不周啊！"于是去青州到聊城的官道，看到人推的、牛拉的，也有直接肩背的，青州百姓熙熙攘攘都往聊城赶。范大人马上安排下人备马，要到聊城去看看。下人牵过马，看到大人羸弱的身躯，忍不住眼圈一红："大人，路途遥远，您还是坐车前往吧。"范大人抬抬酸痛的胳膊，才感觉自己真的老了，迟疑一下说："那就备车吧。"

一路上，范大人见证了交粮农民的艰辛，不停地停车给上坡的推一把，给陷在泥涡的拉一下，走了两天才到聊城。看到全省交粮的队伍足足排了七八里路长，范大人不禁长叹一声："这要交到什么时候啊？"走到前头，看到收粮官在为难农民，范大人忍不住又好言相劝。

下人低声对范大人说："旅途劳累，还是先到驿馆歇息吧。"范大人也感觉实在坚持不住了，只好跟随下人去了驿馆。却是一夜都不曾睡好，第二天天不亮就起来了。身着便服，先到街上喝了碗粥，吃了个火烧。付钱的时候，范大人照例掏出五个铜板，掌柜的却只收了四个。范大人说："我在青州吃这么些东西，都是这个价钱，没想到你们这儿却便宜。"掌柜的说："青州我不知道，反正咱就这个价，童叟无欺。"

范大人又继续前行，到粮店打听粮食的价格，果然比青州价格低了不少。于是马上回到驿馆，安排备车，返回青州。

一回到青州，范大人立即颁下命令："停止往聊城交粮，改为把粮食换成钱款交钱。"并且命令府衙里人员都去收钱，没钱的也不要紧逼，官府出钱先买下粮食，给他们交上。

老百姓都很高兴，毕竟不用鞍马劳顿往聊城赶了。

然后范大人命令衙役们利用收来的钱到聊城买粮食。青州城因为聚集了大批灾民，粮食价格要高出许多。而从聊城买粮交赋税，竟然省下了一大笔钱。范大人把钱退给了农民一部分，剩下的用来救济贫穷的红眼病人，一举两得。

曾布

曾布的名字与上面几位大神比起来，可能要陌生一些。不过他也是与那几位大神一样是曾经官拜宰相的青州刺史，而且他的哥哥那绝对称得上大神，就是唐宋八大家之一的曾巩。

这几位刺史遵循的为官原则都是"爱民如子"，可是爱的方式却不一样，前几位是母亲般的慈爱，而曾布则由于内忧外患，本着乱世用重典的原则，是一种严父般的爱。

因为北方战乱不断，曾布就不能那么亲民，必须要为前方战事筹粮筹款，也就得罪了一大批有钱的主，那些人联合对抗，很有一种要钱没有，要命一条的架势。曾布不要命，但若让不久以后金人南下，杀人越货，就钱和命都收走了。

不过一天早晨一起床，曾布发现坏了，官印没了。吃饭的家伙没了，这可咋整？欺君之罪，脑袋要不保了。不过前堂大鼓震天响，不升堂又不行，可是官印不见了，又无法升堂，还好，院子里有块跟印差不多大的石头，找块黄绸子包了，匆匆忙忙就去升堂了。

曾布心理素质相当好，虽然堂上供着块石头，可他依旧不慌不忙，脸不变色心不跳，把一场官司整理得有条不紊。

等到退了堂，才擦擦后背上的冷汗。印信就是官员的身份证明，在那个没有互联网，没有照片的年代，人家是只认印不认人的，要不强盗也不会抢了唐僧他爹的官印去上任，也就不会成就一代高僧了。

曾布想来想去，每次升堂，都是师爷亲自拿着大印，而且整个过程大印都在曾布的视线之内，又有师爷和两班衙役盯着，绝对丢不了。师爷是自己的发小，跟着自己从老家来，也信得过。因此就只有一种可能，那就是在后院被盗。可是认真检查了各项防盗措施，都没有纰漏，招外贼的可能性也不大。

唯一的可能就是内贼了。自出事起，家人就都严禁外出，因此还不可能被带出去，也就是说印信还在院里。那就找吧，安排几个心腹，把能想到的地方都找了，又下水井掏上一堆泥来，就差掘地三尺了，可惜依旧一无所获。曾布开始偷偷审问能到他卧室去的几个人，除了照顾他饮食的丫鬟小红、小翠，还有一个哑仆，小红、小翠是从老家带来的，比较放心，嫌疑最大的就是哑仆。哑仆长得又黑又壮，是曾布看他可怜从街上捡来的，平时在府里干些杂活。曾布问了几次，他只会摇头顿足呜呜哇哇，啥也说不出来。

不知不觉一天过去了，第二天还要上堂。大印没找到，只好继续用石头代替。这次可能走漏了一些风声，曾布就看到衙役们窃窃私语。曾布没办法，只好硬挺着。

回去继续找。依旧毫无头绪。最可气的是，一不小心，有点嫌疑的哑仆竟然在院子里的一棵老槐树上上吊自尽了。老槐树很粗，哑仆挂在靠墙的一面，竟然死了好长时间才被人发现……小红、小翠哭哭啼啼，阖府上下一片惊慌。

第三天,早早的,下属几个县的县令就早早来了,拿着公文,要求曾布盖章。曾布知道这几个人是给自己上刑来了,拿不出大印,他们会联名上奏朝廷,不但头顶的乌纱,怕是乌纱下的脑袋也要搬家。曾布出去看看,外面还有一些人马。而且青州那些恶霸,也在远处鬼鬼祟祟,蠢蠢欲动。

曾布大人稳坐大堂,满面威仪,依旧是不急不缓的姿态。益都县令王大全坐不住了,开始说话不管不顾。曾大人察言观色,发现知道真相的只有几个人,大多数还被蒙在鼓里,不过是被他们蛊惑来的。

大家谈了一下公事,曾布问了县令们钱款筹备情况,王大全就拿出公文,说:"曾大人,既如此,请大人在公文上盖章吧。"曾布脸色一寒:"这个不急,事情还没谈完,弄好一块盖章不迟。"

王县令哈哈大笑:"怕是曾大人的大印是用石头做的吧?"曾布一拍桌子:"放肆!大印乃朝廷信物,代表万岁,岂可亵渎?你不怕犯欺君犯上之罪吗?"王县令哈哈大笑:"犯欺君犯上之罪的怕是你曾布吧?"说着,上来就抢大印。

师爷一把把大印拿起来,大喝一声:"大胆!"王县令大喊一声:"这曾布的大印是假的,曾布是冒名顶替的知州,大家还不把这欺君罔上之人拿下!"大堂外面呼啦啦涌进一群人,拿着武器对着曾布。衙役和其他几个县令却目瞪口呆,不知这场变故因何而起。

曾布面不改色,把手中的茶杯一摔,喊一声:"大胆!"后堂涌进一群持刀带枪的兵士。然后曾布对师爷说:"把大印打开,让各位同僚看看!"师爷把黄布慢慢扯开,知府的玉石大印一下子展现在大家面前。

王县令目瞪口呆:"你你你……不是大印不见了吗?"曾布说:"朝廷的信物,岂敢丢失?来人,把这狂妄之徒拿下!"

回到后堂，小红小翠喜极而泣，忍不住问曾布："老爷，难道大印真的没丢吗？"曾布说："你俩跟随老夫多年，老夫待之如自己的孩子，告诉你们也没啥。大印是被哑仆盗去，藏起来了。"

丫鬟说："可是找了，没找到啊。"曾布说："哑仆被收买，盗了大印，可他后悔了。可是他又拿不回大印，不敢说，只好以死告知。"

丫鬟问："那大印藏到哪里了，他拿不回来？"曾布说："院中老槐树，看似茂盛，其实中空。哑仆偷去大印，爬到枝丫之上，偷偷放进树洞里。他本想再把大印拿出来，可是大印下沉，到了树根部了。他吊死在老槐树下，用血写下'槐树'二字告知于我。我便封锁消息，用钩子勾出大印，也顺便勾出这一帮逆贼……"

李迪

李迪曾经两任宰相并两任青州刺史。

李迪这个人说话做事比较直率，因此也得罪过不少人。我们在听《杨家将》的时候，里面有个八贤王，那简直就是正义的化身，忠臣良将的守护神。而真实的八贤王，远没有小说写的那样，反而有点二百五。

话说有一次皇上病了，天很晚了，他还在皇宫里不回去。那皇宫重地，是一个男人和一群女人外加上一群太监呆的地方，无论哪一个生理正常的男人在那儿都是犯忌讳的，而他又是皇叔，皇帝还不好意思说。

正好李迪去找皇帝汇报工作，皇帝表达了他的不满。李迪看看给八贤王送的燕窝汤，拿起写字的毛笔在里面搅了搅，就安排宫女给他端过去了。

八贤王一看，这是皇帝烦了我，要杀我啊，吓得跑进院子，骑上快马就跑了。后来八贤王知道了真相，好在此人虽混，却明事理，并没给他小鞋穿。

其实这李迪也是状元出身,而且是文官,却多次请求戍守边境,看来是一个豪气冲天的愤青。尽管皇帝没有同意,可是他在任青州知州期间却进行了操练,那就是剿匪。

青州西南八百里大山,啸聚着一群群的好汉,包括后来梁山泊那部分。好在那时候及时雨宋江还没有出生,省去了一场强强对碰的战役。可是西南山里的土匪们也绝不是等闲之辈,杀人越货,甚至扫城略县。李迪决定痛下杀手,保一方平安。

土匪虽然大多是逼上梁山,可毕竟近墨者黑,就连梁山好汉林冲林教头,竟也被逼得纳了"投名状"才可上山,更别说那些彪悍之徒了。

话说青州城西南四十里有一座逄山,上高林密,地势险要。传说商朝时有个杨王造反,遭到朝廷围剿,最后退居逄山,朝廷大军多次围剿,竟然攻不上去。皇帝没办法,派了杨王的舅舅逄伯陵亲率大军前来围攻。

杨王是至孝之人,不忍心和舅舅交战。逄伯陵也左右为难,自己本就姐弟二人,老姐姐就这一个儿子,为国为家难两全,于是大军驻扎山下,按兵不动。

夜里听到山上战鼓擂动,天黑林密,逄伯陵不敢妄动,只是紧守门户。等到天亮,看到山上旌旗已撤,于是领兵上山,竟然没受到阻挡,原来杨王早已撤去,只留下几只山羊被绑着四蹄蹬在战鼓上……逄伯陵感觉既无法面对姐姐,更无法面对朝廷,一时想不开,就一头从山上扎了下来……

杨王也从此杳无音讯,是死是活无人知晓。

谁知几千年过去了,如今啸聚在山上的贼人名叫杨继新,竟然自称是杨王后人,也称杨王,坏事做尽,成为西南山区最大的一股土匪。

李迪经过反复思量，认为捉贼捉王，应该先从杨王开始。灭了杨王，其他小山的土匪就会望风而逃，就不足为虑了。

于是李迪汇总青州境内精锐人马，又从朝廷借来三千弓箭手，共计一万余人。李迪亲自带队，浩浩荡荡奔赴逢山。要知逢山土匪不足千人，李迪是要以十敌一，更是要造成强大的精神压力，逼迫他们投降。沿途还大造声势，到了山下安营扎寨，顿时一片旌旗招展，将逢山围在正中。

李迪先带人在山下摇旗呐喊，希望逼迫杨王投降。谁知人家杨王不吃这一套，寨门紧闭，权当没看见。李迪不怕，因为他有经验，山上大多缺水，围他半月，定会不攻自破。

谁知这位书生知州算错了。军队在那里围了十来天，没一点动静。找来当地人一问，原来山上有水源，而且人家粮草丰足，根本没当事。而一万人的吃喝拉撒却不是小数目。

没办法，李迪只好下令强攻，可惜那逢山山势险峻，四面悬崖，只有上山的一条路，易守难攻。正所谓一夫当关万夫莫开，李迪也知道当年老杨王造反为啥朝廷久攻不下了。

强攻的士兵走到关口处，就被人家抹了脖子，而杨王的人又在石头后面，官军弓箭虽可及，却有巨石阻挡，伤不着匪兵。李迪又下令用绳索、云梯从悬崖攀爬，可是人家滚木擂石啪啪往下推，砸得官军哭爹叫娘，损失惨重。李迪又命令用火攻，箭镞之上绑上引火之物，可惜正值盛夏，山上并没有可燃物，箭头又射不到匪兵，也是枉然。

如此强攻两天，除了损失严重，并未取得多大效果。匪兵在山上吃酒祝贺，气焰嚣张。李迪只想一群乌合之众，只要自己大军压境，光气势也能让他们作鸟兽散，却没想到是这样一个结果。

久攻不下，士兵怨声载道，李大人急火攻心，满嘴血泡，就带领着军官们围着逢山转悠，希望能找到攻山的最有利角度。

只可惜转了一天，除了荆棘乱石，却是没一处理想角度，并且胳膊被一小黄蜂子蜇了一口。当初李迪并没在意，认为就是比蜜蜂大一点，谅它也不会有大碍，谁知转眼间胳膊就肿得跟腿一样粗了，士兵立即把他抬到营帐里，请人医治。却是各种药物都不见效。

师爷请来几个当地郎中还有几个挖草药的药农，大家看了，都说这是当地的一种毒蜂，需要秋后晒干的野艾熏烤，外加当地新鲜野菊花泡茶内服方能医治。

郎中找来野艾和野菊花，肿很快消了下去。李迪跟药农们闲聊，得知此地往西十里有一个葫芦谷，里面有大量的黄蜂，虽然有毒，但蜂蜜却甘甜，药农有工具，经常去采蜜。

第二天午时，李迪命令齐擂战鼓，备好绳索，连接云梯，准备攻山。土匪们纷纷出来，也做好了应战准备。太阳毒辣辣挂在头顶，气温热得一动弹就淌汗。土匪们不得不一个个坦胸露臂站在山顶上，官兵却是头戴全遮的纱帽，戴着厚手套，不让自己一点皮肤裸露在外面。等到一声炮响，绳索、云梯都不动，倒是弓箭手纷纷射箭，箭却没有箭头，头上包着一个小包，小包到了山上散开，原来是一包毒蜂，愤怒的毒蜂呜呜呜乱叫着，在土匪身上乱蜇一气。

坦胸露臂的土匪一下子乱了阵脚，喊爹叫娘，疯狂扑打，哪里还顾得上打仗？全副武装的官兵趁势转进险关，杀开一条血路，全歼土匪，活捉了杨王。

赵抃

赵抃是一个文艺青年，爱唱歌、爱跳舞，还爱赋诗，养了一只仙鹤，还整日抱着一把古琴。来到青州以后，他首先想到要遍访青州名山。他手里擎着仙鹤，嘴里哼着小调，带着一帮随从，摇摇晃晃来到了城南的云门山。正值夏秋之际，前后洞穿的云门洞，如同一个巨大的镜子，烟雾渺茫，袅袅娜娜穿过，飘然恍若仙地，赵抃忍不住乐得手舞足蹈，吟诗弹琴，口占一绝：

> 十里峥嵘到忽平，兀然如觉梦魂醒。
> 石通幽室心生白，径拥寒云步入青。
> 一水下窥疑绝线，两山前列似开屏。
> 重城归去仍堪喜，岁稔人家户不扃。

正当他滔滔不绝，物我两忘之时，下人跌跌撞撞跑上山来："大……大大……人，大事不好了……"

赵抃心情正佳，站在山顶遥望着如诗如画的青州古城，看到风和日丽，政通人和，到处麦浪翻滚，呈现出一派即将丰收的喜人景象，听到这恼人的汇报，忍不住把脸一沉："什么坏了？人寿年丰的青州城，马上就迎来了一个丰收年。老天爷开眼，一年来风调雨顺，有什么坏的？莫非贼人要进攻青州城？"

下人说："没有。"

赵大人说："既没人祸，又没天灾，缘何说坏？"

下人说："大人，不好了，真有天灾啊！"

赵抃看着风和日丽的天空，正值黄昏，一片绚烂的晚霞挂在天上，呵呵笑着望着下人："天灾在哪儿呢？"话刚说完，一片乌云挂上了天空，刹那间挡住了夕阳，遮住了晚霞，天空变得昏暗起来……如同妖怪来临，还带着一股咸腥之气。

乌云从天而降，落到山下的草地上，似乎只是在片刻之间，山下碧绿的草地就裸露出了地皮……赵大人惊呆了，吓得一屁股坐到地上。倒是身边的仙鹤爆鸣起来，一下子挣脱，飞出去，疯狂扑打那群妖怪。

这时候赵大人也看清楚了，不是妖怪，是成千上万的蝗虫！蝗虫灾啊，乡亲们辛辛苦苦一年的庄稼将要毁于一旦，这可如何是好？

赵大人的文艺腔也没有了，忍不住双膝跪地，祈求老天爷睁眼，救救多灾多难的老百姓吧！

正在赵抃大哭之时，蝗虫们已经起飞，往东继续飞去。青州城东边是一望无际的平原，可都种的是麦子啊，这一下怕是要全毁了！赵抃哭得更厉害了，没有别的办法，只能继续祈祷老天开眼。

那一刻，老天竟然真的开眼了，可能是被赵大人的诚心感动了吧。凭空就起了一股大风，风势迅急猛烈，蝗虫们一下子乱了阵脚，又正好飞在一望无际的弥河上空，全都被吹进滔滔不绝的河水里……刹那间黄绿的尸体飘了厚厚一层，浩浩荡荡被冲向下游。

还好蝗虫灾没造成大的危害，赵抃一边安抚灾民，一边设台感谢上苍。如果不是上天开眼，青州的庄稼可就全毁了。并且发出告示：青州城东南八十里，有一个龙宫村，上达苍天，下接大地，是祈福禳灾的圣地，其间有一山，连接益都、临朐、淄川三县，山顶名为三县顶，最宜设台祭祀。

于是选下黄道吉日，带领官员亲赴此山。有不少人劝他："青州城西南八百里大山，山贼颇多，去那儿怕是不安全啊！"赵抃说："那日在云门山顶我已经许下宏愿,老天如此帮我,我岂可以个人安危不履前言,欺骗神灵?"

于是准备下牛羊祭品,沐浴更衣,带领一帮官员,扛着旌旗,敲着锣鼓,前往龙宫村。一路上风光旖旎,草美花香,两旁山势峻峭,凉风习习,鸟语虫鸣,一行人不像去祭祀,倒更像旅游行乐。

在三县顶摆下祭台,赵大人亲读祭文,文笔华丽流畅,语词感天动地,把一行人感动得涕泪横流。

祭罢,照例要吟诗弹琴再谢天地。山下却吵吵嚷嚷,不大会儿聚集了一大批军士,还押着一群山贼。众人正待惊讶,一个将军走上山来,赵抃问:"可有人逃脱?"将军说:"附近山头全部剿灭,无人逃脱。"

赵抃回首对众人大笑:"想我赵抃,人送铁面御史称号,岂是玩物丧志之人?西南山匪患,皆因各据天险,久剿不灭。这次我放出风来,来三县顶祭天,他们必定舍弃天险来截我,我自然暗调军队,半路设伏,又派人端了匪巢,成此大功,诸位也都有份啊,哈哈哈……"

大舅

1 老东西疯了

南河村的早晨，雾蒙蒙的，刚刚从窗户里泛进一丝微白的光芒，我大舅这个老东西一骨碌爬起来，雪白的胡子在下巴上一翘一翘的。然后以飞快的速度穿好衣服，开始叠被子。大妗子白胖的身子缩成一团，显然还没明白过来是怎么回事，大舅就把被子打成了一个方方正正的背包。

大妗子老了，反应有点迟钝。这才有所反应。先打了一个巨大的喷嚏，口水鼻涕流出来，然后骂一声，你要死啊？老东西！你要把我冻死吗！大舅却已经背着背包走到门口，回头说，集合号吹响了，你没听到吗？人已经闪出院子。

大妗子动作有些慢，找好衣服穿起来，早已不见了大舅的人影。

大妗子于是去敲大表哥家的门。他们和儿子不住在一块。大表嫂嘟嘟哝哝来开门，嘴里说，天还早啊，这么早有什么事啊？大妗子先喘了一阵子气,血压大概又上来了。然后才嘴里哈着白气说,你爹这个老东西,犯神经病了。把被子捆吧捆吧背着跑了,也不知去了哪?

大表哥也爬起来,问,我爸怎么了?

大妗子说,你爸疯了。背着我们的被子跑了。

大表哥一边穿外衣,一边急急地说,跑哪儿去了?跑多长时间了?

大妗子说我刚穿好衣服,只看到他跑出大门去了,也不知去哪儿了。

大表哥戴上一顶帽子就跑了出去。

刚到村口,发现大舅背着打好的背包正围着村子转。雪白的胡子好像在胸前围了一块白纱巾,满头白发的头上已经咕嘟咕嘟冒着热气。

大表哥说,爸,你这是干什么?快回家!让冷风冻着感冒就晚了。

大舅斜眼看一下儿子,一本正经地说,你是哪个部分的?上面有命令,到李庄阵地搞伏击。我们已经集结完毕,正快速赶往预定地点,你们怎么还不行动?

2、一场伏击战

大舅他们进入伏击地点的时候,一轮弦月还挂在天边。连长迅速观察了地形,安排战士们的伏击地。是在公路一边伏击还是两边伏击的问题上,连长和指导员做了小声的争论。连长的意思,集中在一起,发挥更大的战斗力,指导员却说,伏击在道路的两边,鬼子就没有退路了。

先安排几个人去埋地雷,然后他们把排长们集中在一起,让大家表决。

这是一个加强连,大舅是四排的副排长。四排是刚刚组建的,有几个队员昨天还是农民,今天也没发到军装,自然也没兵器。部队扩招,加强连去年还是加强排呢,今年就组建成加强连了,训练自是跟不上。

最后讨论的结果，是指导员率领一排、二排到对面埋伏；连长率领三排、四排就在这面，原地设伏。

大舅和连长这边，倒是有个天然屏障，隆起的一堆土，可以做壕沟。指导员跑到对面，可就没有这条件了，只好再挖上一条沟，天是初春，依然冻土。表面的一层松软，往下就挖不下去了。因为不知道鬼子什么时候到，所以不能都去帮着他们挖战壕，又没带很多工具，只好各人勉强挖了一个掩体，又去弄些柴草遮到面前做掩护。

大舅卧在土陇后，身边就是昨天刚入伍的李二生。李二生拿了一把大砍刀，武器太缺乏，他还没有步枪，之所以来参加战斗，是因为如果有减员就有步枪了。李二生头上围了一块灰不溜秋的围巾，鼻涕一直抽拉着，牙齿吓得抖个不停。

天亮起来，气温却更加低了。几个战士的牙齿都在抖个不停，看来不只是紧张的原因了。路还静静地趴在那儿，一动不动，一股轻雾在那儿飘荡了一会，又被一阵寒风吹走了。

这次战斗还是我军的传统打法：围点打援。独一团围攻益阳县城，益阳县城在铁路边上，有鬼子的军火仓库，储存了大量军用物资和粮食，打下来，鲁中地区自然可以装备大批的军队，使战斗力达到质的飞跃。

大舅的部队，得到的命令就是拦截、打击前来增援的益南的鬼子。因为路途有好几条，鬼子又狡猾，不得不分兵堵截。鬼子要最快增援，领导的意思，应该是走大路，便于汽车通行，可也不排除他们走小路的可能。主力部队提到大路边了，大舅这个新组建的连队埋伏在这里是以防万一的。

当兵几年，大舅曾经参加过几次战斗。不过是跟汉奸抢军粮或者扒铁路搞偷袭，跟鬼子正规军面对面战斗还是第一次，因此他也很紧张。看到李二生紧张得直哆嗦，他想安慰他一下，说出来的话却带着颤音，使身边的新战士更紧张了。

连长悄悄下了命令，让大家先吃把炒面。昨晚吃过晚饭就集结，已经整整一夜了。

然后太阳升起来了，那条惨白的小路还静静地卧在那里。不一会，路上走过几个出门的老农，不言不语，"踢踏踢踏"走路，过去了，那路就又归于平静。身边枯草上的霜气开始减弱。暖烘烘的太阳一晒，有几个人开始打瞌睡。连长低低的吼声传过来，命令大家提高警惕。

远处传来"咚咚"的声音，激起一层白色的尘土。转过一个弯，一队人马进入视野，人影越来越大。前面是两只伸着长舌头的军犬，四蹄着地，呼呼地跑着。扯得后面牵绳子的鬼子兵身子往后仰着。

没有汽车，只有几匹高头大马在后面"得得得"地走。鬼子真的走小路了，大家都在心里提上一口气，屏住呼吸，静静地看着这一切，任凭心里"扑腾扑腾"跳。

前面就是埋地雷的地方了。根据约定，地雷一响，战斗马上打响。可是狼狗却突然"汪汪"叫起来……

后面的工兵马上过来，拿着探雷器探雷。接着是排雷的工兵，拿着工具，开始排雷。一共埋了四颗地雷，工兵已经排除了两颗，问题是狼狗也没闲着，朝着两边的埋伏地点"汪汪"大叫……

连长对着大狼狗脑袋打响了驳壳枪，嘴里喊一嗓子"打！"。

两边枪声响起来。唯一的一架机枪就在连长不远处，"突突"地吐着火舌，有几个鬼子倒下去。可是鬼子马上就适应了突变，几个骑在马上的一下子从马上翻下来，卧倒在地。然后他们支好了小炮……只一炮，我们的机枪就停止了嘶叫……

在以后的许多年，大妗子跟大舅看电视的时候，看到鬼子进了我们的埋伏圈，马上乱作一团，然后会丢下一大片尸体……大舅会愤怒地跑进里屋。嘴里嘟哝着，鬼子要是这么不顶打，我们抗日还用得着八年吗？有一次演到八路军用步枪打下了鬼子的飞机，大舅生气地大骂，鬼子的飞机是八路的克星啊，我们多少战士死在了他们飞机下，要是用步枪能打下来，我们少死多少人？简直是胡扯蛋。

是啊，那一刻，大舅看到，对面指导员领导的那部分战士，因为选择地势的原因，竟然我们解放区造的步枪射程打不到路中间的鬼子，如果往前跑，鬼子的三八大盖弹无虚发……

大舅亲眼看见身边的李二生一露头，就听"扑通"一声，脑袋马上被鬼子的三八大盖打碎了，脑浆喷了大舅一脸……

大舅醒过来的时候，天已经黑了。大舅掀掉身上一个战友的尸体，拍拍头上的浮土，望望天上升起来的几颗暗淡的星星。有肉体被撕裂的声音，那是几只野狗在撕扯战友们的尸体。

大舅艰难地站起来，有只野狗对着他呜呜叫了两声，就爱搭不理地走开了。

望着无边的夜空和满地的尸体，大舅嚎啕大哭起来……

3、二姥爷

天入三九，风像刀子一样硬起来，刮到脸上就像要把脸割破。水滴洒到地上，好像还没落地就冻住了。吓得老百姓撒尿都要带一根棍子了，还真怕那水柱冻在半空里。

二姥爷挑着水桶去村里的水井挑水，嘴里呼出的白气在脸前飘来飘去。水井边洒落的水把井沿整整罩了一层白色的冰。辘轳架上两根长长的冰凌子垂着。二姥爷把水桶挂在绳钩上开始搅辘轳，绳子纠缠在一起，"咯咯吱吱"被强行扯开。水桶往下走，水井里的白汽升起来，呼到脸上有一种温润的感觉。

几个斜挎着枪的人走过来,问不远处一个打木球的十来岁的孩子,小兄弟,你知道王传广家的门吗?看着小孩木木的眼神,领头的一个马上换上和蔼的样子,补充说,他爹叫王挤深。

孩子把停止转动的木球抓到手里,狠吸了一口鼻涕,问他们,你们是八路吗?

几个人挤了一下眼,还是领头的那个说,是啊,我们是八路。

孩子一指正在打水的二姥爷,那个打水的是王挤深的兄弟……

几个人扑过去,把枪抱在怀里,对着二姥爷。其中一个走得急了点,踩到了浮冰上,脚下打滑,一个狗吃屎摔出老远,抬起头来,鼻子破了。抹一把,满脸的血。

还是那个面色和善的人问话,你是王挤深的兄弟吧?

二姥爷看了看他们说,是啊,怎么了?

那人又说,那你一定是王传广的叔叔了。二姥爷白了他们一眼,没说话。

摔倒的那个人恼羞成怒,用枪托打了二姥爷后背一下,说,你这个八路家属,一看就是刁民,还不老实回答长官的话。

二姥爷心里一沉,说,传广在外面做生意,没当八路。

那个摔倒的人提起水桶,把半桶水劈头浇到了二姥爷头上,嘴里骂道,滚蛋,我们不是掌握了足够的证据,还能来抓他爹……

几个人押着二姥爷,向姥爷家走去。

他们争吵的时候,姥爷听到风声,急急忙忙跑了。姥娘抱着二舅,也穿过后门,藏到前院的邻居家。

那些人找上门来,看到空荡荡的院子。拾起地上一根棍子,把院子里的咸菜缸、水缸砸了个稀巴烂,又把窗户上糊的白纸捅破,押着二姥爷走了。

二姥娘去找三姥爷,一把鼻涕一把泪。三姥爷坐在床檐上吸烟袋,陪着二姥娘掉眼泪。

过了一会姥爷回来了。没走大门口，从墙头翻进来。

姥爷说，我去找了保长孙二蛋，咱花点钱，把你二哥赎出来。我把咱爹留下的白玉烟袋杆给了孙二蛋，孙二蛋去给问了，这是陈友高的人。这土匪投奔了日本人，非得把坏事做绝。现在你二哥还在乡公所，他们要六十大洋。你看这钱咱兄弟们能不能凑凑？

三姥爷撮撮牙花子，说，兵荒马乱的，饭都吃不上了，哪里还有钱？

姥爷跺跺脚，那没办法了，救人要紧。咱先把西坡那八大亩地卖了吧。我们去找孙礼义。村里还能买起地的也就只有孙礼义了。

孙礼义爱地如命，一听姥爷说要卖地，眼睛马上睁圆了。可那八大亩地他只出五十块大洋。姥爷看看三姥爷，说，五十就五十。这是地契，拿钱吧。

孙礼义走到里屋，挖开地面，搬出一个坛子，把里面的银元"哗啦啦"倒在炕上，开始数起来。数来数去，只有四十九块。又从枕头底下拿出一串铜钱，说，这个也值一块大洋。然后把地契揣进怀里，眼睛里熠熠闪光。他那时候还不会明白，如果没有这八大亩地，他过几年顶多也就划个富农，可就因为这八大亩地被划了地主。而且儿子受影响，英俊的小伙硬是打了光棍……

姥爷和三姥爷分头行动，这家一块，那家两块，好歹凑够了六十块大洋，天已经半夜了。

姥爷去敲孙二蛋家的门，孙二蛋抹着眼屎哼哼嗦嗦开了门，对姥爷说，这都半夜了，我怎么去给你赎人？马上天就亮了，天亮再说吧。

姥爷和三姥爷猫到三姥爷家里，那时没有表，看时间只看星宿：一猫逃，二猫追，三猫一出明了天。兄弟俩一会就出去看看天上的猫星，西北冽子风"呜呜"响了半夜。天蒙蒙亮，又去找保长。姥爷先把那一串铜钱递给孙二蛋，说，二叔，你买袋烟抽，咱快去吧，晚了老二怕是就不行了。

孙二蛋带着三姥爷,"踢踏踢踏"向乡公所走去。姥爷继续藏起来,可不能让人家顺手牵羊了。

到乡公所,叫开大门,那几个抓二姥爷的人围着一个桌子,还在趴着头睡觉,桌上是狼藉的饭菜和酒瓶子。孙二蛋叫着那个面目和善的人,刘队长,我是王家庄的,来赎人了。

那人抬起眼皮,问,钱带来了?

孙二蛋把钱递过去,弯着腰说,您数数。

那人晃了晃袋子,"哗啦啦"响,眯缝着眼一笑,对着前面一个小个子说,你去,把王家庄那个让他们弄走吧。

乡公所是一个民居改的,院子西南角有个猪圈,是那种没有前墙的敞篷屋,前面一个大粪坑,圈在一个小院里。小个子敞开小院门,对孙二蛋和三姥爷说,自己认认,哪个是?

孙二蛋一挥手,三姥爷伸进头去,发现一根横木上吊着四五个。三姥爷惊呼一声,二哥!就扑过去,把二姥爷解下来。二姥爷衣服湿了,冻得铁一样硬,绳子解开了,却还保持着双手上举的样子下不来。三姥爷把他抱出来,脱下棉袄给他披上,一面哭着,背着直着身子的二姥爷回家。

到了二姥爷家,二姥娘哭着扑上来。二姥爷嘴抽了一下,却不会说话,两颗眼泪从眼角溢出来。

二姥娘赶忙帮着把二姥爷放到热炕上,找出家里所有的棉被给他盖上,然后到外屋去烧热炕……

过了一袋烟的功夫,姥爷来了。看到这种情形急得一跺脚,眼泪"刷刷"地流下来……

看看二姥爷的眼睛,已经不会眨了。二姥娘把手伸进被窝里,摸摸二姥爷的身子,却扯下一块肉来……敞开被子,二姥爷的肉一块一块掉了下来。

姥爷大哭,说,冻僵了,用雪搓过来,也许有救……

4、三姥爷

二姥爷死后，姥爷不敢再在家里住，出门到附近一座铁矿打工。

可姥娘离不开，还要弄着几个未成年的孩子待在家里。姥爷不得不时时来家，带回生活必需品。

陈友高的兵抓八路家属的行动一刻也没有停止。风声紧了，姥娘就住进西坡的桑园里，晚上蚊叮虫咬，苦不堪言。姥娘整夜地坐着，闷了就抽烟，烟叶没了，就抽干了的桑叶。姥娘一辈子都有挺大的烟瘾，老了总是盘腿坐在炕上，一边是针线笸箩，一边是烟叶盒子和裁好的纸条。

有一段时间风声似乎不是很紧，姥爷回来的也很频繁，晚上就睡到村西的桑园里。

有一天晚上，姥爷却怎么也不到桑园去了。桑树招了一种红蜘蛛，咬到人身上起个大红疙瘩，瘙痒难忍。而姥爷特别怕咬，一晚上会被咬十好几个。

姥爷不走，姥娘只好在堂屋正中给他铺了点东西，让他睡在上面。

半夜，村里的狗疯一样叫起来。姥娘一骨碌醒了，人"扑通"一声掉到地上，不敢点灯，只是摸摸索索摸出来，头碰到门框上，撞出一个大紫疙瘩，可她不敢停，依旧疯了一般向堂屋摸去。

摸到姥爷躺的地方，铺的东西还在，人却没了。姥娘脸上荡起一点笑，有点放心了，才得空摸摸头上的紫疙瘩。然后定定神，进里屋叫醒熟睡中的二舅和大姨，领着大的，抱着小的，偷偷走出院子，躲躲闪闪向村西走去……

天明了，才得到消息：三姥爷又被陈友高的人抓去了。

因为汉奸在村子里转了半夜，姥爷不明情况，没敢回村。天明了，在桑园里找到姥娘，又通过几个跑出来的人问明了情况。

那孙二蛋也不比从前了，前段时间做了很多坏事。姥爷不敢去找他，就让姥娘去问问三姥爷的情况。

姥娘见到孙二蛋叫一声二叔，递上娘家陪送的一个银镯子。

孙二蛋却把姥娘递镯子的手推回去说，都是乡里乡亲的，咱又拉亲带故，论辈份你还叫我一声二叔，不是我不帮你，是我实在帮不了你啊！这次是陈友高安排抓的，人已经拉去东弥河滩活埋了，现在谁也没办法了……

背回二姥爷的是三姥爷，现在去给三姥爷收尸的是我四姥爷。那一年大舅十八岁，四姥爷十四岁。那时的乡村人家，侄比叔大一点都不奇怪。

四姥爷自小体弱，还有痨病，走几步就咳得直不起腰。十四岁的孩子，刚刚四十几斤重，就像大风能刮倒的样子。

这次陈友高亲自带队，一下子抓了几十个，带到弥河滩里刨好一个一个的坑，把人推下去，安排手下人填土，土填到脖子，把人的血压上来，口鼻吐血，惨叫连天。

完了他还安排手下的人看着，谁也不许来收尸。有几户家属去抢尸，被打死在沙滩上……

陈友高的兵骄横跋扈，对老百姓非抢即打，凶残至极，看着很厉害。可这不久后鬼子就投降了，这部分人被国民党改编。后来大舅带着骑兵连回来，把他们整个围起来，一枪不放，只围着他们"得得得"跑，他们挥着马刀，打着口哨，把圈子越围越小，越围越小……这些人愣是没敢开枪，举着枪跪在地上投降了……于是那部分恶贯满盈的就地正法，被迫当兵的换上军装就投入到解放全中国的战斗中去了。只是据说陈友高跟着蒋介石去了台湾，后来又被派回来潜伏，在上海以开照相馆做掩护。一个曾经在弥河滩被枪毙哥哥的阳城人在上海工作，去照相发现了陈友高，当时一板凳就砸在陈友高头上……军管会的人赶来，把陈友高审判后押回阳城枪毙了……

再说当时的四姥爷，拉着我姥爷给他做的地排车，在四、五天后的半夜去给三姥爷收尸。其实那时陈友高的兵晚上已不瞅着了，因为时值盛夏，尸体已经腐烂，恶臭吹出好几里路。

四姥爷提着灯笼，一个一个瞅那些只露出头的尸体，一边剧烈地咳嗽，间或恶心地呕吐。尸体因为腐烂、扭曲，很难辨认。四姥爷恐惧地瑟瑟抖着……

还好，躲在远处的姥爷看到没有危险跑过来帮他。兄弟俩把那些脑袋看了好几遍，才找到我三姥爷的尸体。用铁锨扒出来，装到地排车上，回家埋到祖坟里。

四姥爷自回家就开始发烧，说胡话。找了好几个大夫也没看好，秋风起的时候，一声咳嗽没上来，找他两个哥哥去了。

5、大舅当了逃兵

大舅从死人堆里爬出来，哭了一阵。他害怕了，没有按规定去李合水库附近集结，而是跌跌撞撞跑向了远处。

跑了一夜，天亮的时候跌倒在一个果园里。迷迷糊糊中，他睁开眼，发现自己躺在一堆干草上，血衣服被脱下来了，身上盖了一床破棉被。

一个老头子的声音，醒了？喝点水吧。端过来一碗水，大舅端起碗，肚子里开始咕噜咕噜叫。一口气喝下去，精力恢复了不少。

跟队伍打散了？老头又问。大舅答应一声，想起那残酷的场面，眼泪又流下来。毕竟他也只还是个十七、八岁的孩子。老头不再问，拿出一身自己的衣服给他换上。说，这是我家的果园，兵荒马乱的，经常有散兵流落过来。看你身体也上不了战场，先去我家养一段时间吧。

老头的家就在不远处，家里有个姑娘，早已做好了饭。看到大舅抿嘴一笑，不说话，拿双筷子放到大舅面前。

大舅也不客气，吃了个肚儿圆。好久没吃过安稳饭了。

吃完饭，大舅睡一觉，体力就恢复了。好在大舅并没负伤，只是被鬼子的大炮震昏了，又疲劳过度。年轻人，恢复得很快。

第二天，大舅已经能够跟着老头去果园工作了，剪枝、施肥。

春天很快来了。满园子的苹果花雪一样白，桃花则粉红一片。大舅跟这家人熟识了，知道他们就父女两个，姑娘叫小莲。

老头也看出了大舅的憨朴能干，就有意撮合他们两个。

一天，老头多做了几个菜，又拿上一壶酒。爷俩不大说话，喝酒到半酣，老头才说，小王啊，有句话我要问你一下，你要是去找队伍呢，我不拦你，你身体也像牛犊子一样棒了。你要是愿意留在这里呢，我爷俩就给你一个家。

大舅不说话，又想起那场惨烈的伏击战，感到心还在狂跳不止。那一刻，也许是人性的弱点战胜了大舅的信念，也许是从十四五岁漂泊，安逸的生活让大舅不愿意离开了。更何况还有那样一个如花似玉的小莲。两人通过这段时间的接触，早已是情投意合。反正是大舅没有犹豫，立即就答应了。

于是小莲成了我的大妗子。大舅过上了幸福的生活。第二年我大表哥就出生了。

大舅岳父家的这个村子叫南河村，离着大舅的王家庄只有一百多里路。南河村在一个山坳里，只有十几户人家，因为偏僻，鬼子汉奸都没来，倒好像成了一个世外桃源，远处的战争与它无关了。

岳父家有一辆马车，拉车的是一匹高头大马，军马一样威风。大舅特别喜欢去遛马，骑在马上满山坡跑，自觉威风凛凛。你别说，大舅有骑马的天赋,有时拿着他带回来的枪骑马去打猎物,竟然弹无虚发。

6、重新入伍

事情的转机是从那次大舅赶着马车去卖果子开始的。卖果子要到十几里外的集市上。在那里,大舅遇到了一个张家庄的人,张家庄与大舅的王家庄相连,大舅一眼就认出了他,可是大舅十四、五岁就出去当兵,几年来变化很大,那人没有认出大舅。

大舅给他几个果子,问道,你是张家庄人吗?

那人一怔,你怎么知道?

大舅一笑,我听别人说的。其实也没别的事,就是跟你打听一下王家庄王挤深家这几年没出什么事吧?

那人说,王挤深家啊,出的事多了。听说他有个孩子当八路,家人可遭了殃了,陈友高的人整天去抓。好在王挤深没事,他的三个弟弟受连累却全都死了……

那人把事情的经过详详细细跟大舅说了一遍。最后说,老王家那儿子当八路好多年了,也一直没回去过,没死的话也当大官了……

大舅一股眼泪堵着没上来,招呼也没打,赶着马车就回了家。

回到家,扑到床上呜呜大哭。大妗子问了好久,才问出个大概。

大舅年轻时是一个惜言如金的人,话很少。我结婚的时候,大舅来坐了一天,风纪扣紧扣,头发一丝不乱,正襟危坐,一言不发,一天说了也没有十句话。中午坐席,跟他同桌的是一个村干部,很能喝酒,每喝必醉,特爱吹牛,不是跟某某局长关系特好,就是跟某副县长是哥们。可那天看到大舅威严的目光,竟然乖乖喝了两杯酒吃饭回家,破天荒的没有喝醉。

也还应了那句话，不是一家人不进一家门。大妗子话也很少，因此大舅的历史蜿蜒曲折，却从不对人讲一个字，问大妗子，依然沉默是金。

再说那一次的大舅连着哭了两天，大妗子只好跟父亲做了紧急协商，感觉拴住大舅的人也拴不住他的心，那种愧疚会让他一辈子不安。于是爷俩商量好，让大舅去找部队，革命胜利了再回来。

大妗子找出当初大舅穿来的灰军装，给他浆洗好了。又把马圈里的马牵来，给他做脚力，依依不舍送大舅出了门。

大舅骑着马，先回了一趟王家庄。与姥爷抱头痛哭一通，却只说部队经过回家来看看，丝毫没提给他生孙子的事。

这时候鬼子已经投降了，大舅也很快找到了部队。部队的同志一看大舅的军装，给他联系原来的领导，竟然奇迹般地找到了。大舅原来的营长已经当了师长，还认识大舅。提起那次伏击战，师长眼含热泪，说那次是我们估计失误，遇到的鬼子是著名的松田联队，有近三百人，都是武装到牙齿的精英部队。自然导致了我们一百多个没有好装备的土八路全军覆没……

提到大舅入伍，当时部队正好组建骑兵，大舅带来现成的战马，由师长推荐，顺其自然成了一名骑兵战士。

7、后来的事

大舅当骑兵应该有很多传奇，可是他自己从来没讲过，除了有人亲眼所见并讲述他围攻陈友高的土匪外我一无所知。

反正全国很快解放了，大舅转业退伍。曾经有好几年的时间在前苏联，而且一段时间把大妗子也接了去，我的表姐王秋莎就是在前苏联出生的。

不久，大舅回到国内，在大使馆当武官。再后来带着老婆孩子又回了南河村……

在南河村，大舅也很少回王家庄，几年都不回一次，倒是大表哥过年过节都回来，给姥爷和二姥娘、三姥娘带回不少东西，特别是困难那几年，应了很多急。

当然后来大舅就有了老年痴呆，每天天一亮，背起被子就去行军。大表哥想过好多办法，比如把院子的门锁起来，可是大舅跳墙都要出去。八十多岁了，跳墙危险啊，大表哥把表哥表姐们都找来，各个医院都看了，大夫说，老年痴呆的人，记忆停留在某个时候，我们也没办法。

于是表姐王秋莎把大舅接到自己家里。表姐和表姐夫都是海军医院的大夫，又住在十六楼，而且完全用的是电梯，大舅不会用电梯，就跑不出去了。看着大舅总望着窗户发呆，表姐又让人把窗户全安了铁棱子……

大舅跑不出去，就伏在窗户上往外看，一趴就是半天，别人叫他，他挥挥手，别说话！注意隐蔽！鬼子快过来了！

8、遗嘱

大舅在弥留之际，却突然清醒了。睁开眼对围在身边的儿女们说，我死了，要把我埋在祖坟里，我要去伺候我爹，还有我二叔、我三叔、我四叔，他们是为我惨死的啊！……

大妗子嚎啕大哭，你这个老东西啊，一辈子没说，可你为这个事愧疚了一辈子啊……

微型小说系列——

丢银

明朝正德年间的一天黄昏,益都县副都头李豹满头大汗急匆匆跑进县衙,向县令汇报剿匪之事,出来的却是县令的小妾嫣红。嫣红说:"全县蝗灾严重,老爷自你们离开就去视察灾情了,至今尚未回来。李都头战况如何啊?"李豹长叹一口气,知道多说无益,一下子瘫坐到衙前。

此时众衙役也气喘吁吁抬着一具尸体来到衙前,将人放在台阶之下,呼来仵作验尸。仵作说:"张都头武功盖世,方圆数百里无人能敌,却被人一刀砍下脑袋,而其却丝毫没有反抗,可见杀他的人武功之高,深不可测啊!"原来衙役们抬来的断头男尸正是都头张虎。李豹不禁冷汗直流:"难道土匪当中真有如此武功之人?那我等是无力剿匪了,只能再求知府大人派兵围剿。"仵作叹一口气:"当然也有另外一种可能,那就是张都头在毫无防范的情况下,被人一刀砍掉了脑袋……"

大家正在议论纷纷,县令何其远带着两个随从风尘仆仆赶来。看到眼前情况，忍不住泪如雨下。转身对李豹说："益都县西邻群山，连年匪患不绝，抢掠百姓，打劫客商。知府大人屡次责备本县办事不力，特派你和张虎二人前来协助剿除匪患。本县也对你二人深怀期望，委以重任，没想到初次剿匪，就让张都头为民殉难，却让我如何向知府大人交代？对了，李豹，你先说说是什么情况？"

李豹说："今日凌晨，我等辞别大人，清晨即到方山脚小，想要给匪首王麻子一个措不及防。怎奈山高林密，地势险峻，硬攻肯定损失巨大。而且土匪好像得到密报，戒备相当森严。我们正在踌躇，张都头得到密报，然后孤身一人去了侧面山头。天已近午尚未回来，我们就安排几个衙役前去寻找，却发现张都头身首异处倒在血泊之中，大家无心恋战，只好暂时回来，再作打算。"

何县令怒道："这些土匪甚是可恶！本县恨不得即刻出发荡平他们的匪窝。只可惜事有轻重缓急，益都县遭遇蝗灾，庄稼几近绝收，百姓饿殍遍野，承蒙朝廷拨下赈灾款银，明日即可到县，还望李都头全权管理灾银，以待逐步拨放。剿匪之事，我们再从长计议。"

第二天，朝廷钦派的赈灾款由锦衣卫袁成带队运到益都县。县令何其远亲自带领县里官员叩谢皇恩，并委派李豹全权管理发放款项。县令还设宴招待了袁成，对于县里所遭变故痛哭流涕地作了汇报。袁成说道："因为朝廷另有安排，所以袁成不敢耽搁，不过我所带来的一千精兵可以暂留县里，由何县令全权指挥，先完成剿匪之事，而且随行还有两门火炮，对于剿匪定能派上用场。"何县令一揖到地，对袁成感激涕零。

次日，袁成回京。何其远忙完县中杂务，带领衙役、士兵浩浩荡荡开进方山。到了山下，二话没说，先支起大炮，轰隆隆打了几炮，山门顿时坍塌，众军士一鼓作气，冲上山去……却只发现一座空山，哪里还见王麻子半点踪影？既然进得山来，又有精兵相助，何县令便趁热打铁，又端掉了几个匪窝。最后自然是大获全胜，一伙人浩浩荡荡返回县衙，准备向朝廷请功。

可是刚进县城，就发现遍地狼藉，在家留守的李豹哭哭啼啼跑来，一下跪倒在何县令面前捣头如蒜："老爷啊，大事不好。你们去剿匪，王麻子却早已经得了消息，带领一干土匪，骑着快马，直接抢走了赈灾银两！小的无能，还求老爷饶命啊！"何县令长叹一声："赈灾银两乃是朝廷发放，我想饶你，怕是也饶不了啊！为了大家活命，我也只好挥泪斩马谡了。来啊，先把李豹绑了，待我奏明朝廷，秋后问斩！"

何县令回到县衙，紧闭大门，温上一壶老酒，小妾嫣红扭扭捏捏出来，坐到何县令腿上，边喝边唱，然后忍不住哈哈大笑……笑声未毕，老管家慌慌张张跑进来。何县令把脸一沉："真是不懂规矩！谁叫你进来的？"老管家却一下子跪倒，结结巴巴说："老爷，大事不好了，朝廷那一千精兵把我们县衙包围了！"正说着，传来咚咚的敲门声，何县令叹一口气，对嫣红说："看来我们还是高兴得过早了，把那一千精兵忘了。还好老爷我做得天衣无缝，谅他们也看不出什么破绽。"

何县令气定神闲去打开大门，却发现站在面前的是锦衣卫袁成和青州知府。于是急忙跪下给两位上司见礼，并顺口问道："袁大人不是回京了吗？怎么又回来了？"知府厉声喝道："何其远，你可知罪？！"何县令说："下官奉命剿匪，导致李豹丢失赈灾银两，有不可推卸的连带责任，还望知府大人明察！"

袁成呵呵笑道："何其远，你看这是何人？"身后兵士推出一人，看到那一脸麻子，何其远顿时颤抖不止，急忙磕头如捣蒜："大人饶命啊！下官该死！"知府说道："这几年益都县匪患严重，我只道是你剿匪不力，把我的得力助手给你，却万万没想到是你勾结土匪。想那张虎，一身武艺，若不是趁他给你磕头行礼之机,又有谁能一刀砍下他的头颅?"袁成又说:"受青州知府委托,我送来赈灾银两,假意回京,麻痹于你,实则藏在县城,先将那王麻子抓获,好让你的罪行大白于天下!"

随后,袁成将何其远押解进京,并在县衙后院搜出遗失的赈灾银两,由知府大人亲自督办,发放到灾民手中。

莲

娘的眼神越发不济了,瞳孔慢慢扩散,所有的东西,在她眼前都只是一个隐隐约约的黑影。

黄亮坐在母亲身旁,陪母亲聊聊天,也给母亲洗洗衣服,洗洗手脚。

在河西村,几十年只出了两个大学生。一个是村东的赵强,如今已经是副县长了。而黄亮,从参加工作一直就是一个普通员工,在城里好歹买了一处两室一厅的房子,孩子还要上学,一直都没敢把老娘接去呆很长时间,更不用说有人给送礼了。

娘就一直住在乡下,随大哥一块过。大哥倒是不说啥,大嫂却有意见。黄亮虽然没当官,工作却很忙,节假日休息的时间都不多,很少有功夫陪娘。好在这次好了,这次换了工作,再回去就是局长了,终于熬出了头。因为黄亮的工作简单,只用一天就交接完了,老局长的事却多,要拿出几天来交接,其中有个时间差,黄亮终于得了几天假,回来看看娘,尽点孝心。

娘说:"亮啊,娘好长时间都没出去走走了,你陪娘去走走吧。"

"娘，你想去哪？我陪您去。您就是想去北京我也陪您去。"

"也不用那么远，娘就想去村东的河边看看，看看荷花。"

黄亮知道娘看不见，还是陪着娘去了。好大一片荷花啊！真是"接天莲叶无穷碧，映日荷花别样红"。黄亮的心情很舒畅，感觉这美丽的风景就如自己的前景一样广阔、绚丽。

娘说："亮，你看到荷花了吗？"

"娘，我看到了"。

"你知道荷花咱这里叫什么吗？"

"娘，我知道，叫莲。"

"你知道娘的意思吗？"

"我知道，娘的意思让我像荷花一样，出污泥而不染，严格自律，好好做人……"

"你就要当官了，娘只想让你记住一个字，就是莲，也是'廉'。记住了吗？"

"娘，我记住了"。

一年后，黄亮回去看娘。娘说："你知道吗？赵强被双规了，财产都充公了。"

黄亮说："我知道。我没事，我一直记着那个字呢。"

冯二的狗

冯二有辆踏板摩托车,跑起来像飞一样,据说最快能到每小时二百多公里。可惜的是没有适合它奔跑的路。于是经常"呜呜"地在村头转悠。当然这不是冯二的最爱,他的最爱是趴在踏板上的长条狗。摩托车插翅能飞,长条狗简直就是"飞",无声无息,像一阵疾驰而过的黑风。对了,冯二的长条还有一个特点,就是黑色的。

农闲的时候,冯二骑着他的摩托车,前面踏板上趴着长条,在田野的乡间小道上跑,如果发现野兔,长条就"嗖"一声跳下摩托车,像一股黑旋风,只几分钟的功夫就把兔子叼了回来……如果是晚上,冯二不但摩托车开大灯,额头上还绑一个矿灯一样的手电,冯二的脑袋一晃,那灯光就定位到了野兔。灯光就是命令,长条定会不辱使命。

别人都对冯二的长条啧啧称赞,村主任刘大炮就有点不服气。作为阳村的最高行政长官,养成了刘大炮唯我独尊的个性,而且刘大炮的狗那也不是吃素的，纯种大狼狗，站起来比人还高，威风凛凛，颐指气使，非常随它的主人。刘大炮就找到冯二，说："二孩子，听说你的长条厉害，可不可以和我的战狼比试一下？"战狼就是刘大炮狼狗的名字。冯二年轻气盛，也是个不信邪的愣子，心说："别人怕你我可不怕你。"就说："刘大主任，你那狗要是吃了亏你可别找我的麻烦。"刘大炮鼻子里哼了一声，看了看自己的战狼比那长条身子大出一半还多，就是压也能压死它，就说："我是怕你哭鼻子呢。"

两个人僵在这儿，又有围观村民起哄，于是各自做准备，相隔一百米，有村会计做裁判，喊一声"放狗"……两条狗就风一样向对方扑去。

顿时惊起一片尘土，快得大家还没看清怎么回事。等到大家揉揉眼睛，准备观赏一场大战的时候，长条已经用力拖着狼狗往冯二身边走了，它在心里一定说："主人这次指定的目标有点大，拖起来真是费力。"

刘大炮看到狼狗几乎被咬断的脖子，脸上顿时挂不住了："二孩子，我这战狼可是纯种狼狗，值好几千呢，你得赔我。"冯二把长条喊回来，说："刘主任，说好了吃了亏不找我麻烦的。快回家煮肉吧，这家伙，你得找个大锅。"围观的村民哈哈大笑，刘大炮脸上红一阵白一阵，说："二孩子，你别张狂，我非治得你给我跪着。"冯二也不乐意了："刘大炮，你别来这一套，你要治了我，我晚上就让长条去找你，你的狼狗就是你的下场！"

刘大炮也就是发发狠话，找个台阶。再说他也确实怕了这个长条，此事也就不了了之。

冯二继续骑着踏板带着长条逮兔子。平时呢，每天都给长条割点猪头肉吃，长条要是病了，他则整夜不睡觉抱着它给它吃药、挂吊瓶。冯二的爹看在眼里，心里酸酸的，就问："二孩子，你是待你的狗好呢，还是待你爹好啊？你都长这么大了，没见你这么孝顺过你爹。"

冯二笑嘻嘻地说:"我待你俩都好。要说待谁更好一点我就不说了,说出来怕您老人家不乐意。"气得老冯差点把耳光子给他甩脸上。

天气渐渐冷了,秋里的庄稼也收完了,天地变得一片澄明,兔子又大又肥,而且没了藏身的地方,正是长条大展身手的时候。冯二的爹却病了,而且病得很邪性,嘴眼歪斜,五官挪位还留着哈喇子,脖子也歪歪着。去医院查,也没查出什么病。阳村的武半仙来看了看,就说:"这是中邪了,要驱邪啊!中邪很深,非要用黑狗血不可啊!冯二,你先去弄黑狗血,明日午时,我来给你爹破解。"

第二天午时,武半仙拿着一碗狗血,先用一个炊帚,在屋子里撒了一遍,然后含在嘴里,一口喷到冯二爹的脸上。冯二的爹白了一下眼,脖子伸了伸,竟然昏了过去。武半仙急忙掐人中,洒凉水,人才苏醒过来。

武半仙说:"冯二啊,你个孩子不真心啊,这不是黑狗的血啊。"冯二说:"时间这么紧,我没地方找黑狗啊。这还是我朋友的,就是脚上有点白毛,朋友叫它雪上飘呢。"武半仙摇了摇头。冯二说:"你别急,我再去找!"武半仙说:"怕是来不及了,今日的时辰已过。唯有全黑狗才通阴阳两界,其血才是至阳,而我们选在午时三刻,也为阳气最重,现在都快未时了。你爹的病耽误不得,你抓紧去找狗,咱们明天再说吧。"

隔天午时三刻,武半仙故伎重演,没想到这次冯二的爹真就好了,嘴也不歪了,眼也不斜了。一家人皆大欢喜,冯二更是一直在爹面前伺候着。晚上,爹问他:"怎么没见你那长条啊?"冯二的媳妇当时就"哇"一声哭起来,爹知道用的黑狗血就是长条的血,也忍不住落了泪。冯二说:"爹你别哭,狗我可以再养一只,可是爹我就一个啊……"

冯二出门,看到刘大炮在远处阴阴地笑。他突然想起,刘大炮跟武半仙是表兄弟啊,会不会是……转念一想,爹好了,自己还是赢了。

钓鱼

丁七并不排七，名字就叫七，他妈就生他一个。丁七好静不好动，这也是他改名字的原因，原来是丁期，上小学的时候嫌写起来麻烦，自己改了，一个名字总共四划，干净利索。

好静的人自然有好静的业余爱好，丁七的爱好是钓鱼，坐在那里一两个小时不动，半天的光阴就悄悄滑过了。我们阳村位于阳河入弥河处，有钓鱼的先天条件，自从市政府花大价钱治理污水，河里的水清了，鱼多了，还在河边栽了花、种了草，建了凉亭修了桥，申办了一个省级湿地公园，鸟语花香，野鸭飞翔，静坐在树荫里，凉风扑面，神仙的节奏。

原先丁七钓鱼是单打独斗，自己找个地方一蹲半天，后来跟老刘做伴，老刘头去哪他去哪，并且都是主动给老刘头点烟扇蒲扇，没事还总往老刘头家里跑，手里也不空着，提溜着猪头肉。对了，丁七的父母是卖猪头肉的，每天早晨煮好了肉准备去卖的时候给丁七打电话："饭做好了，在锅里，记得回来吃啊。"丁七总是不耐烦地呜呜两声。当然，他父母有时候也会给他安排点活，比如："地里的麦子都炸芒了，再不割就掉粒了，你去割了吧。"或者："玉米都要旱死了，你去浇灌一下吧。"对于这个，丁七一律断然拒绝："我忙着呢，哪管得了这些烦事。"老丁夫妇见支使不动儿子，以后也就懒得说，自己费点功夫连夜去做，省得跟丁七生气。

老刘头特别爱吃猪头肉，丁七就常跟老刘头喝酒吃肉，老刘头的胖姑娘丁香也在旁边陪着，时不时跟丁七送个秋波开句玩笑。丁七更是刘叔长刘叔短，嘴甜得像是抹了蜜。

村里还有几个企业小老板，闲着没事也钓鱼，上面也重视，农民有所乐，是好事，就给成立一个钓鱼协会，丁七成了秘书长，跑前跑后的，自我感觉也是不小的官了。土豪们有路虎，不再拘泥于村前的小河沟，动不动去百十里外的张庄水库、峡河水库啥的，丁七也坐在豪车里，人家吃饭也不差双筷子，于是跟着混吃混喝，自我感觉威风凛凛，步入了富人的行列。

后来县里还组织了个钓鱼比赛，协会就派丁七代表大家去比赛。那些小老板别看拿根杆子在晃悠，那心还不知在哪里呢，一会儿一个电话，一会儿一个业务，钓鱼就是玩，技术根本没有。真正用心于此道的，还就数丁七和老刘，老刘老了，比赛丁七当仁不让。

那丁七果然不负众望，捧回来金光闪闪一个第三名奖杯。大家高兴坏了，设宴为他祝贺。那晚，丁七、老刘都喝了不少，最后丁七把老刘送回家。在老刘的客厅里，丁七说："刘叔，你看我和丁香都有那个意思，咱爷俩也合得来，您就成全了我跟丁香，让我叫您一声爸爸……"

老刘的酒一下子就醒了，正襟危坐，严肃地对丁七说："丁兄弟，可不敢开这样的玩笑。我老两口就这一个姑娘，还要靠女婿养老呢。您都快三十岁了，还横草拿不成竖的，除了会钓个鱼啥也不会，你父母也快养不了你了，你自己还养不活自己……你是真喝醉了，快早点回家歇着吧。"

从此老刘退出钓鱼协会，再未和丁七来往。而且私下对人讲："和懒汉丁七做朋友，不就是想钓他的猪头肉？他倒好，竟然想钓我家姑娘……"不久丁香就嫁给隔壁老王跑运输的儿子小王了。

刘连长

晚饭，我做了刘连长最喜欢吃的小鸡炖蘑菇，并且开了一瓶二锅头，我俩一人倒上半杯，看着电视，边喝边聊。

刘连长问我："兄弟，看你有点面熟，是哪里人啊？你贵姓啊？"我说："刘连长客气，我也姓刘，原籍东湖镇黄家楼村。"刘连长说："我说呢。我也是东湖镇黄家楼村的，而且我也姓刘。原来是老乡啊！来，咱俩再干一杯！"

晚饭以后，我又沏了一壶茶，坐在沙发上边看电视边和刘连长喝。刘连长不时看看表，又在屋里转了两圈，最后还是忍不住对我说："我说啊，天也不早了，我看你还是回家吧，要是没玩够呢，明天再来。我随时欢迎。要不太晚了，不但你家里人挂念，而且你看我也应该休息了……"

我妈说："这就是他的家，你让他回哪儿去？你看，这是他老婆，这是他儿子，我是他妈。"刘连长瞪着眼瞅了一会儿我妈，却也并没反驳，在那儿沉默了一会儿，叹口气，喝一杯茶，独自进屋休息去了。

第二天一大早我就早起来，搀扶着刘连长去外面散步。我住的房子是一个老小区，设施简陋，没有锻炼的地方，我只好带着他到邻近的公路上走走。好在我都是在上班前带刘连长出来，公路上的车还不算多，相对安全。可是今天偏偏就出了意外，一辆汽车从后面摇摇晃晃开过来，冲着我俩过来，眼看就躲不开了。我急忙抱着刘连长倒向旁边的公路沟子，汽车却擦过我的腿，走出一段才刹住。我急忙查看倒下去的刘连长，好在沟里都是松软的泥土，刘连长的骨头和肉都没受到伤害，可是我的腿却被汽车挂出了一道大口子，鲜血直流，刘连长急忙脱下自己的外衣，以非常利索、专业的手法给我包扎起来。看到刘连长头上渗出的细密的汗珠，我忍不住问："你想起我是谁了？"刘连长迷茫地看了我一会儿，然后慢慢摇了摇头："我虽然还没想起你是谁，可是看到你流血，我的心很疼，你一定是我很亲的一个人。"

我抱着刘连长的肩膀喊了一声"爸爸"，忍不住眼泪夺眶而出。

刘连长大号刘定远，是我的父亲，却在晚年不幸得了老年痴呆症，只记得从前的事，只允许我们喊他刘连长，对于我们这些儿孙包括我母亲都不认识了。可是那种父子心相连的感觉却永远也扯不断。

"破不了"的盗窃案

腊月二十三那天,生产队把那头病歪歪的牛杀了。刚刚从饥饿的边缘走过来的人们,围了好大一群。都好长时间吃不饱饭了,对于肉的记忆已经都模糊了。

牛杀了,公社却来人通知,说是杀牛的相关手续不完整,牛肉不能分,必须等待相关处理!

于是牛肉被暂时放到生产队的仓库里。公社干部不放心,亲自拿来一把锁,锁到仓库上。生产队长老高还不放心,照常把原来的锁也锁上。这样,就谁都不能单独打开仓库了。

社员们吞着唾沫,恋恋不舍回了家。

西北风呼号了半夜,"啪塔啪塔"刮下一场雪来。社员们裹紧了被子,蒙蒙头,依旧感觉寒风一阵阵往被窝里钻。

第二天清晨,公社干部踩着厚厚的大雪早早就来了。先去找到老高,说：“我跟公社领导汇报了一下咱的情况，公社王书记很体谅咱们，最后勉强达成协议，牛肉呢，生产队和公社一家一半……"老高马上就急了：“牛呢，是生产队的。相关手续我们也都尽力办了，社员更是盼了好久了，如果让公社再弄走一半，我实在无法跟社员交代啊……"公社干部一拍桌子："给生产队里一半，我还是跟王书记求了情的，按公社的意见，直接拉到公社处理。牛是生产队的主要劳力，尚未完全丧失劳动能力，你们就杀了。王书记批了吗？"

看看小腿扭不过大腿，老高也只好让步，说：“好吧，算我错了，那咱赶紧去分肉吧。社员都等不及了。"

叫上保管，几个人踩着"吱吱扭扭"的大雪，来到仓库旁边，仓库那儿早有一群人等着了。保管先插上钥匙，把那把锁打开，公社干部又拿出钥匙，打开另一把锁，"吱扭"一下打开门：空空如也，牛肉竟然不翼而飞了！

公社干部马上红着脸对老高喊："好啊姓高的，跟我玩阴的是不是？"老高也急眼了："肉没了，社员怎么过年？非得把我吃了不可！"公社干部看样子和老高没关系，只好领着去了大队，给公社打电话报案。不一会儿，公社的王公安就骑着自行车来了。

一下车子先骂："他娘的鬼天气，让我摔了好几个跟头。发现蛛丝马迹了吗？"公社干部冷着脸子："有线索还用得着你吗？你快去看看吧。"王公安把车子往树上一歪，急忙走过来。地上都被社员踩乱了，根本看不出脚印，仓库里也乱哄哄的，没一点线索。王公安说："没办法，只好用最原始的方法了，锁定几个怀疑对象，咱们去挨户搜索吧。"几个人聚在一起，研究了一会儿，就去搜了。

竟然一无所获！

没办法，连基干民兵在内，在生产队进行地毯式搜索。民兵都是阳村人，到手的牛肉不翼而飞，自然是满腹牢骚，骂骂咧咧："要是昨天就把牛肉分了，哪会有这样的事？"

雪还在下，没踩着的地方已经没到膝盖了，总不能把雪翻一遍吧？况且也不能肯定就是生产队的人偷的，也可能是流窜犯干的啊。

几天下来，把公社干部和王公安都折腾得够呛。老高说："我是没办法了。听说有种万能钥匙，会不会是有这种钥匙的人干的？"王公安说："万能钥匙我听说过，什么锁都能开。"

这时村里又传出一种流言：仓库附近有一窝黄鼠狼，成精了。成精的黄鼠狼也饿啊，也不能看着到手的牛肉让公社的人弄去。

转眼时间就是年除夕了，还是一点线索也没有。公社干部也灰心了，只好和王公安回了公社，最后定案是流窜犯用万能钥匙做的案。老高又特意买来一把锁锁上。

大年初一，家家户户飘出了牛肉的香味。

几十年过去了，那年的盗窃案却一直成为阳村的一个谜。在附近的村子里也有许多神秘的传说，阳村的人含笑不语。不过，仓库里的东西倒是一直没丢。

改革开放以后，村子里出现了一大批先富起来的人。其中一个叫二柱子的开了一家开锁公司，挣了不少钱，先把家里的草房翻盖了，宽敞明亮，样式也新颖，两头是卧室，凸出来，中间的明间前面一个大厦子。村民都来祝贺，老高也来了，边看边点头："不错，不错！这房子的样子像个老式锁，就叫锁皮厅吧。"大家说："这名字好，形象又好叫。我有了钱也盖锁皮厅。"老高又拿出一把锁："听说你什么锁都能开，这个锁你给开开试试？"二柱子低声说："当年仓库你换了的锁我就再也没打开过……"两人对视，哈哈大笑。村民们直着眼看着他们笑，却不明白他们笑什么。

官迷

何老头是个官迷，一辈子都想当官。年轻的时候曾做出过"我选我"的极不含蓄的事，一直被传为笑谈。只可惜年过七旬却一直未能如愿。

不过今年对何老头来说，的确是不同寻常的一年。

他似乎是在一夜之间就感到自己的存在是非常有价值的。

这不，春节还早呢，村委的领导们就提着礼物来看他了。

村长满脸带笑，用一双满是肉的手，紧紧包住何老头骨瘦如柴的手使劲摇晃："老何叔，你是我村的功臣啊，来年的村庄建设还得你们这些老人们出谋划策啊。"

"那是自然，那是自然。"老何头感觉一下子就进了云里雾里，"我对咱村的事从来都是知无不言，言无不尽，那年，你二叔当村长那会儿，我说那么搞不行吧？没有人听啊。饿死多少人啊……"

村长脸上带着笑，眉头却皱了起来："那不是上面也犯了错误吗，我二叔也是独木难撑啊。"

老何的儿子赶紧打圆场:"这不村长都来了,听你的意见来了。过去的事不提了,多少年了。"

老何却还在自己的记忆中出不来:"我是鬼子投降那年参加的革命,淮海战役就差点把命丢了。后来又参加了抗美援朝,脚指头都冻掉了,我这条命,还是一个小战士用他的命换来的呢。多少战友命丧异国他乡啊!我可是答应过他们回来要好好建设家乡,让他们的家人都过上好日子,可惜……"

老何还想说,村长已经站起来了:"老何叔,这么的吧,村里还很忙,等过了年,我早些来给你拜年,到时咱们再聊。你是老党员,还得发挥余热,多献计献策,带领着我们年轻人,尽快让咱村奔上致富路啊。"

说完,村长一帮人就出了屋。

老何头继续与坐在屋子里的孙子们聊天,聊着聊着,忍不住一阵剧烈的咳嗽,鼻涕眼泪全下来了。"这身体是越来越不行了。"老何想。往痰盂里吐了一口痰,里面全是血丝。

今年的冬天特别冷,老何头蹲在屋里不出门,总结几十年村子里建设的得失,规划来年村庄建设的蓝图。村南的臭水沟可以先做治标的打算,改成地下水道,既改善环境,防止蚊蝇肆虐,又可在地表栽花草;村东的抛荒沙滩,要低价承包,三十年不变,头十年不要承包费,几年就能绿化好了;村西的路要修一修,争取不到资金,可以村里弄一点,村民凑一点;村北的学校已是危房,一定要先修缮…… 他把自己的感悟也写进去,写出了一个老兵一个农民对土地的情感,也写出自己对村子里土地流转的担忧。同时,老何又就自己所知,分析了村办企业失败的原因。老何一边咳嗽一边写,血痰吐了几大碗。真可谓殚精竭虑。

别人劝他,他总是说,我是老军人、老党员,党组织关怀我,重视我的意见，就是死，也不能辜负了党和人民。寒冷的冬夜，老何的房间经常明灯到天亮。听着那接连不断的咳嗽，老何的儿子泪水溢满眼眶，彻夜不眠陪着他。

大年初一头一天，村长没食言，早早地就来了。老何将写好的材料递给村长，足有几万字，厚厚一大摞。村长的眼圈有点红了。

旁边的村长助理嘀咕："还真把自己当棵葱了。"村长回头狠狠瞪他一眼，又紧紧握住老何的手："老何叔，我代表全村人感谢你啊。"

两个月后，老何因癌症去世了。

村长代表村里给老何献了花圈。

老何的儿子含着泪对村长说："感谢村里对我父亲的关怀，满足了我父亲的心愿，他是含笑离去的。"

村长也没接话，只是自言自语地说："老何叔这些年来一直没停止过对国家对村里的关怀。只可惜从来没人去认真倾听过。"

奶奶，你真的爱我吗

李翠云是个急性子，干什么都风风火火的。半辈子了，做啥事都要赶在别人前头。偏偏儿子不随她，不但平时说话慢腾腾的，而且结婚都三年了，儿媳妇的肚子却一直不见动静。

李翠云那个着急啊！每天赶着儿子、儿媳各大医院做检查，可偏偏就是查不出毛病。急得李翠云喉咙嘶哑、嘴唇起泡，整夜睡不着，头上噌噌冒火。

还好，儿子在结婚第四年上，儿媳的肚子终于鼓了起来。怀胎十月，生下一个白白胖胖大小子。李翠云这个高兴啊，整天抱在怀里，连睡觉都舍不得放下。真是含在嘴里怕化了，捧在手里怕飞了，那孙子就是她的心头肉。

孙子乳名叫小宝，那真是全家人的宝啊。小宝在一家人的呵护中，健健康康长到了两三岁。可是人吃五谷杂粮，没有不生病的，那天小宝突然发烧，儿子开车送着去医院。车开到市中心，偏偏前方发生一起车祸，堵车了。李翠云不停地给孙子用湿毛巾擦洗脸，自己脸上的汗却滴滴答答冒个不停。堵车堵了十几分钟，李翠云等不及了，就要抱着孩子下车。儿子慢吞吞地说："小宝发烧没大事，你看外面还下雨。咱又不是急诊，等会吧……"

李翠云说："等等等，光知道等！我就看不惯你这慢性子，什么时候能赶到人家前面去？"然后吩咐儿媳妇打伞，她抱着孩子就下了车。

离着医院还有六七里路，李翠云硬是抱着孩子走过去。雨越下越大，为了照顾小宝，婆媳都淋了一个落汤鸡。而且小宝又白又胖，都有三十多斤了，医院爆满，又没有空床，李翠云抱着孩子又打了四个小时的点滴……孙子的病好了，却把李翠云累病了。

李翠云对孙子，那是有求必应，只是要天上的月亮拿不下来，别的舍了老命也要办到。好在小宝也听话，无论谁问起来："谁对你最好啊？"必定回答："奶奶。"李翠云乐得合不拢嘴，有时候还抹一把眼泪："好孙子！奶奶真是没白疼你……"

可是孩子渐渐大了，已经到了上托儿所的年龄。纵有万般不舍，孩子的前途是大事，没办法，只有按时接送了。往往是离放学还有两三个小时，李翠云就在托儿所门口等着。有时干脆送去就不回家，一直等到小宝放学。接孩子的爷爷奶奶们都封她为接送大队长，最称职奶奶。李翠云说："那是当然！小宝就是我的命根子。"

看着小宝从幼儿园出来，就急忙把他抱到电动三轮上，然后开始问："累不累啊？小朋友有没有欺负你啊？……"然后一边哼着歌谣，一边和小宝有说有笑回家。

本来这次和往次一样，他们高高兴兴往家走。走到十字路口，李翠云没有停，继续加油门。倒是小宝说："奶奶，是红灯啊，等一会儿吧。"李翠云说："没事！两边又没车。咱这电动车又没有牌子，奶奶也没驾驶证，咱老人儿童的,警察看到也罚不了款,拿咱没办法,呵呵……"

李翠云的笑声还没停,远处一辆汽车箭一样冲过来,等到发现这两人,想刹车却来不及了……轮胎和路面摩擦出一股刺鼻的气味。在别人的惊呼声中,三轮车一下子就撞翻了……

等到李翠云醒过来,已经是在医院里。她一睁眼,就急忙问:"小宝呢?小宝咋样了?"身边的人都在抹眼泪。李翠云急了,好在她并无大碍,挣扎着爬起来去找小宝。小宝刚刚从重症监护室出来,看到奶奶,苍白的脸上挤出了一丝笑。李翠云号啕大哭:"我的心肝啊,我的宝贝啊,你怎么样了?"

小宝用微弱的声音问:"奶奶,你真的爱我吗?"

李翠云说:"我的小宝啊,你就是奶奶心尖尖上的肉啊,我能不爱你吗?"

小宝说:"老师说,闯红灯就等于自杀。爱我,那你为什么还带着我去自杀?"

然后小宝的眼睛就永远地闭上了。空留一群大人在号啕大哭。

归来

公元 1100 年的暮秋，金水湖畔。

身着艳丽的妙龄小姐带了一位活泼的丫头，在湖边吟诗高歌。小姐面色红润，笑颜如花，脚底却是踉踉跄跄，随风飘过的是一股淡淡的酒香和小姐脂粉的香味。

已是严冬，寒冷异常。汩汩而起的泉眼如同翻腾的鲤鱼在水中跳跃，而远离泉眼的湖边却已经布了一层薄薄的冰碴。依依的柳枝几乎落光了叶子，残存的也已经不是翠绿的颜色，而早已是经霜的老绿。

丫鬟虽然穿了厚衣，却依旧禁不住寒风的侵蚀，不断催促着小姐回家。小姐却是意犹未尽，高声欢笑吟诵。好在天寒人稀，湖畔并无游人，要不还真是如丫鬟所说"失了斯文"。

主仆二人围着湖岸走走停停，全没注意前方匆匆行走的公子。公子是在京城太学读书的学士，因为省亲恰好走到湖边，听到身后莺歌燕语，猛然回首——见到小姐美貌，恍若天人。于是不忍回过头去，双脚倒退，痴痴而行。

突然听到丫鬟一声惊呼,公子失足跌入水中。湖水冰凉刺骨,公子显然不识水性,只会大呼"救命"。可惜湖边除了小姐主仆,哪里还有别人?

丫鬟早已经吓得哇哇大哭,却见小姐突然止住笑声,紧跑两步跃入湖中,扑腾几下拉住公子的手游到湖边……

公子毕竟是男人,不久即已醒来,喝了姜汤,倒是并无大碍。而小姐身体虚弱,昏迷一天一夜,高烧不退,醒来已是第二天傍晚。大家唏嘘不已,又不敢告诉在京城的老爷。

后来两人都回到京城,原来双方父母都在京城为官,倒也是门当户对,公子找上媒人去小姐家提亲。

小姐自那日相见,也是念念不忘公子。好在老天有眼,有情人终成眷属。成亲以后,夫妻二人琴瑟和谐,写诗作赋,如同神仙眷侣。

不久,公子的父亲在朝廷遭遇变故被罢官。小夫妻思念金水湖畔的相遇,来到与此相似的青州府的阳溪湖畔,小姐自己取号"易安居士"。

在这里,丈夫研究金石,妻子专心做诗词,度过了他们一生当中最快乐的一段时光。

可是金兵南下,丈夫生出报国之心。终于在公元1121年,出任莱州太守。在任上,禁不住内心的孤独和下人的撺掇纳了一房小妾。因为他虽然结婚二十年了,妻子并没有为他生下一儿半女。

远在青州的妻子听知,盼咐驾车奔赴莱州,走到昌乐,天下暴雨,她又病倒。等来到莱州,并未责问丈夫,反而是帮着丈夫把未完成的《金石录》编纂完成。

当年跟随小姐游览金水湖的丫鬟还在,忍不住跟公子说:"小姐不能生育，皆因当初湖中救老爷受了冰寒，伤及身体。可小姐一直怕老爷自责不让说……"

公子忍不住号啕大哭。

小姐就是有"千古第一才女"之称的李清照，而这个公子自然是金石名家赵明诚。

李厨子

李厨子大名李欲飞,于民国二十一年来到青州东郊的阳村。

临街租了一间门头房,从中间一隔,一家人住在里间,外间则挖地一尺,地上高七尺,四尺见方砌一泥炉,用碎锯末作燃料,炉子上方朝外开一一尺见方的灶眼。

李欲飞赤膊,将用黄酒发好的软软的面团,弄得酒盅大小,拍上芝麻,"啪"一声贴在炉腔内,面团便"嗡"一声涨起来,一直涨到十几公分高。用下面慢慢燃烧的锯末,烤到色泽金黄,外焦里嫩,外面还遍布芝麻……这就是马蹄烧饼。

平常的蔬菜放到他手里,也能烹调出别样的口味。于是从此谁家有红白喜事,必用传盘装两个点着大红点的馒头,外加一只白斩鸡,亲自去请李欲飞,李欲飞则带着专用的工具,转身就走,毫不推脱。

阳村首富刘四爷,家有良田百倾,奴仆数十,时年正值八十大寿。刘四爷有一子一女,儿子在济南为官,女儿则嫁给了青岛大户。儿女都希望老父亲的八十大寿到自己那里过。

刘四爷对吃上特别讲究，深知鲁菜以其鲜香、酥嫩领先于其他菜系。而此时的刘四爷坐在太师椅上，眯缝着眼，轻声对儿女说了句："去把李欲飞请来。"

李欲飞来了。

刘四爷问："你认为青岛和济南哪里的菜是纯正鲁菜啊？"

李欲飞说："青岛临近海边，入菜自以海鲜为主，吃的是一个鲜、香，但是却无法根除腥味；而济南地处内陆，原料多取蔬菜、肉类，代表菜如干炸里脊、九转大肠，或外酥里嫩，或滋味悠长，但也免不了油腻。而我们青州介于济、青之间，往北五十里即是寿光沿海，西南四十里是鲁中山区，既有海鲜，又可得山珍，自是可取双方之长……"

刘四爷即令李欲飞采办原料，要在阳村开席，请一下济、青名流，也让他们见识一下阳村特色。

李欲飞本是顺口一说，自此倒有点傻眼了。可是话既出口，又不好收回，只好开上菜单，让下人买菜。

可刘四爷又出难题了，还要李欲飞拿出一绝手菜肴，最好能令两地显贵皆闻所未闻，见所未见。

时值盛夏，蝉鸣天燥。那日李欲飞肩搭一雪白毛巾，手提自己所做小袋，内盛漏勺、京刀、刻刀等专用工具，大步行于村陌小路，见路边玉米疯长，已高过人头，只是尚未开花，茎末浮根历历，白中带绿，便亲剥半袋……

等至四爷之家拿出洗净，用上好香料煨透，勺内花生油烧热，放入炸至色泽金黄捞出，取白糖熬色，配以佐料，湿淀粉勾芡于其上，但见须须直立，红汤历历，于盘中张牙舞爪，又配以萝卜花，黄瓜花镶以盘边，如同一幅绝好的立体图画，美其名曰"溜龙须"。入口香酥，酸中带甜，甜中又含清香，正所谓色、香、味、形俱佳。吃惯了山珍海味的显贵们，竟然满座皆立,惊叹之声不绝,但又不知所食何物,问至李欲飞,李欲飞笑而不语……

民国三十一年,一场大霜提前来临。整个鲁中地区颗粒无收。

年关渐近,西南山里陈玉高的土匪已经粮绝,不得已劫持了胶济线上鬼子运往前方的大米。鬼子伪军一百余人追杀土匪。土匪且战且退,一直退到阳村南寺。

南寺的藏经阁又叫摘星楼,是阳村的最高点。土匪们撤到藏经阁上拼命抵抗。双方激战十几个小时,损失惨重。

黄昏时候,李欲飞挑着两担喷香的肉烧饼来了。马蹄烧饼中间放肉馅,迎风都能香出十里路。阳村人都用奇怪的眼光看他,没想到竟是一个汉奸胚子。

龟田小队长很高兴,先让几个伪军尝了尝,然后一拥而上,一会就水足饭饱,个个慵懒地躺到地上小憩。最后底下的小筐里还剩一筐,李欲飞就对龟田说:"太君,我与那陈玉高颇有私交,愿凭三寸不烂之舌说服他们投降,为皇军所用……"龟田感觉陈玉高已无退路,谅他也跑不了,就答应了。

于是李欲飞挑着半担烧饼进了藏经阁。

半小时后,土匪们疯了般厮杀出来,特别是顶上的机枪手,枪管都成了红色的……

阳村的父老乡亲们亲睹了这场恶战。此时刘四爷带头一声喝,扁担锄头厮杀出来……鬼子伪军还怪了,浑身无力,几乎丧失了抵抗能力。

而从藏经阁第一个冲出的正是李欲飞,最后身中数弹,犹大喊着:"杀鬼子……"

鬼子的援军到来的时候,南寺的鬼子伪军早已全军覆没。问及阳村村民,村民摇着头说:"你们来晚了,土匪的援军比你们到得早啊……"

经此一战,南寺几乎被毁,只剩下几块残墙断壁,衰败的佛像。改革开放后,李欲飞的儿子在南寺旧址开了一家饭店。因为父亲死的时候他还小,只学到十道菜和马蹄烧饼的做法,于是取名"十菜居",只卖十道菜和马蹄烧饼,每日里竟然食客如云,很多人驱车数百里前来一品美味。

害虫也有光辉灿烂的童年

这是我上小学时候的事。我那时候特别调皮,班里还有几个调皮的孩子,他们是我的好朋友姚苍剑和王力书,同学合称我们是"三害"。最后把同学们都招惹烦了,就根据名字给我们起了外号:"苍蝇","老鼠"和"蚊子"。

我们没感觉这外号有什么不好,苍蝇还说了:"我们是无产阶级的害虫,比资产阶级的益虫还要好。"苍蝇的爸爸是兽医,年轻的时候曾被请到学校来讲过煽猪和配猪。煽猪还好,把猪捆好,他拿着明晃晃的刀子和钩子,先用刀子把猪的肚子割开,用小勾勾出一些东西,然后再缝起来……同学们围了里三层外三层,虽然什么也没看清楚,但猪却据说永远也不能当爸爸了。为什么从猪肚子里拿出那么一点下酒菜,猪就不能当爸爸了呢?同学们对此不甚理解,但感觉贫下中农老师是总不会错的。

讲配猪的时候出了点小麻烦,母猪发情倒有那个意思,公猪害羞却一直不配合,愣是让同学们在旺毒的太阳下等了一天,也未能一饱眼福。苍蝇的爸爸又讲不出个米和豆，只会红着脸哼哧哼哧抽烟袋，把些孩子呛得直咳嗽。最后直到同学放学都走了，它们才把教室当洞房，春风一度。第二天一上学，它们的事情早结束了。

虽然苍蝇的爸爸给我们上了一天课，总共说了不到三句话，还有两句是安排苍蝇先把他从猪肚子里割出来的东西拿回家。苍蝇却因此常以教师子女自居，总显得比我们有学问似的。

我们的外号别人叫，我们自己叫得更欢。有一次，我们一起邀请学习委员江小燕：干脆我们组个团队得了。江小燕当时就哭了，还告诉了我们班主任不下蛋的老母鸡无情师太。班主任姓吴，总爱板着个脸，那时候还允许体罚，她没少拧我们的耳朵踢我们的屁股。又因为她结婚好几年了也没孩子，我们三个就给她起了如上的绰号。无情师太罚我们在操场跑了三圈，然后又做了一下午的日光浴。

看到无情师太去上课了，我们开始在草丛里打滚，翻跟头。老鼠发现了一条小青蛇，苍蝇不愧是兽医的儿子，对这些小动物从来不害怕，提着尾巴提起来。我先去办公室看了看，发现老师们都去上课了，我们三个偷偷溜进去，把小蛇放进无情师太的抽屉里。

不一会办公室发出一声尖叫，只可惜不是无情师太，而是坐她对面的女教师，吓得裤子都尿湿了。原来小蛇爬到了对面抽屉里。趁着慌乱，我们三个就跟同学们一起放学了。

那时候夏天中午所有的学生都到学校午睡。父母农活多，孩子多，没几个顾得上孩子。孩子们不是去下河就是到处惹事，偷瓜摘果。全靠学校笼着。

我们三个却经常偷偷溜出去。到弥河里游泳，还去弥河边的果园偷果子。果园里有条狗，耳朵特灵。看果园的老头，披着一件大褂子，领着狗围着果园转。我们三个有分工，我先在果园的北面唱歌，因为老师说过，我唱歌从来不跑调，因为从来没有调。我的歌声深深打动了看园的老头和他的大黄狗，他们一起狂叫着向我走来。围墙是铁丝网，他们在里面我在外面，狗很凶的样子，张着嘴，唾液都顺着嘴往下流。老头也凶，对我喊："嚎啥嚎，大晌午也不让人歇歇。"当然老头很幽默，他说："你嚎得很有特点，就像锉锯条一样难听。"我跟他贫，我说："一般人我还不唱给他听呢，大爷，咱俩是有缘啊。要不你出来，我给你开个专唱会。"大爷气得直咳嗽，说："你小子，还是饶了我吧，你这存心是想让我犯心脏病啊。"围墙挡着呢，大爷出不来，黄狗却有时候能钻出来，尽管我手里拿着石头，可是难免会百密一疏。有一次就被那狗钻出来咬了一口。那时候有偏方，被狗咬着了就用铁锹头炒个鸡蛋，吃了保证就好了。我家的铁锹头锈迹斑斑，我曾经亲眼见爹用它挖过茅房。可那次娘不知到哪里弄来个鸡蛋，吃了以后通体舒泰，果然长到现在一直身体健康。

当然大多数时候狗是咬不到我。我们在这里友好聊天的时候，苍蝇和老鼠早已经得手，满载而归了。最后老大爷也摸出门道，无论我怎么唱歌他也不过来了，在南边瞅着两个小子。可我们也有办法，我唱歌吸引目标，苍蝇在我旁边，老鼠在那里伺机而动，老头不过来，苍蝇就从我这边下手……毛主席教导我们，"打得过就打，打不过就跑。"我们都是李向阳，神出又鬼没。

当然，大多数时候我们还是和同学们在教室里午睡，学生都是课桌上一个，长凳上一个。我们三条害虫总被安排在教室的最后面。我睡课桌，前面凳子上是苍蝇，后面凳子上是老鼠。我们哪睡得着，苍蝇和老鼠猜拳弹手背，我当裁判。一会两个人就打起来了，苍蝇嫌老鼠出拳慢，老鼠说苍蝇输不起，两个人互相抱住脖子，在我的桌子底下扭成一团，力气还不小，把我整个顶起来。我赶紧溜下来，课桌就倒了，前面课桌也倒了，课桌上睡着江小燕，还睡得熟呢，被甩下来。江小燕就哭了。教室里乱成一团。

这时候刘校长听到声音跑了来，问明了事情的经过，把我们三个叫了出去。我们想坏了，又得享受八月的日光浴了。刘校长却把我们一直领进了他的宿舍里。让我们纵着躺到他的床上，然后命令我们，闭上眼睛，睡觉。校长的床软啊，还有电扇。我们从来没睡过这么软的床，舒服。刚开始还有点担心，有点害怕，一会就睡过去了。

也许是睡得太浓了，醒来后发现了一个小状况：老鼠竟然尿床了！刘校长的床铺了好几条被子呢，全给尿湿了。刘校长板着脸收拾的时候，无情师太来了，无情师太就是刘校长的老婆，趁中午的时间回了趟娘家。吓得老鼠差点没把剩余的那点尿再尿到裤子里。我们等着接受惩罚，没想到无情师太这次态度却很好，只是笑了笑，说："童子尿治病呢。"还找了条短裤给老鼠换上，就让我们去上课了。

大概是童子尿真治病吧，不久无情师太竟怀孕了，转过年生了个大胖小子。

有一天放学，村支书在路上拦住我们，问道："听说你们用童子尿治好了你们校长老婆不生孩子的病，你们是怎么治的？"老鼠家的成分不好，他爸爸和他爷爷没少挨支书的整。老鼠甩了把大鼻涕抢着说："当然是服用了，每天一小杯。"村支书又问："那是一个人喝还是两个人都喝呢？""都喝，都喝。"我们跟着说。

原来支书的儿子结婚也好几年了，一直没有孩子。想去问校长，又拉不下面子。第二天放学，支书就给我们一个大瓶子，让我们给他灌一瓶。刚开始我们不，我们说我们还得回家打猪草呢。支书说，如果帮他，可以让我们到大队果园去打，有的是草，还能摘果子吃。我们才装作勉强同意了。

我们在打好猪草后，又吃够了果子，就把瓶子放到一个四五米高的崖头下面，我们在崖头上，对着瓶口尿。三条细细的，白白的线，瀑布一样滴进瓶子里，尿完以后，正好满满一瓶。

大队果园有的是猪草，我们一会就把小筐子弄满了。天还早，我们就到崖头下面挖的备战洞里烤红薯或者青玉米吃。那个洞很深，是防止美帝国主义打过来我们藏身用的，只有一个小出口，柴草又不大干，点上以后浓烟滚滚的。那次苍蝇太心急，趴的进了，蹿起的火苗把他那乱哄哄的头发误认为是柴草了，"兹拉兹拉"一阵响，一股烤山猫的香味就弥漫开来。这香味把看秋的大壮也招来了。大壮先看到苍蝇的发型，哈哈大笑一场，说："白色卷曲的头发，小子，你很像佛祖啊！"后来看了电视剧《西游记》，佛祖果然就是这样的发型，看来大壮哥还是见多识广的。

当然也发生了不愉快的事，那就是大壮哥发现了我们偷的青玉米。他的脸色开始变得严肃起来，无论我们怎么求情，都要把我们交给大队民兵连。我们发现来软的不行，只好来硬的了，把村支书搬了出来。听到村支书的名字，大壮软了下来，那时候他正在追求进步，据说还想追村支书的女儿山菊。当然大壮也不是那么容易上当的，他亲自去问了村支书。村支书目视前方，手里夹着一只烟，举到肩膀的高度，看也不看他，吐了一个烟圈说："是这样。我允许的。"大壮就唯唯诺诺把我们放了。

我们让支书儿子的药一直服用到果子全摘净了。

你别说还真挺怪，来年村支书的儿媳真怀孕了。我们讲给老鼠的奶奶听，奶奶说："凡事都有个因果，支书做过坏事，喝了尿也算有报应了，神灵就不罚他了。"

苍蝇就"咯咯"地笑。我们虽然不知道小孩是怎么来的，大人告诉我们都是在弥河滩捡的。可是那个中午我们百无聊赖，就爬到村长家大门外的杨树上掏鸟窝。村长和儿子是分开过的，村长的儿子叫赵大宝，就住在西边的院里。那次是苍蝇先上的树，在那"咯咯"笑，我们着急，也上去看，才发现光棍三癫子偷偷溜进了赵大宝家。赵大宝的媳妇瞅瞅门外没人，就一下子把门关上了，然后两个人抱着进了屋。从窗户上我们看到三癞子脱光了衣服，赵大宝媳妇也脱光了。这个我们听大人讲过，这叫耍流氓。老鼠就喊一嗓子，"大宝哥，有人和你老婆耍流氓！"吓得三癞子光着屁股就跑了出来，瞅了好几瞅没看到藏身的地方，他也学习胡传魁，一下子就钻进了水缸里。赵大宝家的水缸没有盖，里面装满了雨水，时间久了臭烘烘的，他钻进去臭水就溢了出来，衣衫不整的赵大宝媳妇拿了一个大锅盖就给他扣了起来。

当然这事我们也没饶了三癞子，他一人给我们做了一把洋火枪。我们跟他说了："不给做就把他耍流氓的事告诉村长，让村长踢烂他的脑袋。"

意外的收获是获得了双丰收。那天我们嘻嘻哈哈从树上往下溜，正好被赵大宝媳妇看见了。后来她生小孩人家给送了不少鸡蛋，她偷偷每人给了我们三个。要知道那是冬天，那鸡蛋味道比山珍海味还要香。

转眼三十多年过去了，春节前苍蝇从北京回来。我和老鼠去接他，酒驾查得厉害，我们在酒店没敢喝酒，老鼠开了个大型饮料厂，带了几大瓶饮料，非让我们尝尝，我和苍蝇说："得了吧你，小时候我们尽做饮料了，我们不敢喝。"就全倒了。

然后我们到了刘校长家里，无情师太待我们比亲娘还亲。非让我们喝几杯。我们痛痛快快地畅谈过去，却无法走入今天的话题。苍蝇用一口地道的北京话给我们讲见过的大世面，老鼠已是远近闻名的企业家，不停地谈发财之道，而我是下岗工人，几年来一直苦斗在温饱线上。共同语言越来越少，闷头喝酒，一会功夫就喝大了。

从刘校长家出来，我们甩掉了皮鞋，脱掉了袜子，用领带拴起来背在肩上。一直走到我们撒尿的那个崖头那里。把老鼠的饮料瓶放在下面，我们开始轮流尿。月光很好，如同白天一样。我们的尿却发黄散头，没有一个能尿进瓶子里。

我的血压高,苍蝇的前列腺有问题,而老鼠有糖尿病。

岁月流逝,年龄渐增,我们永远不可能看到昨天的太阳。我们再也回不到以前的日子了。

—End—